KB105995

낙원?
천사?

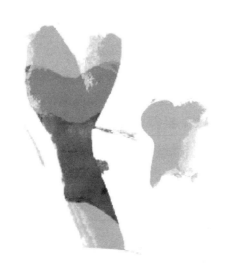

낙원? 천사?

윤흥길 신작소설

민음사

차례

낙원? 천사?

그런 일이 과연 실제로 가능할까? 물론 얼마든지 가능했다. 그때 그곳에서만큼은 정말 그랬다. 신체 내부의 여러 감각기관을 정확히 두 갈래로 나누어 각각 성질이 다른 두 가지 사물을 동시에 상대하는 꼴이었다. 나는 학보사 사무실 창가에 앉아서 한 눈으로는 연분홍 실크 스카프라도 두른 듯 진달래 꽃너울을 함씬 덮어쓴 뒷산 풍경을 일삼아 지키며 다른 한 눈으로는 난공불락의 성벽만큼이나 완강해 보이는 주간실의 출입문을 삼엄하게 지켰다. 한 귀로는 봄기운이 흐드러진 사월의 교정을 종횡무진 뜀박질치는 생명의 고함소리를 듣는가 하면 다른 한 귀로는 아직도 교정 어느 음습한 구석으로부터 뻗질려 나오는 죽음의 단말마를 듣고 있었다.

"괜히 김칫국부터 마시지 마."

온몸으로 초조감을 발산하는 내 모습이 심히 딱해 보인다는 듯 특집부장인 신 선배가 맞은편 자리에서 참견하고 나섰다. 그니는 굳게 닫힌 주간실 출입문과 내 얼굴을 번차례로 돌아다보며 짓궂은 웃음을 흘리고 있었다.

"그 어느 누구보다도 이성적이고 분별력이 많은 분이셔. 그런 주간 교수님께서 최소한 한나절 이상 고민하는 절차도 없이 햇병아리 기자한테 떡시루를 통째로 덜컥 내놓으실 거 같애?"

편집국장이 마지막 담판을 위해 주간실 문을 똑똑 노크한 것은 대략 십 분 전이었다. 그러니까 신 부장의 그 말은, 앞으로 몇 시간쯤 실컷 더 기다린 다음에 오래 기다린 꼭 그만큼 된통 더 실망해 보라는 악담인 셈이었다.

새 학기 들어 이제 막 수습 딱지를 뗀 햇병아리 주제에 정말 꿈도 야무지지. 고참 선배들 다 제쳐놓고 감히 국장님한테 알랑방귀나 뀌어서 겁도 없이 팔자에도 없는 특종을 노리다니.

그니의 심술궂은 눈초리가 나를 향해 노골적인 야유를 보내오고 있었다. 지난번 편집회의에서 '천사'의 죽음에 관한 특집 계획이 일단 보류된 것도 따지고 보면 쌍지팡이를 짚고 나선 그니의 훼방 때문이었다. 나는 창문 쪽으로 슬그머니 고개를 돌려 창유리에 비치는 그니의 옆얼굴을 잔뜩 노려보았다. 부도덕의 죄를 물어 그니를 사각의 유리감옥 안에 가둬두고는 몇 개월쯤 호되게 징역살이를 시키고 싶은 심정이었다.

"고맙습니다. 불초 소생 떡시루를 염려해 주시는 선배님 그 은혜, 정말 백골이 난망이옵니다. 부장님."

"나한테 그렇게 너무 고마워할 거 없다구. 어차피 결과는 뻔한 거니까."

안경알을 번뜩이면서 신 선배가 차갑게 받아넘겼다. 나는 그니에게 더 대거리할 필요성을 전혀 느낄 수 없었다. 대거리하는 대신 나는 유리감옥 안에 갇혀 있는 한 여죄수의 형기를 유기징역에서 얼른 무기징역으로 고쳐 선고함으로써 후배를 골탕먹이려는 일념으로 괜한 똥고집을 부리는 그 부도덕의 죄에 엄혹하게 가중처벌을 내려버렸다. 신 선배, 너는 이제 죽었다. 내가 광복절 특별사면으로 풀어주지 않는 한 너는 영원히 이 감옥에서 빠져나오지 못하리라.

주간 교수님과 편집국장 사이의 담판이 의외로 길어졌다. '천사'에 관한 문제말고도 국장이 주간실로 안고 들어간 다른 안건들이 더 있긴 했지만, 그럼에도 불구하고 시간이 그토록 오래 걸린다는 건 설득 과정이 별로 순탄치 않음을 의미하는 불길한 조짐이었다.

남향의 따뜻한 양지 다 놔둔 채 하필이면 왜 북향의 바람받이 산기슭만 골라서 진달래는 힘겹게 꽃을 피우는 것일까.

창 밖으로 멀리 뒷산을 올려다보며 나도 모르게 대짜배기 한숨을 내쉬었다. 융단이라도 펼쳐놓은 듯 연분홍으로 만개한 꽃동산을 바라보면서 동시에 한 생명의 죽음을 떠올린다는 건 사실 전혀 어울리지 않는 짓거리였다. 뭇 생명체의 소생과 한 생명체의 소멸이 거의 같은 시간 같은 공간 안에서 사이 좋게 함께 이루어졌다는 사실이 아직까지도 도무지 믿어지지 않았다. 무르익은 봄기운 속에서 팡파르처럼 힘차게 울려 퍼지는 생명의 찬가와 이름 없는 한 소년의 죽음이 이루는 그 극단적인 대비 때문에 나는 다시 한번 전율하지 않을 수 없었다.

누군가는 반드시 책임져야 할 죽음이었다. 하지만 어느 누구도 그 죽음에 책임을 지려 하지 않았다. 책임은 고사하고 관심조차 갖지 않으려는 분위기였다. 오히려 내남없이 책임 회피에만 급급해 있는 판이었다. 그래서 그 책임의 소재를 좀 밝혀보자는 건데, 웬 잔말들이 이리도 많은가. 나는 모처럼 어렵게 따낸 정기자의 직을 내건 채 처음부터 배수의 진을 치고 있었다. 죽을 둥 살 둥 용을 쓰고 끝까지 밀어붙여 보다가 정 벽에 부딪혀 좌초할 경우, 까짓 거 알량한 학보사 기자 당장 때려치우면 그만이지, 뭐.

"좀 점잖게 굴 수 없어, 박 기자?"

책상 위에 엎드려 대학노트에 뭔가를 열심히 긁적이는 시늉이던 신 선배가 갑자기 고개를 번쩍 들면서 소가지를 부렸다. 마치 달랑 둘만 타고 있는 엘리베이터 속에서 정체불명의 치한한테 성추행이라도 당한 요조숙녀처럼.

"부장님한테 아무 짓도 안했는데……."

"그 빌어먹을 볼펜 말이야!"

신 선배는 비명이나 진배없는 새된 목청을 뻗지름과 동시에 포크 모양을 닮은 표독스런 눈초리로 내 손등을 콱콱 내려찍는 것이었다. 아하! 나는 그제야 비로소 상황을 알아차렸다. 언제부터 그러고 있었을까. 내 의사와는 아무런 상관도 없이 내 오른손이 볼펜 꼭지를 신경질적으로 때깍때깍 눌러대면서 끊임없이 오도방정을 떨어대고 있는 중이었다.

"너 인마, 부장님 방금 그 말씀 못 들었어?"

나는 지체 없이 내 오른손이란 놈을 위로 끌어올려 눈높이로 견주면서 호되게 야단을 쳐주었다.

"감히 숙녀분 앞에서 그따위 난잡한 짓거리를 벌이다니, 부끄럽지도 않아? 당장 희롱을 중단하지 않으면 손가락을 작신 분질러버릴 테니까 알아서 기어!"

아마도 손가락이 부러질까 봐 겁이 더럭 나는 모양이었다. 추상같은 명령이 떨어지기 무섭게 내 오른손은 때깍거림을 즉시 멈추었다.

"대단히 잘못했다고 이 녀석이 당장 사과하는군요. 앞으로 다시는 안 그러겠다고 약속했으니까 너그럽게 용서해 주십쇼. 그리고 이 녀석은 제가 책임질 테니까 아무 염려 마십쇼, 부장님."

나는 문제의 볼펜을 책상 위에 아무렇게나 던져버렸다. 내가 대변해 준 내 오른손의 사과를 신 선배는 당최 받아들이지 않는 기색이었다. 깨작깨작 무슨 내용인가를 써넣는 척하던 대학노트를 소리 나게 탁 덮으면서 그녀는 내 면상을 콱콱 찍어댈 작정으로 또다시 포크 같은 눈초리를 함부로 휘둘렀다.

"하극상이란 게 뭔지 알기나 해? 군대 같았으면 벌써 총살감이라구. 계속 그런 식으로 나한테 박박 개기다가 언젠가 한번은 홧홧한 꼴 당할 날이 반드시 있을 거야. 그때 가서 땅을 치고 통곡해 봤자 아무 소용 없다구!"

"부장님이 군인 출신인 줄 예전엔 미처 몰라봐서 죄송합니다. 앞으로 명심하겠습니다, 부장님."

아가씨가 그렇게 입정이 사납고 성질이 더러우니까 좋아하는 사람한테 보기 좋게 딱지나 맞고 다니지.

나는 힘차게 고개를 끄덕거리는 동작으로 특집부장에 대한 불신임 결의에 약간의 망설임도 없이 찬성표를 던져버렸다. 자신이 탄핵 대상이 된 줄도 모르고 신 선배는 내 면상에 꽂았던 시선을 거둬들여 주간실 쪽으로 휄끔 돌렸다. 그쪽의 하회가 궁금하기는 그니 역시 매일반인 모양이었다. 나처럼, 그러나 나하고는 정반대의 동기에서 그니도 처음부터 그렇게 주간실 내부를 향해 마음의 안테나를 예민하게 드리우고 있었으리라.

오호라, 어쩌다 이 박기현이가 천방지축 선머슴 같은, 여성다운 매력이라곤 먹고 죽으려 해도 도무지 찾아볼 수 없는 저런 따위 선배하고 그만 앙숙지간이 되고 말았는고. 오호통재라!

천사와 관련한 문제를 다룰 때의 신 선배의 그 강퍅하기 그지없는 언동은 다분히 사적인 감정에 연원을 두고 있었다. 그리고 그 사적인 감정은 학보사 사람이면 누구나 다 익히 아는 그 유명짜한 실연 사건에서 비롯된 것이었다. 그니의 실연은 천사의 조력을 전혀 받지 못한 데서 생긴 결과였다.

신 선배는 수습 시절부터 흠모의 대상으로 삼았던 편집국장 오빠(물론 그 당시는 국장 아닌 취재부장이었지만)를 라이벌 관계의 여학생한테 빼앗긴 후 한동안 급성 위염에 걸려 심하게 고생했다. 자신의 라이벌이 거둔 성공이 천사의 전폭적인 지원에 힘입은 결과임을 뒤늦게 알아차리고 그니는

이를 박박 갈았다. 그니를 익히 아는 주변 사람들은, 타고
난 그 성깔에 수면제를 한 움큼 입 안에 털어넣지 않은 것
만도 천만다행이라고 쑤군덕거릴 지경이었다. 그니가 천사
와 관련한 일이라면 무작정 치를 떨고 넌덜머리를 내면서
입아귀에 허옇게 거품을 문 채 콩팔칠팔 따지고 딴죽을 걸
고 시비나 일삼는 해코지의 장본인으로 처신하기 시작한 것
은 바로 그 무렵의 일이었다.

'장본인'이란 단어를 떠올리는 바로 그 순간, 60와트짜리
내 마음속 백열등에 갑자기 환하게 불이 밝혀졌다. 이번에
는 그 말을 틀리지 않게 올바로 사용했다는 안도감이 60와
트짜리 전구가 발산하는 온기로 바뀌어 지난 겨울방학 끝판
에 동사체로 발견된 천사의 시신을 따스하게 어루만져주는
기분이었다.

"형, 이 기사 형이 쓴 거지?"

학생회관 휴게실로 향하는 중이던 내 바쁜 발걸음에 난데
없는 천사의 목소리가 불쑥 딴죽을 걸어왔다. 나는 목소리
의 임자를 좇아 고개를 홱 돌렸다. 소녀의 그것인 양 새하
얗고 가느다란 그의 집게손가락이 최근호 학보에 대문짝보
다 약간 작게 실린 미담 기사 쪽을 똑바로 가리키고 있었다.

"오군아, 너 이제 보니 한글 다시 배워야겠구나. 기사 끝
에 한글로, 신선아 기자, 이렇게 똑떨어지게 박혀 있잖아."

그따위 문제엔 도통 관심도 없다는 투로 나는 건성건성
대꾸하면서 잠시 멈추었던 발걸음을 다시 옮기기 시작했다.
하지만 용케도 숨은 진상을 알아차린 천사 녀석의 눈썰미에
속으로 탄복하지 않을 수 없었다. 다른 한편으로 수습기자

처지에 막중한 임무를 성공적으로 수행했다는 자부심을 느끼기도 했다. 오군 같은 국외자마저 관심을 나타낼 정도라면 그 기사는 분명 대성공이었다. 내가 느끼는 작은 보람이나 기쁨 같은 것들이 꽃이파리로 변해 인조대리석 바닥 위에 점점이 깔린 학생회관 복도를 나는 가뿐가뿐 밟아 나갔다.

"형, 나한테 거짓말하지 마! 아무리 봐도 이 기사는 선아 누나 글솜씨가 절대 아니란 말이야!"

천사가 별안간 목청의 키를 한껏 돋우어 내 귓전에 겁도 없이 대령했다. 정말 누가 들으면 큰일 날 소리였다. 앞장 서서 걸어가는 내 보폭을 따라잡느라 마치 황새 뒤를 좇는 뱁새의 걸음걸이와도 같이 천사는 많이 무리를 하고 있었다. 나는 들며나는 학생들로 말미암아 꽤나 시끌시끌한 휴게실 주변을 휘익 한 바퀴 둘러보았다. 그런 다음 천사의 한쪽 귓바퀴를 냉큼 거머잡았다.

"니가 그걸 어떻게 알아?"

만만한 완구 다루듯 나는 천사의 귀때기를 거머잡은 채 앞뒤로 흔드는 동작을 네댓 차례 되풀이했다. 그러자 어찌 보면 철부지 소년 같고 또 어찌 보면 영악스런 애늙은이 같기도 한 천사의 얼굴에 마침내 득의에 찬 악동의 미소가 뽀그르르 한소끔 끓어올랐다.

"선아 누나가 쓴 기사는 전에도 여러 개 읽어봤단 말이야. 기사마다 냄새가 다르거든. 요번 기사에선 선아 누나 것하고 아주 다른 냄새가 나. 여지껏 우리 학보에서 맡아본 적이 없는 낯선 냄새야. 내 코는 절대 못 속인다구."

"너는 코로 글을 읽냐, 오군아?"

분식집 개 삼 년이면 라면을 어쩔 줄 안다더니만, 마르고 닳도록 오랫동안 대학 밥을 얻어먹다 보니까 어느 겨를에 제 나름의 기사 감식안까지 갖추게 된 것일까. 하긴 번번이 무기고를 차려 예사로 학사경고를 먹는 서부의 총잡이 대학생들보다야 어떤 면에서는 한수 윗길일는지도 모른다. 코로 글을 읽을 줄 아는 희한한 재간을 지녔노라고 희떱게 주장하는 그 어린 천사를 내려다보며 나는 잠시 어처구니없다는 표정을 꾸며 보이고 나서 그만 그의 귀를 용서해 주었다.

"쬐끄만 게 못하는 소리가 없구나."

"어때, 형? 오군 말씀이 공자님 말씀이지?"

"신선아 기자 글이 아닌 것은 무조건 다 내 글이란 말이냐?"

"어떤 수습이 대필하고 이름만 빌려준 게 틀림없단 말이야. 이런 기사를 쓸 만한 수습이 학보사 안에 형말고 누가 또 있어?"

천사는 한 손에 들린 학보를 다른 손으로 톡톡 쳤다.

"신 선배 명예하고 관련된 문제니까 나는 일절 언급을 회피하겠어."

"신 기자보다는 박 기자 글솜씨가 훨 좋아."

"오래 살다 보니 오군한테서 별의별 칭찬을 다 듣네."

사실 천사의 눈은 놀라우리만큼 적확했다. 이를테면 수습 신세가 으레 겪는 설움인 셈이었다. 문제의 미담 기사를 실제로 작성한 인물은 지상에 명토 박인 신선아 기자가 아니었다. 정기자 신분의 그니와 함께 팀을 이뤄 장시간 기독학생 동아리의 모금 캠페인과 심장판막증을 앓는 어린 딸을

둔 학생식당의 주방보조 아줌마를 차례차례 취재해서 한 편의 감동적인 휴먼 드라마로 엮어낸 사람은 다름 아닌 나, 바로 박기현 수습기자였다. 그리고 학생식당 아줌마의 딱한 사연을 맨 먼저 기독학생 동아리 회원들에게 알려 도움을 주선한 후 모금 캠페인 사실을 맨 먼저 나한테 제보해 준 사람은 다름 아닌 오군, 바로 천사였다.

"칭찬을 해줬는데 아무 답장도 없기야?"

"싸구려 비행기 태워주는 건 어지러워서 싫어. 참, 점심은 먹었냐?"

"점심식사 초대까진 바라지 않겠어. 동전 몇 개로 충분해."

"짜아식!"

나는 이쪽저쪽 주머니들을 샅샅이 뒤장질해서 손에 잡히는 족족 동전을 꺼내들었다. 수고에 따른 마땅한 대가인 양 천사는 당당히 손바닥을 내밀었다. 천사의 손바닥 위에 동전들이 얹히는 순간, 나는 구약성경 속의 위대한 인물 사무엘 선지의 어린 시절 모습이 담긴 그림 한 장을 퍼뜩 떠올렸다. '아빠, 오늘도 무사히'라는 글귀 밑에 꿇어앉아 하늘을 향해 두 손 모아 간절히 기도하는, 버스나 택시의 운전석에서 눈에 잘 띄는 곳에 마치 운전기사들의 수호신인 양 흔히 붙어 있는 그 그림이었다. 어린 사무엘 선지의 기도하는 모습이 어느 때부턴가 귀여운 딸이 아빠의 안전운행을 기원하는 내용으로 잘못 알려져 실용적인 목적으로 사용되고 있었다. 아무튼 사무엘 선지의 그 어린 시절을 방불케 하는 천사의 그 앳되고 순진무구한 얼굴 위로 행복과 평안의 기운이 포만감과도 같이 넓고 두툼하게 깔리기 시작했다.

"고마워, 형!"

천사는 뒤도 안 돌아다보고 정구공처럼 통통 튀면서 아래
층으로 내려갔다. 나선형 층계 저편으로 완전히 사라져 안
보일 때까지 천사의 뒷모습과 옆모습과 앞모습을 차례차례
지켜보다가 나는 결국 고개를 갸웃하고 말았다.

정말 도깨비 같은 녀석이라니까!

아직도 내가 이해할 수 없는 그 어떤 수상쩍은 것들로 단
단히 전신갑주를 입은 채 어느 누구 앞에서나 좀처럼 제 속
내평을 드러내지 않는, 영원히 풀리지 않을 수수께끼에 싸
인, 그야말로 의문투성이의 신비한 인물이었다. 수 개월에
걸쳐 서로 묘한 우정관계를 유지해 왔음에도 불구하고 나는
결코 천사에 관해서 잘 안다고 장담할 처지가 못 되었다.

"기현이 형!"

미처 변성기도 안 거친 듯 천장 쪽으로 높이 치솟는 천사
의 새된 목청이 방금 휴게실 안으로 들어선 내 옷자락을 붙
잡아 냉큼 밖으로 끌어내었다.

"깜빡 잊을 뻔했는데…….."

천사가 가쁘게 숨을 할딱이며 말을 이었다.

"숨은 선행의 장본인이란 말은 틀린 거야."

"뭐라구?"

"장본인은 그런 뜻으로 쓰는 말이 아니라니까."

한 손에 막대 모양으로 둘둘 말아 쥔 학보를 연방 다른
손으로 톡톡 쳐대며 천사는 천만뜻밖의 우김질을 거듭했다.
순간적으로 꽉 막혀버린 기를 두세 차례 심호흡으로 간신히

뚫어놓고 나서 나는 퉁상스럽게, 내가 지금 단단히 비위가
뒤틀려 있는 상태임을 노골적으로 드러냈다.

"오군아, 니 전공은 국문학하고 거리가 먼 줄로 아는데?"

"너 같은 꼬맹이가 그런 걸 어떻게 아느냐구? 형은 아직
도 뭔가 착각하고 있는 것 같은데, 이 대학에선 형보다도
내가 훨씬 더 고참이란 말이야. 형이 이 대학에 입학하기
몇 년 전에, 그러니까 형이 중학교쯤 다니고 있을 무렵에
난 벌써 국문과 김 교수님이 장본인에 대해서 쓰신 글을 학
보에서 읽어본 사람이야. 내 말 못 믿겠거든 얼른 가서 국
어사전이라도 찾아보라구."

따발총처럼 한바탕 따따따따 쏘아대고 나서 녀석은 또다
시 통통 튀는 정구공이 되어 순식간에 시야에서 사라져버렸
다. 마치 길을 가다가 똥 무더기라도 철퍽 밟은 듯한 기분
이었다.

어린애는 역시 어린애로 대해야 돼.

점심 대용으로 휴게실 매점에서 산 빵과 우유를 들고 빈
자리를 찾는 동안에도 나는 내내 불쾌했다. 코흘리개 귀애
하다가는 코 묻은 밥 먹게 된다는 옛말에 그른 데가 하나도
없다고 생각했다.

어린앨 어른처럼 대접해 주니까 결국 코 묻은 단팥빵을
먹게 되지.

단팥빵을 한입 크게 베무는 순간 뭔가 퍼뜩 짚이는 데가
있었다. 눈앞의 먹을거리를 어찌할 겨를도 없이 나는 진둥
한둥 학보사 사무실로 달려갔다.

학보사에 비치된 국어대사전을 펼쳐 해당 항목을 찾아내

는 순간, 내 얼굴은 모닥불이라도 흠씬 뒤집어쓴 듯 몹시도 화끈거렸다. 이럴 수가! 일개 단어란 것이 퇴침만한 국어대사전 속에서 내 인격을 여지없이 능멸하고 있었다. 아니, 이럴 수가! 평상시에 그토록 믿음직스럽게만 여겨왔던 상식이란 놈이 나를 본때 있게 배반하고 있었다. 아니, 그동안 내 잘못된 선입견과 빗나간 자부심들이 합세해서 멀쩡히 잘 있는 순진한 단어를 괜히 비틀고 집적거리고 때리는 등으로 야비한 집단 괴롭힘을 가했는지도 모를 일이었다. 그것들의 횡포와 학대를 견디다 못한 단어가 드디어 복수혈전을 개시했다는 증거일 수도 있는 일이었다.

과연 어린 천사의 지적은 옳은 것이었다. 사전 속에 등장하는 '장본인'은 여태껏 내가 알고 있던 선인의 얼굴이 아니라 놀랍게도 악당의 흉측한 얼굴을 하고 있었다. '나쁜 일을 일으킨 주동자'란 뜻풀이를 꽁무니에 거느린 채 장본인이 사전 속에서 자꾸만 나를 비웃고 있었다. 결과적으로 장본인은 어린 천사가 내게 베푼 가장 생광스런 선물이 된 셈이었다.

그날 이후부터 나는 내가 지닌 어휘력을 도무지 신뢰하지 않게 되었다. 잠자는 시간만 빼고는 사전을 늘 손끝에 매단 채 살다시피 했다. 혹여 단어의 비위를 거스르고 성깔을 덧들이게 될까 봐 단어의 눈치를 살피고 다독거리는 일이 점점 잦아졌다. 어떤 단어에 조금이라도 미심쩍은 구석이 느껴질 때면 돌다리도 두드려보는 심정으로 단어들이 모여 사는 사전의 문을 똑똑 노크하기 버릇했다. 단어에 폐가 되지 않게끔, 나도 모르는 사이에 단어에 실례를 범하는 일이 없게끔 나는 언제나 최대한 예의를 갖추어 그들을 괄목상대하곤 했다. 단어에 대한 나의 새로운 눈뜸은 이를테면 우리들 우정의 이름으로 어린 천사가 내게 베풀어준 가장 실감나는 은총인 셈이었다.

한 소년이 있었다. 학내에서는 학생들이건 교수님들이나 교직원들이건 거개의 사람들이 소년을 가리켜 천사라 불렀다. 개중에는 물론 사탄의 막내아들쯤 대하듯, 뱃속에 영감을 대여섯 명쯤 들여앉히고 있는, 교활하기 짝이 없는 녀석이라고 손가락질하며 소년을 사갈시하는 입들도 더러 있긴 했다. 하지만 다른 수많은 입들은 인간의 측은지심과 인내심을 시험하기 위해 하늘이 내려보내신 천사쯤의 존재로 생각하면서 소년을 지극한 애정으로 감싸주곤 했다.

호적도 주민등록번호도 없는 천사에게는 심지어 이름조차도 없었다. 모두들 그냥 오군이라 불러 버릇했는데, 그 성씨의 유래에 대해서는 천사 본인마저도 숫제 모르겠노라고 딱 잡아떼는 판이었다. 천사의 정확한 나이를 아는 사람 역시 학교 안에 아무도 없는 형편이었다. 키나 얼굴 생김새 따위 모두가 소년처럼 보이니까 그냥 소년인 줄만 알고 소년으로 대할 뿐이지, 겉보기와는 전혀 딴판으로 실상은 어지간히 나이배기라는 소문이었다. 새내기 대학생들하고 엇비슷할 거라는 추측에서부터 그보다 서너 살 혹은 대여섯 살 위로 나이의 상한을 무리하게 올려 잡는 주장에 이르기까지 소년의 나이를 둘러싸고 실로 다양한 견해들이 학생들 사이에 꾸준히 나돌았다.

천사의 키는 더 이상 자라지 않았다. 어른이 되기를 완강

히 거부하는 피터팬과도 같이 천사는 초등학교 중학년 정도
의 키에서 성장을 거지반 멈춰버린 상태였다. 천사의 얼굴
생김새 또한 속세의 타락과 인생살이의 간난신고에 눈뜨기
직전의 그 애매모호한 상태에서 이차 성징의 발달을 유예한
채 마치 곡예를 하듯 천진성과 교활성 사이의 경계를 아슬
아슬하게 넘나들고 있었다.

그 천사가 죽었다. 죽어도 그냥 곱게 죽은 게 아니었다.
강추위가 기승을 부리는 겨울 교정 안에서 아무도 모르는
사이에 혼자 꽁꽁 얼어붙어 죽은 것이다. 겨울 추위에 겹쳐
IMF 한파까지 사납게 몰아치는 가운데, 겨울방학을 맞아
에너지 절약과 경비 절감을 위해 대학본부 건물 이외의 모
든 건물에 난방 공급을 일절 중단키로 결정한 학교 방침에
따라, 개교 이래 처음으로 유령의 마을처럼 별안간 을씨년
스럽게 돌변해 버린 겨울 교정 한구석에서, 언 몸 녹여줄
한 점 온기 찾아 이리저리 헤매다가, 검부러기 같은 육신
하나 자빠뜨려 하룻밤 강추위 피할 적당한 자리 물색하다
가, 쓰레기들 그러모아 불지피고 어렵사리 한뎃잠 청하다
가, 야간 순찰 중인 경비원들한테 들켜 밤새도록 이리 쫓기
고 저리 쫓기며 숨바꼭질 벌이던 끝에, 새날이 밝았을 때
결국 참혹한 동사체로 발견되고 말았던 것이다. 천사는 그
렇게 자신의 낙원이라고 스스로 믿어 의심치 않았던 대학
교정에서 영구히 추방되었던 것이다.

"뭘 찾는 거야, 형?"

작년 바로 이맘때였다. 천사가 내 앞에 불쑥 모습을 드러
내던 최초의 순간을 나는 아무래도 잊을 수가 없다. 난데없

이 하늘에서 뚝 떨어진 존재 같았다. 웬 꼬마 하나가 오종
종한 이목구비에 앙증맞은 웃음을 띤 채 앞에 서 있었다.
녀석이 갑자기 내 앞길을 막아서며 불쑥 말을 걸어오는 바
람에 나는 적잖이 뜨악해졌다. 상아탑 운운하는 대학 도서
관 출입구에서 꼬마가 말을 걸어오다니.

"넌 누구냐?"

"우리 대학에서 나 모르면 간첩이야."

입에서 나오는 말대꾸만큼은 꼬마답지 않게 당돌하기 짝
이 없는 것이었다. 하지만 그렇게 말할 때의 꼬마의 얼굴에
서는 상대방의 마음을 편안하고 훈훈하게 만들어주는 해맑
은 웃음이 아지랑이처럼 모락모락 피어오르고 있었다. 우선
발랑 까진 말씨와 천진난만한 웃음의 그 부조화부터가 영
마음에 들지 않았다.

"어이구, 그러셔?"

"우리 대학에선 모두들 날 오군이라고 불러."

유명 인사를 자처하는 미지의 꼬마가 언필칭 들먹이는 그
'우리 대학'이란 표현도 마음에 안 들기는 매일반이었다.

"형은 학보사 수습이지? 맞지?"

꼬마가 내 면전에 번번이 들이대는 그 형이란 호칭은 더
더욱 마음에 안 들었다. 나이로 보나 뭐로 보나 형보다는
차라리 아저씨 쪽이 호칭으로는 훨씬 더 제격일 법한 관계
였다.

"그걸 어떻게 알았느냐구? 새내기라서 형은 아직도 소식
이 깡통인 모양인데, 그래 갖구서 어떻게 기자 노릇을 해?"

그야말로 갈수록 태산이었다. 학보사 기자 여부를 놓고

나는 입도 벙끗하지 않았는데 녀석 혼자서 그 문제로 자문 자답을 늘어놓고 있었다. 수습기자 선발시험에 뽑힌 지가 불과 일 주일 전 일인데, 제깟 놈이 무슨 재주로 그런 정보를 족집게처럼 알아냈을까.

"형, 그러다가 기절하겠네. 그렇게 놀랠 필요 없다구. 우리 대학에서 최고로 정통한 소식통은 바로 오군이니까. 우리 대학 안에서 일어난 사건이라면 크든 작든 오군이 모르는 게 하나도 없거든. 그러니까 형도 앞으로 도우미가 필요할 때는 언제든지 이 오군한테 부탁하란 말이야."

겉보기와는 영 딴판으로 무척이나 조숙한 꼬마였다. 조숙한 정도가 아니라 발랑 까졌다는 표현이 더 어울릴 법한 녀석이었다. 정말 별꼴이 반쪽이었다. 마치 286급 컴퓨터에서 느닷없이 멀티미디어 기능이 작동되는 기현상이라도 발견한 듯이 해괴망측한 느낌이었다. 또래의 다른 애들 같으면 한창 구구단이나 외우고 있을 어린 나이인데, 상식과 경험칙들을 모조리 파괴해 가며 녀석이 자유자재로 구사하는 그 능갈맞은 말주변이나 반지빠른 처신 때문에 나는 그저 어안이 벙벙할 지경이었다. 도대체 이 맹랑한 꼬마의 정체는 무엇일까.

"대단히 고마운 제안이긴 하다마는, 내가 이 학교 졸업할 때까지 오군한테 부탁할 일은 별로 없을 것 같구나. 이거 미안해서 어쩐다?"

녀석의 이목구비 하나하나를 요모조모 샅샅이 뜯어보며 나는 거절의 뜻을 단호하게 밝혔다. 그러자 녀석의 입에서 갑자기 풋살구 같은 웃음의 알맹이들이 도서관 바닥으로 땍

대구루루 굴러 떨어졌다.

"에헤잉, 당장 나한테 부탁할 게 있으면서 뭘 그렇게 내숭을 떨어? 형이 아직도 오군을 잘 몰라서 그러는 것 같은데, 오군한테는 그런 식으로 미안해할 필요 하나도 없다니까."

제아무리 도움의 손길이 아쉬운 처지라 하더라도 명색이 그래도 대학생인데 낯선 꼬마한테 뭔가를 부탁한다는 건 자존심에 관한 문제가 아닐 수 없었다. 녀석에게 도움을 청하느니 차라리 녀석을 모르는 죄로 간첩의 누명을 뒤집어쓰는 편이 훨씬 나을 것 같았다.

"오군아, 너 지금 그게 무슨 뜻으로 하는 소리냐?"

"에헤잉, 열람실이 초만원이라서 그냥 되돌아 나가려던 참이었잖아. 중간고사 날짜가 가까워지면 도서관은 늘 그런 법이야. 내가 그럴 줄 알고 형을 위해서 미리 좋은 자릴 하나 잡아뒀지. 참고열람실 일등석에다 빨간색 잠바를 올려놨으니까 가서 열심히 공부나 하라구."

"필요 없어!"

"괜히 오군한테 자존심 내세울 거 없어. 공부 열심히 해서 혹시 중간고사 전 과목 에이뿔 받아서 장학금 타게 되면 나한테 한턱내야 돼."

"싫다니까!"

"다른 뜻은 아무것도 없다니까. 첨부터 형이 어쩐지 오군 맘에 들어서 형이랑 친해지고 싶어서 이러는 거라구."

뜻밖의 호의를 두고 서로 받으라거니 못 받겠다거니 다퉈가며 녀석과 승강이질을 벌이고 있는 사이에 화사한 봄옷으로 곱게 차려입은 봄처녀 학생들 몇몇이 열람실에서 나왔다. 그니들은 우리 곁을 지나치면서 우리를 향해 묘한 눈짓과 함께 소리 없는 웃음을 보내왔다. 개중에는 반갑게 손을 흔들면서 오군에게 얼른 알은체를 하는 여학생도 섞여 있는 점으로 미루어 학내에서 오군의 존재가 대단하다는 게 결코 빈말이 아님을 짐작할 수 있었다. 만약에 저 여학생들이 조금만 덜 예뻤더라면 얼마나 좋았을까. 그니들이 하나같이 많이많이 예쁘고 너무너무 날씬해 보이는 꼭 그만큼 나는 그 좋은 봄날 오군 같은 꼬맹이 따위나 상대하고 있는 나 자신이 많이많이, 그리고 너무너무 창피하게 느껴졌다.

"그래, 네 뜻이 정 그렇다면……."

그따위 열람석 하나에 객스럽게 욕심이 발동한 탓은 결단코 아니었다. 다만, 그 막심창피의 현장으로부터 한시바삐 모면하고 싶다는 일념에서 나는 마지못해 꼬마의 선물을 받아들이는 수밖에 없었다.

"맨손으로 오군을 그냥 보낼 거야?"

나왔던 통로를 되짚어 참고열람실 쪽으로 다시 들어가려는 나 몸뚱어리를 오군이 웃음의 오랏줄로 잽싸게 포박했다. 조막만한 얼굴 위로 넘치도록 가득 번지는 그 봄햇살 닮은 웃음이 오군의 모습을 눈 깜짝할 사이에 둔갑시켜 간교한 애늙은이 상태에서 천의무봉의 동자 신분으로 구제해놓았다.

"오는 정이 있으면 가는 정도 있어야지. 동전 몇 개로 충분해."

소리가 났다. 오랫동안 기다리고 기다리던 기척이었다.

창 밖의 산자락을 뒤지며 진달래 꽃너울 속에서 시간의 저
편으로 흘러가버린 천사의 웃음을 일삼아 찾고 있던 내 시
선이 그 기척에 이끌려 저절로 주간실 쪽으로 옮겨졌다. 철
옹성 같던, 영원히 닫힌 채로 있을 것만 같던 주간실 문이
마침내 열리는 찰나였다. 지난 학기말부터 편집국장의 중책
을 맡기 시작한 장 선배가 그 중책에 걸맞은 마라톤 담판을
힘겹게 마치고 문 밖으로 지친 얼굴을 내미는 순간, 나는
더 참지를 못해 그예 자리에서 벌떡 일어서고 말았다. 나하
고 얼핏 시선이 마주치자 그는 약간 장난스런 동작으로 손
을 들어올리면서 엄지와 집게손가락의 끝을 맞붙여 동그라
미를 만들어 보였다. 이른바 오케이 사인이었다.

"들어가 봐. 너무 긴장하지 말고."

주먹으로 내 어깨를 툭 칠 때의 장 선배 얼굴은 온통 벌
겋게 상기해 있었다. 극도의 긴장감 때문에 뻣뻣이 굳어 있
던 내 몸뚱이는 하마터면 장 선배의 그 가벼운 일격에도 맥
없이 무너져 내릴 뻔했다.

"말두 안 돼, 이건!"

다음 순서는 신 선배 차례였다. 앙칼진 목청과 함께 그니
는 거칠게 자리를 차고 일어섰다.

"말두 안 돼! 말두 안 돼!"

얼마든지 말이 된다는 사실을 신 선배 앞에 즉각 입증해
보이지 못해 나는 안달이 날 지경이었다. 하지만 그것은 내
가 떠맡을 작업이 아닌 듯싶어 목젖 너머로 치받는 험상궂
은 말들을 꾹 누른 채 말이 되는지 안 되는지 따지는 문제를
그니의 여전한 상사병 대상인 장 선배한테 일임해 버렸다.

"자네 아이템을 승인키로 결정했네."

주간 교수님은 내 얼굴을 쳐다도 안 보고 혼잣말 비슷한 가락으로 말했다. 나하고 눈길이 엇갈리는 일조차 일부러 회피하는 듯한 인상이었다.

"감사합니다."

"감사는 무슨……."

빈말로라도 의자에 앉으라고 권할 것 같은 눈치가 전혀 안 보였다. 나는 일정한 거리를 두고 응접용 탁자 세트를 마주한 채 교수님의 다음 말씀을 경청할 만반의 태세를 취했다.

"비단 오 아무개 당사자 한 사람에 국한된 문제가 아니야. 그리고 이건 오 아무개 소년하고 특별한 교감을 나눈 것으로 전해들은 박 기자 개인의 사사로운 문제만도 아니야. 이건 인간존재 그 자체하고 관련된 아주 심각하고도 근본적인 문제야. 인정이 메마르고 사랑이 실종된 오늘날의 세태를 가장 극명하게 반영해 주는 하나의 좋은 쌤플이 되는 사례로서……."

아, 하면서 내 마음이 감탄을 금치 못했다. 교수님의 입은 불의 이미지가 담긴 뜨거운 말들을 줄줄이사탕으로 토해 내고 있었다. 하지만 그런 말들을 들먹일 때의 그 표정이나 어조는 얼음장처럼 싸늘하게 느껴졌다. 감정이 죽어버린 박제의 말들이 앵무새 흉내처럼 사무적으로 길게 나열되는 동안 나는 푹신한 응접소파 위의 교수님을 우두커니 내려다보며 잠시 혼란에 빠질 수밖에 없었다.

그것은 교수님의 독자적인 생각이 결코 아니었다. 설득용으로 주간실에 미리 준비해 가지고 들어간 장 선배의 발언을 거의 그대로 복제한 유사품에 지나지 않았다. 자신감을 잃은 채 초장부터 가리산지리산 헤매고만 있는 장 선배의 손에 그것과 똑같은 논리를 나침반처럼 쥐어준 사람은 다름 아닌 나였다. 단안을 못 내린 채 차일피일 시간을 끌면서 자꾸만 뭉그적거리는 장 선배를 설득할 당시에 한번 써먹은 적이 있는 내 말이 어느 틈에 부메랑으로 변해 내 목줄띠를 과녁 삼고 날아오는 듯싶은 그 어처구니없는 현상 앞에서 나는 한 가닥 불안마저 느낄 지경이었다.

"학교 당국에서 혹시 무슨 말이 있을지도 모르겠는데, 내가 알아서 잘 처리할 테니까 자네 소신껏 한번 열심히 뛰어보게."

엊그제까지만 해도 일방적으로 신 선배를 편역들던 주간 교수님이었다.

이미 다 지나가버린 일 아닌가. 별로 아름답지도 못한 그런 사건을 이제 와서 새삼스럽게 다시 들그서내 가지고 학교나 학생들 모두한테 이로울 게 뭐가 있다고 자넨 그 고집인가.

심지어 천사 문제와는 얼토당토않은 교훈이나 학보의 창간 목적까지 원용해 가며 턱도 없이 견강부회마저 서슴지 않는 식으로 애초부터 천사 특집을 극력 반대해 나온 주간 교수님이었다.

합법적인 절차를 밟아서 아무런 하자도 없이 벌써 마무리된 사건이니까 더 이상 재론의 여지도 없단 말이네.

"감사합니다."

그처럼 완강하던 교수님의 입에서 맥없이 떨어진 구두 결재인지라 나는 아직도 반신반의하는 심정이었다.

"감사는 무슨……."

평상시의 그 깐깐한 성격답지 않게 전적으로 남의 말만을 빌려 자신의 의견을 대신해 버린 교수님을 눈앞에 두고 내 주장이 관철되었다 해서 섣불리 쾌재를 부를 수도 없는 노릇이었다.

"그럼 이만 물러가겠습니다."

"잘해 보게."

편집실 내부 풍경은 내가 예상했던 것보다 실히 두 배는 더 썰렁하고 살벌했다. 그새 밖으로 나돌다 돌아온 다른 기자들이 때아닌 다툼질의 현장을 호기심에 찬 눈초리로 말없이 지켜보고 있는 중이었다. 철제 출입문 저편의 주간실 눈치를 보느라 피차 목청은 높이지 않았지만 장 선배와 신 선배 사이에는 팽팽한 긴장감이 고압 전류처럼 흐르고 있었다.

"천사 좋아들 하시네! 천사는 무슨 얼어 죽을 천사!"

감히 대놓고 편집국장에게 반말지거리를 하고 있었다. 비록 같은 학번일지라도 하급자는 상급자에게 깍듯이 존대하기로 돼 있는 학보사 안의 오랜 관행을, 어떤 면에서는 성문법보다 오히려 더 엄혹한 그 불문율을 신 선배는 부앗김에 과감히 깨뜨리고 있었다.

"신 부장 말마따나 이미 얼어 죽었잖아? 천산지 아닌지는 모르지만 오군이 얼어 죽은 것만은 움직일 수 없는 사실이잖아? 참혹하게 얼어 죽은 불쌍한 영혼을 두고 그렇게 함부로 말하는 법 아니야. 아무리 어린애 상태로 유명을 달리했다 하더라도 우리나라 미풍양속대로 죽은 사람한테는 귀신 대접을 해서 최대한 존중해 줄 줄 알아야지!"

괜히 상대방의 말꼬리나 붙잡고 늘어지려는 못된 심사는 결코 아니었으리라. 장 선배의 어조는 너무도 진지하게 들렸다. 바로 그 지나친 진지함 때문인지 장 선배가 거의 우스개에 가깝도록 신 선배의 실언을 지적했음에도 불구하고 사무실 안의 어느 누구도 감히 웃을 엄두를 내지 못했다.

"장병권 씨 혼자서나 실컷 존중하시지. 아참, 우리 인권 운동 투사 박기현 선생께서도 여기 함께 계셨네."

뒤늦게 나를 발견한 신 선배는 깜짝 반색을 하는 척하면서 얼른 내게로 화살을 겨누었다. 제 성깔을 못 이겨 이미 한바탕 서럽게 눈물바람을 하고 난 얼굴이었다. 마스카라를 녹이며 흘러내린 눈물줄기가 안경알 안쪽에다 거무죽죽한 얼룩을 만들어놓은 탓에 그니의 화상은 추저분하기 이를 데 없었다.

"죽이 잘 맞는 선후배끼리 둘이서 짝짜꿍이로 애기 천사 사당이라도 지어놓고 날마다 제사라도 모셔보시지!"

실연 사건 이후부터 마치 누구한테 원수라도 갚을 작정인 듯 요란하게 시작된 그니의 화장은 사실 여대생 신분치고 그 정도가 지나쳐 어느덧 접객업소 여종업원 화장술 수준에 이르러 있었다.

"잘 들어둬! 늬들 선후배한테는 천산지 뭔지 몰라두 나한테는 여전히 비럭질하던 거지구 남들한테 빌붙어 살던 기생 충 같은 존재에 지나지 않아. 천사 예찬은 내가 안 보는 데서 늬들끼리나 하든지 말든지 하라구! 아직두 뭘 모르시나

본데, 학보란 건 어디까지나 대학 공동체 전체를 위한 사회적 공기란 말이야. 서로 형님 먼저, 아우님 먼저, 해가며 사적인 감정 따위나 울긋불긋 색칠해서 내보내는 자가용 스피커가 아니란 말이야. 학보사 기자쯤 됐으면 공과 사를 구분할 줄도 좀 알아야지!"

내 면전에 대고 그니가 마구잡이로 쏘아대는 화살들은 따끔따끔 꽤나 아팠다. 하지만 모양이 날카롭고 뾰쪽하다 해서 그것이 곧 진실의 전부는 아니기 때문에, 그리고 날카로운 허위나 뾰쪽한 왜곡도 얼마든지 활개치는 요즘 세상이라고 믿기 때문에, 그니의 화살들이 내게 치명상을 입히지는 못했다. 다른 어느 누가 그런 말을 했다면 혹간 또 모르겠다. 유감스럽게도 상대가 신선아 바로 그니이기 때문에 내게는 할말이 무진장으로 많았다.

"방금 부장님이 말씀하신 그 공은 뭐고 사는 또 뭡니까?"

내가 말끝을 채 마무르기도 전에 장 선배가 나를 향해 무섭게 돌진해 왔다.

"사적인 감정이라니요? 천부당만부당하신 말씀입니다. 말하자면 내가 하고 싶었던 말을 사돈이 먼저 하는 격이군요."

장 선배가 손바닥으로 내 입을 덮쳤지만 나는 그 손을 뿌리치면서 그예 끝까지 말을 해버렸다. 신 선배가 갑자기 온몸을 파들파들 떨기 시작했다.

"어머머머! 박기현이 너! 너 이 새끼!"

토막말 몇 마디를 가까스로 내뱉다 말고 신 선배는 제 손으로 제 입을 얼른 가려버렸다. 기가 막힘을 나타내고자 할 경우 거개의 여자들은 왜 하필이면 스스로 제 입을 가림으로써 가뜩이나 꽉 막힌 기를 가일층 단속하는 잘못된 습관을 내보이는지 나로서는 정말 알다가도 모를 노릇이었다. 신 선배가 느닷없이 거지반 통곡에 가까운 원색적인 울음을 꺼이꺼이 토해 내기 시작했다.

"웬 소란들인가?"

주간실 출입문이 벌컥 열렸다.

"아까부터 왜들 이리 야단법석을 떨고 있나?"

"아, 아무것도 아닙니다. 뭐 별일은 아니고요, 업무상의 문제로 상의를 하다가 기자들 간에 약간 의견 대립이 생기는 바람에……."

얼렁뚱땅 휘갑을 치면서 장 선배는 엉뚱하게도 나를 손가락질했다. 속이 빤히 들여다보이는 그 거짓말에 주간 교수님은 순진한 척하면서 너그럽게 속아주었다.

"의견 대립 같은 건 가급적 대충대충 끝내는 게 좋아. 웬만하면 서로가 조금씩 양보를 해서 빨리빨리 합의를 도출하도록 해."

"옛, 그렇게 하겠습니닷!"

주간실 출입문이 도로 굳게 닫히자 장 선배가 나를 보고 연방 한쪽 눈을 째긋거렸다. 먼저 밖에 나가 기다리고 있으라는 신호인 듯했다. 신 선배는 일단 울음소리를 거두긴 했지만, 아직도 눈물에 콧물 범벅의 추저분한 얼굴인 채 훌쩍거리는 시늉을 멈추지 않았다. 나는 서둘러 서랍 속에 든 취재용 소형 녹음기와 카세트테이프 따위를 챙겨 가방에 쓸어 담은 다음 허둥지둥 학보사 사무실을 빠져나왔다. 장 선배도 그 불타는 지옥 같은 환난의 땅으로부터 이내 탈출에 성공해서 정감록 식으로 말하자면 풍수지리상 캠퍼스 내의 십승지지 가운데 한 곳인 학생회관 휴게실로 나를 찾아왔다.

"기현이 너 인마, 무슨 성깔이 그따위냐?"

장 선배는 탁자 너머 내 맞은편 자리에 철퍼덕 엉덩이를 부리면서 너끈히 십 년은 감수했다는 표정을 지었다.

"아무튼지 선아 그 기집애 오기 하나는 진짜 올림픽 금메달감이라니깐. 봐라, 여자가 한번 한을 품으니깐 이렇게 오 뉴월, 아니지, 춘삼사월에도 허옇게 서리가 내려앉잖아."

"그러니까 여자관계로 인생에서 피를 보는 일이 없게끔 평소에 미리미리 늘 자기 행실을 삼가셨어야지요."

"인마, 누군 뭐 미남으로 태어나고 싶어서 태어난 줄 알아? 똑똑하고 잘난 킹카로 뭇 여성들한테 인정받는 것도 전부 다 내 잘못이고 내 책임이란 말이냐? 아마 너 같은 추남들은 내 괴로운 심정 이해 못할 거다."

장 선배의 항변 아닌 항변이 내 겨드랑이를 마구 간질이는 바람에 나는 별수 없이 실소를 하고 말았다. 덩달아 장 선배도 풀썩 웃어버렸다.

"솔직한 내 심정을 고백할까? 나 대신 신 부장한테 어퍼컷을 날리는 걸 보면서 나는 속으로 너한테 박수갈채를 보내고 있었다."

곧이어 그는 좌우로 절레절레 도리머리를 해보였다.

"그나저나 참말로 걱정이야. 신 부장이 언제까지 저런 식으로 나올 건지 도무지 감이 안 잡힌단 말씀이야."

"하다하다 정 안 되면 제풀에 지쳐서 언젠가는 그 오뉴월

서리 내리기를 단념하겠죠, 뭐. 신 부장 쪽은 크게 신경 쓰지 않아도 될 듯싶은데, 아까부터 전 왠지 모르게 교수님 쪽이 자꾸만 맘에 걸리는군요."

"왜? 교수님이 뭐라고 또 딴소릴 하셔?"

갑자기 그의 눈알이 맥주병 뚜껑만하게 휘둥그레졌다.

"뭐 꼭 그러셨던 건 아니지만서도……."

내가 잠시 머뭇거리는 기색을 보이자 그는 일순 꼿꼿이 긴장시켰던 낯꽃을 활짝 펴면서 과장스레 자신감을 나타냈다.

"내가 미리미리 다 알아서 약을 독하게 먹여뒀으니깐 박기자는 이제 안심 팍 놓아도 괜찮다구. 만일의 경우, 만약 이번 천사 특집이 끝끝내 무산되는 불행한 사태가 온다면 그 책임은 전적으로 주간 교수님한테 있다고, 학보사 기자 전원이 집단 사표를 제출할 작정이니깐 그리 아시라고 오금을 콱콱 박아놨거든. 약발이 잘 먹혀들 거니깐 안심 팍 놓고 만인의 심금을 울릴 명문장이나 부지런히 쥐어짜보란 말이야."

자신의 은인이나 다름없는 천사에 관련된 문제를 둘러싸고 한동안 갈팡질팡하며 미온적인 태도를 보였던 그간의 자기 잘못에 대해 스스로 호되게 질책이라도 하는 듯한 태도였다. 혹은 그때 잃어버린 점수를 한목에 벌충해 보려고 안간힘을 다하는 사람 같기도 했다. 교수님이 얼음장처럼 너무 차갑게 나와서 탈이라면 장 선배는 갑자기 잉걸불처럼 너무 뜨겁게 달궈지는 그 점이 되레 탈이었다. 두 사람이 정반대로 반응하는 것 같지만 실은 양쪽 다 불안하긴 매일반이란 점에서 교수님과 장 선배는 서로 일맥상통하는 데가 있었다.

"왜, 벌써 갈려고?"

"오더가 떨어졌으니 바로 작업에 착수해야죠."

나는 가방끈 두 가닥을 한데 모아 한쪽 어깨에 걸치려다 말고 갑자기 송곳으로 쿡 쑤시는 듯한 통증을 가슴에 느꼈다. 아, 가방끈!

"기현아, 너무 서둘지 마. 급히 먹는 밥이 체하는 법이야. 충분히 뜸을 들여가며 오늘날 대학가의 잠든 양심을 흔들어 깨울 수 있는 한 편의 휴먼 드라마를 만드는 거야. 기현이 너, 그럴 자신 있어?"

"윤정이하곤 요즘도 자주 만나나요?"

나는 거의 매일이다시피 강의실에서 자주 대면하는 동급생의 안부를 장 선배에게 묻는 것으로 내 대답을 대신해 버렸다.

"야, 인마, 버릇없이 너 윤정이가 뭐냐, 윤정이가? 너한테는 엄연히 형수님이 되는 분이시지."

장 선배의 기분 좋은 웃음소리를 뒤로한 채 휴게실을 나서면서 나는 가방끈, 하고 재차 속으로 뇌었다. 천사와 더불어 가방끈의 길고 짧음에 대해 논하면서 낄낄거리던 적이 그 언제였더라.

그것은 비단 나 혼자만의 생각이 아니었다. 천사를 아는 수많은 대학생들이 그 애의 영리함 때문에 지레 주눅이 들곤 했다. 그 애를 한 번이라도 직접 접해 본 학생이라면 모두들 초등교육조차 제대로 받지 못한 그 애한테서 부지불식간에 드러나는 유식과 달변에 자주 혀를 내두르지 않을 수 없었다. 웬만한 질문에는 막힘없이 정확히 답변하는 척척박사로 소문나 있었다. 어떤 교수님은 질문을 뚝 잘라먹은 채 벙어리 행세나 하는 어벌쩡한 제자를 꾸짖을 적마다 번번이, 오군한테 가서 배우라, 오군을 본받으라며 단단히 망신을 주곤 하는 것으로 교내에서 악명을 떨치기도 했다. 심지어 일부 몰지각한 학생들의 경우, 비교적 단순한 내용의, 그러면서도 시간은 우라지게 많이 잡아먹는 성가신 리포트의 제출 마감을 앞두고는 당장 의형제 혹은 의남매라도 삼으려는 듯 다따가 추파를 던지며 오군에게 접근하는 행태마저 서슴지 않을 정도였다.

형, 뭘 그렇게 열심히 해?

어느 날, 도서관에서 가위 살인적인 어떤 과제물 하나를 붙들고 한나절씩이나 씨름하는 중인데, 받침대 아래쪽에서 작고 하얀 손 하나가 고물고물 올라오더니만 열람석 위에다 메모지 한 장을 슬그머니 떨어뜨렸다. 언제 그렇게 소리 없이 다가왔는지, 내 무릎 근처에 바싹 쪼그려 앉은 채로 오군이 악동의 미소를 냄새처럼 솔솔 피워 올리고 있었다.

사서 아저씨한테 들키면 어쩌려고 또 들어왔어?

나는 메모지 여백에다 몇 자 급히 휘갈겨 도로 내려보냈다. 도서관 안에서 종종 일어나는 각종 크고 작은 도난 사건 때문에 출입이 엄금돼 있는 잡인 신분임에도 불구하고 워낙 수완이 남다른 데가 있는 오군은 ID카드 없이도 마치 풀방구리에 생쥐 드나들듯 날이면 날마다 젊은 사서의 눈을 얼마든지 잘도 피해 가며 여전히 열람실 잠행을 일삼고 있었다.

밤에 연애했나 봐. 노총각 사서님 지금 꾸벅꾸벅 졸고 있어.

히힛 웃음소리와 함께 메모지가 스윽 다시 돌아왔다. 침묵 속에서 큰 손과 작은 손 사이를 은밀한 필담이 대여섯 차례 더 오갔다.

나 지금 무지무지 바빠. 과제물 때문에 해골이 복잡해.

그거 국문과 최 교수님 과목 리포트지? 문학의 이해?

어떻게 알았지?

형 앞에 쌓인 자료들 보면 금방 알 수 있어. 최 교수님은 자기 교양과목에서 벌써 몇 년째나 똑같은 족보를 사용하고 있거든.

오늘 너랑 노닥거릴 시간 없어. 내일 만나.

내가 도와줄까? 그 자료들 대출해서 나한테 넘겨주기만 하면 돼.

뭐가 어째? 너 자꾸 내 자존심 건드릴래?

그 리포트 별거 아냐. 전에도 두어 번 다른 학번 형들한테서 용역을 맡은 적이 있거든. 동전 몇 개로 충분해. 작년에도 똑같은 거 어떤 누나 대신 내가 대필해 줘서 에이뿔 맞은 적 있단 말이야.

드디어 더는 참을 수가 없어 손가락을 집게로 사용해서 녀석의 한쪽 귓불을 답삭 집어 올렸다. 그리고 필담만으로는 아무래도 성에 안 차서 녀석의 귓구멍에 대고 맹독성의 수은 같은 귀엣말을 졸졸 흘려 넣기 시작했다.

"오군아, 그건 절대로 있을 수도 없고 또 있어서도 안 되는 학사업무 방해 행위고 협잡 행위란 말이야. 쬐끄만 사기꾼한테 속아서 귀중한 내 학점을 망치고 싶지 않단 말이야, 오군아."

그러자 녀석도 엇비슷한 방식으로 제꺼덕 응수해 왔다.

"어리다고 지금 오군을 막 무시하는 거지? 대학생 아니라고 오군 실력을 의심한다, 이거지? 자존심 건드리는 건 내가 아니고 바로 형이야!"

옆자리의 학생이 쉬잇, 하면서 손가락 하나를 입술 위에 오뚝 세워 보였다. 나 또한 주변의 눈치를 살피며 쉬잇, 하고 주의를 주었지만 녀석은 거듭되는 경고에도 전혀 아랑곳없이 찰거머리처럼 달라붙어 계속 나한테 개개는 것이었다.

"어느 쪽 가방끈이 더 긴가 어디 우리 한번 내기해 볼까? 이래봬도 나 오군은 말이지, 자그만치 십 년씩이나 대학밥 먹고 대학물 마신 몸이란 말이야. 이제 겨우 새내기 대학생 가방끈 따위하곤 애시당초 비교도 안 된단 말씀이야. 우리 대학에서 오군 실력 무시했다가 나중에 가슴을 치면서 후회한 형들, 누나들이 한둘이 아니라니까 그러네."

아, 그 빌어먹을 가방끈. 그날 나는 결국 절대로 있을 수도 없고 또 있어서도 안 되는 그 비열한 협잡 행위에 스스로 가담함으로써 일부 몰지각한 학생의 일원이 되고 말았다. 학보사 활동이 결정적인 원인이었다. 대학신문 기자도 무슨 언론인 축에 든답시고 나는 한동안 부응 뜬 상태에서 정의가 어떻고 진실이 어떻다고 떠들어대면서 학내 여기저기를 들쑤시고 다니는 등으로 마냥 거추없이 설쳐대느라 공부할 시간을 몽땅 잡아먹고 말았다. 그처럼 요란한 수습과

정을 보낸 덕분에 나보다 가방끈이 열 배 이상 길다는 오군의 제의에 그만 귀가 솔깃해지지 않을 수 없었던 것이다.

들리는 소문 그대로 오군은 과연 나를 실망시키지 않았다. 천사의 협조 덕분에 나는 '운문 형식과 관련한 인간의 리듬감 표현양식의 유형별 조사'란 제목의 꽤 성가신 기말 과제를 제때 제출함으로써 문학개론 과목의 학점을 무난히, 그것도 아주 우수한 성적으로 따낼 수 있었다.

바로 그 천사가 죽었다. 천사의 죽음을 떠올릴 적마다 나는 습관적으로 만일의 경우를 상상해 보곤 했다. 갖가지 만일의 경우들이 나를 끊임없이 괴롭혀대고 있었다. 만일 오군이 정상적인 가정에서 좋은 부모 밑에 태어나 사랑으로 양육되며 성장했더라면, 만일 오군이 대학 캠퍼스 아닌, 다른 사회복지시설 같은 정상적인 환경 속에다 일찌감치 제 삶의 터전을 마련했더라면, 만일 IMF 한파 같은 불행한 상황이 불시에 들이닥치지만 않았어도, 만일 신이 있어 그 신이 크고 강한 권능의 날개를 활짝 펴서 춥고 배고픈 한 어린 생령을 겨울 추위로부터 따뜻이 덮어주기만 했어도…….

번번이 그 '만일의 경우'의 맨 끝자리는 깔축없는 내 차지였다. 만일 내가 난방 공급 중단으로 말미암아 사상 초유의 추위가 예상되는 그 겨울방학 기간에 그 애를 데리고 상경해서 다만 며칠간이라도 우리 집에서 그 애와 함께 시간을 보냈더라면 지금쯤 그 애는 어찌 되었을까.

괜히 에멜무지로 해보는 상상만은 결코 아니었다. 방학 초기, 모든 사물이 새하얗게 탈색된 설경 속의 겨울 캠퍼스에 남아 학년도의 마지막 호 학보 제작을 마친 후 실제로 나는 귀갓길에 그 애와 동행할 작정이었다. 갑자기 휑뎅그렁하니 비어버린 캠퍼스 안에서 혼자 쓸쓸하고 고단하게 방학 기간을 견딜 그 애의 모습이 자꾸만 눈에 밟히는 탓이었다.

아니나다를까, 그 애는 내 호의를 일언지하에 단호히 거절해 버렸다. 그럴 만한 이유가 전혀 없다는 것이었다. 대학 캠퍼스야말로 저한테는 집이고 낙원이라는 것이었다. 낙원을 벗어난 다른 곳에서의 생활은 꿈속에서조차 생각해 본 적이 없다는 것이었다. 추운 겨울을 캠퍼스에서 보낸 경력이 벌써 십 년째나 되니까 아무 걱정 말라면서 그 애는 자신만만하게 웃어 보이기까지 하는 것이었다. 결국 그것이 생전과 사후를 통틀어 내가 그 애를 볼 수 있는 마지막 기회였던 셈이다.

바로 그 천사가 죽었다.

너 역시 책임을 면할 순 없어.

자취방 천장 저 위에서 우렁우렁 내려앉는 정체불명의 웬 걸쭉한 목소리 때문에 나는 밤마다 가위눌리는 꿈속에서 식은땀을 흘려야 했다. 그럴 때마다 누군가 내 참호 속에 투척한 수류탄을 주워들어 방금 날아왔던 곳을 향해 냉큼 되던지듯 나는 격한 반발을 보이곤 했다.

그게 어째서 내 책임이란 말인가? 그 애를 위해서 난 할 만큼은 다 했어. 나한테 돌 던질 자 있으면 한번 나와보라 그래.

하마터면 뒤집어쓸 뻔했던 살인의 누명을 벗는 데 급급한 나머지 나는 성경 말씀마따나 천사인 줄 모르고 불쌍한 더

부살이 소자 하나 부지중에 공궤(供饋)했던 내 알량한 지난 행적을 턱없이 과장하거나 미화하기도 했다. 굳이 책임의 소재를 가린다면 전지전능하신 신 또한 알리바이를 주장할 근거가 전혀 없다는 사실을 나는 분명히 해두고 싶었다. 오 군의 경우만 생각한다면 조물주가 과연 공정한 존재인지 불공정한 존재인지 잘 분간이 되지 않았다. 조물주는 그 애에게 정상적인 가정을 애당초 허락하지 않았다. 그러면서 다른 한편으로는 남달리 영리한 두뇌와 사람들로 하여금 측은지심을 불러일으키기에 부족함이 없는 가엾은 용모를 주어이 흉악무도한 세상에서 짤막한 생애를 보내는 동안 유력한 생존의 도구로 삼도록 배려하기도 했다. 도대체 이것은 자비의 소산인가, 아니면 악의의 소산인가. 나는 두 눈을 한껏 부릅떠 깜깜한 천장을 노려보며 정체불명의 목소리를 향해 툽상스레 시비를 거는 것으로 내 잠을 망치는 기나긴 밤에게 앙갚음하곤 하는 일이 갈수록 잦아졌다.

뉘신지는 모르지만 댁도 너무 그러는 거 아니라구. 다른 사람이라면 또 모르겠어. 아무 죄도 없는 어린애였잖아. 공깃돌 다루듯 애먼 생명을 갖고서 그렇게 심하게 장난을 쳐서야 되겠어? 그 누구의 악의에 의해서도 인간의 운명은 절대로 희롱의 대상이 될 수가 없는 법이라구. 특히나 어린애의 운명은…….

내가 알고 있던 천사는 이미 가버렸다. 천사가 가버렸다는 사실 그 자체만으로도 벌써 유감이 많았지만, 그보다 한층 더 고약한 것은 그 비극을 전후한 시간의 나 자신을 두고 느끼는 유감이었다.

그 무렵 나는 친구 아버지가 경영하는 당구장에서 아르바이트를 하고 있었다. 약 백여 리 상거의 한 지방대학 캠퍼스에서 토끼몰이에 나선 경비원들한테 천사가 사정없이 쫓겨 다니고 있을 바로 그 시간에 나는 손님들의 발길이 끊긴 틈을 기화로 친구와 함께 새벽까지 실컷 당구를 즐기다가 천사의 체온이 싸늘히 식어가고 정신이 점차 혼미해고 있을 바로 그 시간엔 당구장 앞 포장마차에서 소주를 홀짝거리고 있었다. 그리고 천사의 꽁꽁 얼어붙은 영혼이 추워, 추워, 하고 연방 되뇌면서 이승을 떠나고 있을 바로 그 순간엔 곤드레만드레가 되어 친구를 상대로 횡설수설 아무 말이나 씨불대다가 석유난로가 활활 타는 당구장 안에서 세상모르고 곯아떨어져 악몽 한 토막 꾸는 법도 없이 잘만 자고 있었다.

정말 그랬다. 나는 그토록 나하고 자별하게 지내던 천사의 존재를 내 머릿속에서 표백시켜 깨끗이 지워버린 채 그렇게 허랑한 젊음을 보내느라고 천사와 작별할 기회마저 영영 놓치고 말았다. 내가 천사의 부재를 처음 알아차린 것은 겨울방학이 끝나 오랜만에 다시 교정을 밟으며 맞이한 개강 첫날이었고, 천사의 주검은 그때 이미 학교와 행정당국에 의해 무연고 변사체로 처리되어 어떤 대학병원에 실습용으로 보내진 다음이었다.

자취방으로 돌아오자마자 나는 작업을 무지무지하게 서두르기 시작했다. 한 주간에 걸친 마라톤 취재의 결과였다. 이미 수많은 인물들을 상대로 인터뷰를 벌여 미리감치 충분한 자료를 확보해 둔 상태였기 때문에 가외로 특별히 더 준비할 일은 없었다. 우선 녹음기의 재생 버튼부터 눌러 테이

프 안에 일시 구금했던 사람들을 한 명씩 증인석으로 불러
내는 작업이 급했다. 나는 그들로부터 녹취한 음성언어로서
의 증언들을 눈에 보이는 문자언어로 바꿔놓음으로써 아무
리 장구한 시간이 흐르고 거센 바람이 몰아쳐도 절대로 다
른 엉뚱한 곳으로 달아나버리는 일이 없게끔 A4용지 안에
차곡차곡 기사 자료들을 쟁여 나가기 시작했다.

이한용 동문(28세, 대학원 박사과정)

아니라고? 그럼 그보다 훨씬 더 전의 일인가? 하긴, 너무
오래된 일이라서 내 기억이 맞다고 장담할 수도 없지. 듣고
보니, 대학생활은 나보다 오군 쪽이 더 선배였던 것 같기도
해. 그래, 맞았어. 내가 처음 학부에 입학할 당시부터 오군
이란 꼬리표가 달린 웬 꼬맹이 녀석 하나가 캠퍼스 여기저
기서 자주 눈에 띄곤 했었지. 그러니까 금년 나이 열네 살?
아니, 열다섯 살? 어쩌면 그보다 몇 살 더 많을지도 모르
겠군.

오군은 그때도 역시 지금이나 다름없는 인기 스타였어.
어떤 점에선 지금보다 오히려 더 인기가 있었다니까. 말하
자면 우리 학교 마스코트 같은 존재였지. 물론 총학 같은
공식기구를 통해서 정식으로 선정된 마스코트는 아니지만
말이야. 하여튼지 우리 학교에서 대표적 명물이라 해도 과
언이 아닐 정도로 유명했던 것만은 어김없는 사실이야. 봄
대동제나 가을 학술제 같은 때면 서로 먼저 모셔가겠다고
각 과마다 난리를 치는 통에 몸이 열둘이래도 모자랄 판이
었지. 여러모로 쓸모가 많은 애였거든. 하여튼지 걔를 데려

다 앞장세우기만 하면 일일주점이나 바자회 같은 수익사업도 엄청 잘 되고 또 응원단장을 시키면 각종 경기에서 승률이 대폭 높아지는 것으로 소문이 자자했으니까.

결손가정 출신이라고 얼핏 들었던 기억이 나. 일찌감치 부모가 이혼을 했다든가, 부모 중에 어느 한쪽이 사망을 했다든가…… 하여튼지 집에서 기를 형편이 못 되니까 엄만지 아빤지가 걔를 고아원에 맡겼다는 거야. 그리고 걔는 고아원 생활이 싫어서 거길 탈출했다는 거야. 보나마나 뻔할 뻔자지, 뭐. 그 뒤로 이리저리 세상바닥을 떠돌다가 어찌어찌 여기 대학까지 흘러들어왔겠지, 뭐.

키 말인가? 키도 그렇고 얼굴이랑 체격 모두 마찬가지야. 내가 걔를 처음 봤을 당시 역시 최근의 그 모습하고 별로 다를 게 없었어. 뭔가 성장에 심각한 문제점을 가진 장애아가 틀림없다니까. 군대 생활 이 년 빼고는 십 년 가까이 주욱 걔를 지켜봐 나온 셈인데, 그 옛날 모습이나 죽기 직전 모습이나 완전히 똑같았다고 해도 과언이 아니지. 한 가지 달라진 점이 있다면, 최근 모습보다는 옛날 모습 쪽이 때가 덜 묻어서 훨씬 더 순진해 보였다는 그런 정도 차이겠지, 뭐. 워낙 귀엽고 영리하고, 거기다가 붙임성까지 좋은 애라서 캠퍼스 구석구석 안 가는 데가 없고 모르는 사람이 없을 정도로 행동반경이 넓었지. 하여튼지 상대방 시선을 잡아끄는 데는 도가 텄고 상대방 맘을 녹여서 초면인 사람도 금방 제 편으로 만드는 데는 확실히 천부적인 소질이 있는 애였다니까.

물론 슬픈 일이지. 나도 사람인데, 슬프고말고. 걔가 그런 식으로 비명에 갔다는 얘길 듣고도 충격을 안 받을 강심장이 우리 학내에 누가 있겠어. 걔하고 특별히 친하게 지냈다고 말할 순 없지만, 그래도 급한 일이 생겼을 때 동전 몇 닢으로 걔를 몇 차례 요긴하게 써먹은 적이 있는 사람으로서 할말이 전혀 없을 수가 없지. 하여튼지 남의 일 같지가 않단 말씀이야. 진짜진짜로 안됐어. 그저 걔 명복을 빌 뿐이야. 자타가 공인하는 천사였으니까 아마 지금쯤 틀림없이 천국에 가 있을 거야. 만일 오군같이 맑은 영혼의 소유자가 실패한다면 천국행에 성공할 사람이 세상에 누가 있겠어. 이건 절대로 사자에 대한 예의 삼아서 상투적으로 괜히 한 번 늘어봐 보는 덕담 수준이 아니야. 그야말로 진심이라고.

학교 당국에 대해서 말인가? 그건 약간 성격이 다른 문제 아닐까? 그렇다고 오군 문제로 학교 당국을 비난할 생각까지는 없어. 학교 처사가 너무 야박스럽고 너무 지나쳤던 감도 없잖아 있긴 하지만, 따지고 보면 학교 쪽도 입시철을 당장 눈앞에 둔 시점에서 그럴 만한 사정이 있었으니까 그랬다고 봐야겠지, 뭐. 오군을 끝내 용납하지 않은 건 학교 당국이라기보다 이 풍진 세상 전체였다고 보는 게 아마 정확한 판단일 거야.

한정자 여사(45세, 구내서점 경영)

우리 집 둘째 애가 지금 열세 살이거든요. 그 애가 태어나던 해에 오군을 학교에서 맨 처음 봤지요. 오군은 그때 대충 예닐곱 아니면 열 살 안팎 나이 또래 어린애로 보였어요. 제 나이도 모른다고 본인은 끝까지 딱 잡아뗐지만, 내 짐작이 틀림없어요. 그러니까 아무리 나이를 낮춰 잡아도 열아홉 아니면 스물세 살쯤은 됐을 거라고 보는 게 옳겠지요.

둘째를 낳고 나서 산후조리를 마친 다음 다시 서점에 나와 보니 오군이 언뜻 눈에 띄더군요. 첨에는 그저 어떤 젊은 학부모가 자식을 면회하러 오는 길에 학교 안에 달고 들어온 늦둥이 자식이거나 조카쯤 되는 줄 알았지요. 전에도 그런 일은 흔히 있었으니까요. 그런데 며칠이 지난 뒤까지도 학교를 안 떠나고 계속 머물러 있는 거예요. 하루에도 몇 번씩 학생회관 안에서 얼굴이 마주치길래, 거참 이상도 하다, 미아라도 되나 보다, 생각했지요. 잘 아는 총학 간부한테서 나중에 들은 얘기로는, 새엄마란 여자가 학교 정문 근처에다 그 애를 버리고 도망갔다고 그러더라고요. 어린것 인생이 너무 불쌍해서 잠은 총학 사무실이나 동연 사무실 같은 데서 재워주고 먹거리는 학생식당 주방에서 설거지를 거들어주는 품삯 대신 해결해 준다고 들었지요.

첫인상요? 뭐랄까, 꼭 솜씨 좋게 잘 만들어진 인형 같다고 생각했지요. 그런데 진짜 인형이랑 똑같이 세월이 아무리 흘러가도 조금도 변하지 않는 오군 그 모습을 보고는 너무너무 마음이 아팠어요. 맨 처음에 봤던 깜찍한 모습 고대로 언제까지고 가만히 있기만 하는 그 예쁘장한 얼굴을 대할 적마다 너무너무 안쓰럽다는 생각이 드는 거예요. 나 역시 자식 기르는 에미 입장에서 그 새엄마 되는 여편네를 두고두고 얼마나 욕했는지 몰라요. 아무리 의붓자식이라도 그렇지, 자라지도 않는 그 어린것을 밖에다 몰래 갖다 버리다니! 그 따위 모진 맘보재기 두르고서 지년 속으로 퍼지른 친자식들이랑 두 다리 쭉 뻗고 여지껏 행복하게 잘살고 있을까요? 천벌을 받아도 골백번도 더 받을, 천하에 몹쓸 년이지요.

우리 오군이 그렇게 빨리 가게 될 줄 알았더라면 가기 전에 조금이라도 신경을 더 써주는 건데…… 인제 와서 후회해 봤자 무슨 소용이 있겠어요. 원님 행차 뒤에 나팔이지요. 누가 그런 말을 해요? 번짓수를 잘못 짚어도 한참 잘못 짚었네요. 학생식당 김씨 아줌마말고는 그런 말 들을 자격이 아무한테도 없다고 믿어요. 우리 오군이 주로 학생회관을 거처로 정하고 살다시피 했으니까 다른 사람보다 나하고 접촉이 약간 많았던 건 당연지사 아닐까요? 작은 성의야 물론 수시로 보인 셈이지만, 그것도 공짜가 아니고 대개는 심부름값 대신이었지요. 동전 몇 푼말고는 한사코 안 받는 거예요. 그래서 교수님들이 주문한 서적을 들고 연구실로 배달 심부름을 나간다거나 학과에서 단체로 주문한 교재 운반을 도와주고 돌아온 날이면 가끔 덤으로 산동반점에서 우리 오군이 좋아하는 짜장면을 불러다가 같이 먹기도 하고 그랬지요. 우리 오군만큼 아무 욕심 없는 사람은 세상에 아마 둘도 없을 거라고 믿어요. 법 없이도 살 사람이란 말은 바로 우리 오군 같은 사람을 두고 하는 말이 틀림없다고요.

그것만은 사실이에요. 의식주 세 가지 중에서 옷 문제 하나만큼은 그동안 내가 거의 도맡다시피 해왔어요. 우리 집 둘째 아이 체격이 오군을 앞지르기 시작한 뒤부터는 주로 둘째가 입던 헌옷을 가져다가 오군한테 입혀주고 그랬지요. 겨우 일고여덟 살짜리 내 자식 옷이 열대여섯 살짜리 오군한테 거의 딱 들어맞는 걸 지켜보는 내 심정이 어땠을지 학생은 짐작이나 하세요? 우리 오군한테 둘째 아이 옷을 입혀 줄 적마다 눈물을 숨기느라고 오군 앞쪽에서 못 입히고 늘 등뒤에 서서 입혀주고 그랬다고요.

우리 오군이 죽었다는 게 지금도 도무지 믿기지가 않네요. 아줌마, 하고 생글생글 웃으면서 저 문으로 뛰어드는 모습이 아직도 내 눈에 선해요. 할 수만 있다면 염라대왕이라도 붙잡고 한번 단단히 따지고 싶은 심정이에요. 더러운 죄로 먹을 감고 살아가는 못된 것들은 날벼락도 안 맞고 지지리도 오래 천수를 다 누리는 막돼먹은 세상인데 하필이면 왜 천사 같은 우리 오군은 그 나이에 그렇게 일찍 서둘러서 데려갈 필요가 있었느냐고 말이지요.

김문석 선생(39세, 도서관 사서)

그 문제에 대해라면 내가 뭐 특별히 언급할 내용이 없네. 또 언급할 만한 입장도 아니고 말이야. 오군한테 뭐 개인적으로 특별히 유감이 있었던 건 아니네. 위에서 그렇게 지시를 받았기 때문에 나로서는 내 직무에 충실할 수밖에 없었지. 그렇다고 뭐 오군한테 좀도둑 혐의를 두어서 그랬던 것도 아니고 말이야. 도서관을 출입하는 사람들 중에서 학생하고 오군을 뭐 인격이랄지 신분이랄지 다른 어떤 잣대로 재서 차별할 생각은 처음부터 추호도 없었네. 다만, 도서관 규칙대로 ID카드를 소지하고 소지하지 않은 그 차이를 확인하려는 사무적인 절차에 불과했다고 이해해 주기 바랄 뿐이네.

다른 사람들과 마찬가지로 나 역시 어느 누구 못잖게 오군을 좋아했었지. 자료열람실 컴퓨터가 망가지는 그 사고가 발생하기 전까지는 오군 쪽에서도 날 친아저씨처럼 잘 따랐고 말이야. 오군이 한때는 이 노총각한테 인연을 맺어주려고 어떤 아가씨를, 같은 울타리 안에 있는 분이라서 누구라고 구체적으로 밝힐 순 없지만, 그 아가씨를 끈질기게 물고 늘어진 적도 있었다네. 결국 그 노력은 실패로 끝나고 말았지만, 나는 지금도 오군의 내면세계를 지배했던 정서가 사랑으로 충만된 감정이었고 사람과 사람 사이의 벽을 허무는 교통의 분위기였다는 사실을 확신하고 있네.

제발 나한테 그날 밤 일에 대해선 더 이상 묻지 말아주게. 나도 정말 괴롭네. 겨울방학 기간에 캠퍼스 전체를 통틀어서 야간에 난방이 공급된 두 건물 중 하나가 바로 도서관이었고, 그날 밤 공교롭게도 내가 당직을 맡게 되었지. 바로 그 점이 문제의 포인트란 말이네. 오군은 그날 밤에 사람을 보고 도서관으로 찾아든 게 아니라 따뜻한 불기운을 보고 잠잘 곳을 찾아왔던 거지. 단지 그것뿐이야. 서슬이 시퍼런 경비원들이 지켜보는 자리에서 그 당직자는 쫓기는 실화 혐의자한테 차마 불을 빌려줄 배짱이 없었다네. 단지 그것뿐이란 말이네.

서혜령(산업디자인학과 4년)

자기소개는 필요 없어요. 거기를 조금은 알고 있으니까요. 작년부터 오군이랑 함께 얼려 다니는 거기를 자주 봤거든요. 그때마다 나는, 오군이 드디어 든든한 새 스폰서를

내 후임자로 물었구나, 생각하면서 그 영리한 선택에 안도
감을 느끼곤 했어요. 내 본의는 아니었지만 처치 곤란한 짐
을 아무것도 모르는 새내기 후배한테 떠넘겼다는 양심의 가
책도 조금은 느꼈구요.

결론부터 확 말해 버릴까요? 솔직히, 너무 부담스러웠어
요. 고학년이 될수록 자꾸만 오군 앞날이 걱정되는 거예요,
이렇게 남매처럼 의좋게 지내다가 내가 덜컥 졸업해서 이
캠퍼스를 떠나버리고 나면 이 아이 인생은 장차 어떻게 될
까, 하는. 그래서 오군을 진정으로 위한다면 오군에게 어느
정도 자립심을 길러줄 필요가 있다고 생각하기 시작했죠.
부담감을 덜어내는 데는 그 자립심 운운이 제법 괜찮은 핑
곗거리가 돼주더군요.

일학년 봄 축제 때 오군을 처음 만났어요. 물론 그 전부
터도 캠퍼스를 휘젓고 다니는 꼬마 괴물이 있다는 사실은
알고 있었으니까 처음 만났다기보다는 처음 접촉을 갖게 되
었다는 표현이 더 적절하겠네요. 학과 작품발표전에 낼 작
품 준비를 하느라고 많이 무리를 한 탓에 정작 축제 땐 몸
살이 나서 기숙사에 드러눠 있었죠. 그런데 뜻밖에도 그 꼬
마 괴물이 날 찾아왔더군요. 손에 편지랑 장미 한 송일 들
고서 말이에요. 그 왜 있잖아요, 국문과 애들이 축제 때마
다 수익사업 삼아서 벌이는 편지 대필. 그렇게 대필된 연애
편지 심부름으로 오군이 기숙사까지 물어물어 날 찾아온 거
예요.

처음엔 썩 유쾌한 기분이 아니었어요. 몸도 많이 불편한
데다가 잘 알지도 못하는 선배 오빠한테서 거의 테러 행위

나 다름없는, 일방적이고도 반공개적인 구애까지 받은 상태
니까요. 당연히 오군은 나한테 환영을 못 받았죠. 그런데
오군 쪽은 의외로 그게 아니더군요. 어디서 배웠는지 권주
가 비슷한 노래를 가사만 살짝 바꿔치기해서 판소리 가락
흉내로 기숙사가 떠나가게 마구 불러대는 거예요. 꽃을 받
으시오, 이 꽃을 받으시오, 이 꽃을 받고서 어쩌구저쩌
구…… 제발 그만 나가달라고 아무리 통사정을 해도 오군은
막무가내였어요. 나중에는 별 우스꽝스런 절굿대춤까지 당
실당실 춰가며 온갖 애교를 다 부리는 거예요. 결국 자기가
맡은 메신저 역할에 최선을 다하기 위해서 필사적인 노력을
쏟는 오군의 그 앙증맞은 모습에 감동해서 내가 무릎을 꿇
고 말았죠.
　그 오빠하고 좋은 관계를 유지한 기간이랑 오군하고 의좋
게 지낸 기간이 우연히도 일치한다는 사실을 부정하진 않겠
어요. 왜냐면, 휴학하고 입대한 다음 그 오빠하고 사이가
차츰 벌어지던 그 무렵부터 오군하고도 냉담해지기 시작했
으니까 어떤 식으로든 두 관계가 서로 연관성을 가졌을 수
도 있겠죠. 그치만, 그치만 말이에요, 나하고 그 오빠 사이
에 인연의 다리를 놓아준 중매쟁이 정도로만 오군을 평가하
고 싶진 않군요. 오빠 문제하곤 전혀 상관없이 오군한테는
끌릴 만한 요소가 충분히 있었어요. 오군을 상대하고 있노
라면 왠지 모르게 가슴이 훈훈해지고 즐거워져서 마냥 행복
한 심정이 되는 거예요. 꼭 기르는 보람이나 보살피는 재미
를 느끼는 어머나 누님처럼 말이에요. 뭐랄까, 오군은 그
만큼 상대방의 꼭꼭 닫혀 있는 경계심의 빗장을 풀어서 진

심으로 통하는 문을 활짝 열게 만드는 무슨 비밀 열쇠 같은 걸 갖고 있었던 건 아닐까 생각하곤 해요.

그건 나도 잘 모르겠어요. 그러잖아도 그 점이 늘 궁금해서 내딴엔 알아보려고 제법 노력도 해본 셈이죠. 서로 누나, 동생, 하고 부르는 흉허물없는 사이가 된 다음에 오군 신상 문제에 관해서 오랫동안 의문에 싸여 있던 것들을 꼬치꼬치 물어본 적이 있어요.

태어나고 자란 원래 고향은 어디냐? 어렸을 때 집에선 누구누구랑 같이 살았냐? 오씨 성은 네 진짜 성이냐? 대학 캠퍼스에서 지내기 전엔 어디서 어떤 모양으로 지냈고 어쩌다 이 대학까지 오게 되었냐?

그랬더니 어쨌는지 알아요? 나 참, 기가 막혀서! 내 질문에 숫제 한 마디도 대답을 않는 거예요. 꼭 국회 청문회에 불려나온 정치가나 재벌들처럼 그저, 모른다, 기억이 안 난다는 말로만 일관하면서 끝까지 딱 잡아떼기만 하는 거예요. 누나는 정말 섭섭하다, 난 니가 내 동생이 다 됐다고 믿고 있었는데, 이제부터 널 다시 봐야겠구나, 이렇게 슬쩍 위협을 하니까 그제서야 떠듬떠듬 입을 여는 거예요. 콜짝콜짝 눈물까지 쥐어짜가며 말이죠. 뭐, 오래전에 어떤 고아원에 있을 때 원인 모를 열병을 앓고 난 뒤부터 기억력을 상실했대나 어쨌대나. 거기 같으면 그 말을 믿을 수 있겠어요? 거기도 나랑 같은 생각이겠지만, 과거 문제에 관한 한 오군은 완전히 크렘린이었죠. 뭔지는 모르지만 차마 누구한테도 말 못할 어떤 기막힌 사연이 있는 과거를 가진 게 분명해요. 나중에 오군을 잘 안다는 어떤 동아리 선배한테서 들으니까, 옛날에 우리 학교 CCC 선배들이 주말마다 정기적으로 봉사활동 다녔던 보육원 출신이래요. 그때 친하게 사귄 CCC 누나 하나를 유독 좋아해서 그 누나를 찾아 보육원을 뛰쳐나온 거래요. 어쩜 그 학설이 진상에 가장 근접한 것일지도 모르죠.

선배 오빠하고 일이 단단히 꼬이기 시작한 뒤로 이상하게도 입대 전에 오빠가 했던 말이 머리에서 떠나질 않았어요. 저 녀석, 저래봬도 알고 보면 실은 왕 나이고참이야. 오군을 슬쩍 가리키면서 그 오빠는 그렇게 말했어요. 어쩌면 혜령이 너하고 동갑쯤이거나 아니면 너보다 몇 살 위일 가능성도 있어. 그 말이 생각날 적마다 오군 얼굴을 새삼스럽게 다시 들여다보게 되더군요. 들여다보면 볼수록 자꾸만 섬뜩한 기분이 드는 거예요. 거기도 한번 생각해 보세요. 판박이 그림마냥 무려 십 년 동안이나 거의 똑같은 얼굴, 똑같은 키로 이 캠퍼스 안에서 지냈다는데, 그렇다면 여기 들어오기 전, 그러니까 십 년 그 저쪽 세상에선 또 얼마나 오랜 세월을 그 얼굴에 그 키로 천진난만한 어린애의 삶을 살고 있었을지, 그 속을 누가 감히 짐작이나 할 수 있겠어요? 마치 삼천갑자 동방삭이라도 보는 듯한 기분이었지요. 그렇게 생각하니까 오군이란 사람이 갑자기 징그럽게 느껴지기 시작하는 거예요. 그런 일이 있기 전까진 오군을 이성으로 느낀 적이 단 한번도 없었어요. 그저 언제나 사랑스럽고 앙증맞은 중성으로만 내 마음속에 머물러 있었죠. 그러던 오군이 어느 날부턴가 갑자기 남자로 보이기 시작하는 거예요. 어쩌면 자기하고 동갑쟁이거나 자기보다 더 연상일지도 모

르는 웬 꼬마둥이 남자가 누나, 누나, 하면서 자기 뒤를 쫄
래쫄래 따라다니는 광경에 닭살 안 돋고 구역질 안 날 여자
가 세상에 어디 있겠어요? 이 사람은 도대체 누구인가, 대
관절 이 괴물의 정체는 무엇인가, 하는 극단적인 의문마저
들더라구요.

지금껏 늘 그래 나왔듯이 내가 졸업해서 멀리 떠나버리고
나면 그때는 잽싸게 또 다른 후견인을 물색해서 누나, 누
나, 또는 형, 형, 하면서 쫄래쫄래 따라다니겠지. 그리고
이 캠퍼스가 존속하는 한 앞으로 십 년 후, 이십 년 후에도
여전히 제 조카뻘, 자식뻘밖에 안 되는 어린 대학생들 꽁무
니를 쫄래쫄래 뒤쫓아 다니며 누나야, 형이야, 열심히 불러
대고 있을 테지.

그렇게 생각하니까 그만 만정이 뚝 떨어지는 거예요. 그
래서 그때부터 모질게 맘을 고쳐먹기 시작했지요. 일정한
거리를 두고 오군한테 일부러 냉담한 태도로 대했어요.

오군아, 아직도 때는 안 늦었다. 이제부터라도 이 좁은
세계에서 벗어나 보다 넓은 세계로 나갈 준비를 시작해야
한다. 그러기 위해선 무엇보다 먼저 자립심부터 기를 필요
가 있다. 늙어 죽도록 이 캠퍼스 속에만 틀어박혀 순진한
어린이 자격으로만 머물면서 한평생을 어리광으로만 보내는
인생이 무슨 의미가 있고 얼마나 가치가 있겠느냐.

오군한테 하루라도 빨리 이런 걸 깨닫게 해주려고 내 나
름대로 무던히 노력도 해봤다고 자부해요. 나한테서 멀어지
자마자 곧바로 거기하고 어울리기 시작하는 걸 보고는 결과
적으로 내 노력이 헛수고에 그치고 말았다는 사실을 금방

깨닫긴 했지만 말이에요.

거기한테 묻고 싶어요. 내 판단이 애시당초 잘못된 걸까요? 이 서혜령이는 피도 눈물도 없는 독살스런 년인가요? 오군이 죽은 뒤로는 어째서 캠퍼스 안의 모든 시선이 유독 나를 향해서만 집중되는 것처럼 느껴질까요? 왜죠?

그쯤에서 나는 작업을 일단 중단했다. 작업의 진척도나 중간 결과는 꽤 만족할 만한 것이었다. 네 사람의 증언을 문자기록으로 다시 접해 보니 인터뷰 현장에서 귀로 들었을 당시보다 한결 더 의미가 또렷해지는 듯했다. 다만, 오군이라는 한 대상을 놓고 네 사람이 제각각 다른 시각에서 다른 말을 하고 있는 그 점이 약간 마음에 걸렸다.

우선 천사 오군이 죄악 세상 어느 곳으로부터 낙원 캠퍼스로 들어오기까지의 과정부터가 그랬다. 이쪽 증언과 저쪽 증언 사이에 드러나는 상호 모순은 물론 증인들 책임이 아니었다. 그렇다고 천사 자신의 책임도 아니었다. 그들이 잘못 듣고 잘못 안 것도 아니고, 그들 멋대로 꾸며낸 허구는 더더욱 아니었다. 다름 아닌 천사의 완강한 침묵 탓이었다. 오군은 누가 무슨 질문을 던져도 자신의 과거지사에 관해서는 오로지 침묵 한 가지로만 일관해 나왔다. 그 때문에 사람들은 저마다 자신의 경험칙이 귀띔해 주는 바에 따라 자기 나름대로 제법 그럴싸하게 추리를 해냄으로써 허상으로서만 존재하는 듯한 오군의 과거 위에 실체로서의 옷을 입혀주고자 그처럼 무리를 범했으리라.

"오군아, 넌 동해바다 용왕님 아들이지?"

어느 하루, 학생회관 입구 자판기에서 뽑은 콜라를 나눠 마시다가 나는 불쑥 오군에게 물었다. 그 기습에 허를 찔렸기 때문일까. 오군은 하마터면 심하게 사레가 들릴 뻔했다. 콜라가 흘러내린 지저분한 턱주가리를 손등으로 썩썩 훔치면서 그 애는 안 그래도 큰 눈을 더욱 회동그랗게 떠보였다.

"무슨 뚱딴지 같은 소리야, 형?"

"아냐, 내 짐작이 틀림없어. 넌 용왕님 아들이 분명해. 뭔가 피치 못할 사정이 생겨서 용궁에서 쫓겨나 이곳까지 오게 됐을 거야."

"말두 안 돼! 형은 지금 제정신이 아니라구!"

"말이 안 되면 니가 되게 해봐. 오군아, 도대체 넌 누구냐? 어디서 태어나서 어디서 살다가 어떻게 여기까지 흘러들어온 거냐? 넌 왜 다른 사람 비밀은 시시콜콜 다 알려고 하고 또 엄청 많이 알고 있기도 하면서 너 자신에 대해선 그렇게 철두철미 비밀투성이냐?"

고삐 풀린 망아지 같은 내 말이 가까운 듯하면서도 실상은 너무 멀리 떨어져 있는 오군의 마음을 향해 마구 질주하는 동안 그 애의 낯빛은 점점 헬쑥하게 질려가고 있었다. 그 애는 채 반도 못 마셨을 콜라 캔을 바들바들 떨리는 손으로 자판기 옆 쓰레기통 근처에다 아무렇게나 집어던졌다.

"그래, 난 용왕님 아들이다!"

주변의 학생들이 일제히 우리 쪽을 주목할 만큼 오군은 평상시보다 훨씬 크고 우렁찬 목청으로 자신이 특수 신분임을 선언했다. 하지만 제 입으로 그렇게 선언했다 해서 당장 그 애가 동해 용왕의 자손이 될 리는 없었다. 그 무엇인가에 의해 한 방 되알지게 엉덩이라도 걷어챈 작은 짐승처럼 그 애는 갑자기 줄행랑을 치기 시작했다. 순식간에 멀어지는 그 애의 뒷모습을 눈으로 추격하면서 나는 잠시 묘한 기분에 잠기고 말았다. 그것은 결코 모욕을 못 참아 홧김에 벌이는 퇴행적 행동이 아니었다. 그것은 견딜 수 없는 두려움을 피하기 위해 한껏 멀리 도망쳐서 안전한 구멍 속으로 숨고자 하는 본능의 몸짓이었다. 대관절 내 말 속의 그 어떤 흉기가 오군의 오장을 들쑤셔서 그 애로 하여금 그토록 원색적인 공포감에 휩싸이게 만들었을까. 참으로 알다가도 모를 일이었다. 아마도 캠퍼스 바깥쪽 세상과 연결된 오군의 과거 한복판에는 상상하기조차 끔찍한 어떤 괴물이 잔뜩 도사리고 있는 듯했다. 그래서 제 주변의 일부 호사가들이 그 근처에 얼씬거릴 낌새만 보일라치면 그처럼 선병질적인 반응을 나타내는 모양이었다. 어린 나이에 형성된 그 어떤 흉측한 기억이 오군의 자기보존 본능을 압박한 결과로 그처럼 어른이 되기를 완강히 거부하는 마음의 병이 생겨났는지도 모를 일이었다. 그리고 그 마음의 병이 혹시 아무리 나이를 먹어도 키가 자라지 않고 늙지도 않는 그 육체의 병으로까지 번지지나 않았는지…….

그때의 그 충격으로 말미암아 갑자기 서먹서먹해진 천사와의 관계를 복원하는 데는 꽤 시간이 걸렸다. 그 일이 있은 뒤로는 두번 다시 오군에게 같은 질문을 되풀이하지 않았다. 나는 지난날처럼 그 애를 용왕님 아들 아닌 보통 인간으로 대했고 그 애 역시 용왕님 아들 아닌, 그냥 오군으로 행세했다. 그 애의 과거 행적을 둘러싼 집채만한 의혹은 영구미제의 건으로 어둠 속에 묻힐 수밖에 없는 상황이었다.

여러 증언 가운데서 서혜령 선배의 말이 가장 인상적이었다. 이를테면 그니는 나하고 동병상련의 관계였다. 특히나 그니의 마지막 진술은 이미 고황에 든 내 마음의 상처를 버르집어 더욱 덧나게 만드는 구실을 톡톡히 했다.

'어쩌면 자기하고 동갑쟁이거나 자기보다 더 연상일지도 모르는 웬 꼬마둥이 남자가 누나, 누나, 하면서 자기 뒤를 쫄래쫄래 따라다니는 광경에 닭살 안 돋고 구역질 안 날 여자가 세상에 어디 있겠어요?'

맞는 말이었다. 서혜령 선배 말마따나 정말 닭살이 돋고 구역질이 날 노릇이 아닐 수 없었다. 여자 입장에서 그니가 느꼈을 곤혹감을 생각하면 그니의 심정을 충분히 이해할 수 있었다. 하지만 나는 동병상련의 관계임에도 불구하고 그니의 말에 전적으로 공감할 수는 없었다.

그게 뭐가 어쨌단 말인가. 누가 뭐래도 오군은 어린애였다. 동년배 아니라 환갑 진갑 다 넘긴 할아버지뻘 연장자라 할지라도 그 키에 그 얼굴에 그 심성을 지니고 있는 사람이라면 그건 깔축없는 어린애일 수밖에 없었다. 다만, 키가 자랄 줄 모르고 얼굴이 늙지 않는, 특별한 어린애일 뿐이었다. 실제로 오군을 상대하고 있노라면 그 애의 신체와 행동 어느 구석에서도 나이의 징후 같은 걸 전혀 느낄 수가 없었다. 일부러 나이배기라고 의식하지 않는 한 오군은 나이와는 아무런 상관도 없는, 그저 천진난만한 아이였다. 오군은 천생 남자가 아니라 어디까지나 그냥 어린애에 지나지 않았다. 그런 오군한테 어린애 대접을 해주는 것은 마치 햄버거를 피자나 핫도그 아닌 햄버거로 정당히 대우하는 것과 마찬가지 이치로 너무도 당연한 처사였다.

'늙어 죽도록 이 캠퍼스 속에만 틀어박혀 어린이 자격으로만 머물면서 한평생을 어리광으로만 보내는 인생이 무슨 의미가 있고 얼마나 가치가 있겠느냐.'

역시 맞는 말이었다. 한동안 나를 심각한 회의에 빠뜨리던 말이기도 했다. 그 회의에서 벗어나기 위해 나는 오군을 상대로 엉뚱한 모험을 시도한 적도 있었다. 내 부탁에 따라 오군이 장 선배와 이윤정을 CC로 묶어주는 공작을 성사시킨 바로 그 직후의 일이었다.

"형은 좋아하는 여학생도 없어? 있으면 언제든지 누구라고 오군한테 찍기만 해. 오군이 책임지고 다리를 놓아줄 테니까."

한껏 기고만장한 목소리로 오군이 나를 충동질하는 것이었다.

"있긴 있는데……."

녀석을 한번 골탕먹일 요량으로 짐짓 심드렁하게 대꾸해 봤더니만 오군은 깜짝 반색을 함과 동시에 딱지를 떼면서 달라붙었다.

"누구?"

"말해 봤자 소용없으니까 말하지 않는 게 좋겠어."

"오군 실력을 아직도 못 믿는 거야? 누구라고 찍기만 하면 오군이 반드시 성사시켜 준다니까!"

"김희선."

"무슨 학과 몇 학번인데?"

"학과나 학번은 잘 모르겠고, 소속은 아마 방송국 쪽일 거야."

"도대체 그게 무슨 소리야?"

아직도 내 의도를 간파하지 못한 오군이 그 S사이즈의 오종종한 얼굴에 XL사이즈의 뜨악함을 그득 실었다. 그 꼴이 재미있어 나는 연방 빙싯거리며 말했다.

"탤런트라고. 티브이 드라마 같은 데 나와서 잘생긴 얼굴에 잘빠진 몸매로 화면을 온통 휘젓고 다니는 인기 직업이 있지."

"지금 오군하고 농담따먹기나 할 때야?"

"제발 부탁이야. 김희선 씨 땜에 밤마다 잠이 안 와서 정말 미치겠어. 소나무하고 바윗돌도 짝짓기해 주는 그 놀라운 재주로 니가 어떻게 좀 해주라."

"싫어! 난 못해!"

"왜 못해?"

"왜냐면…… 왜냐면…….''

새빨개진 낯꽃으로 오군은 한참이나 망설였다. 그러다가 에라 모르겠다는 듯이 갑자기 사나운 기세로 나에게 쏘아붙이는 것이었다.

"거긴 우리 학교 캠퍼스 밖이니까!"

아, 캠퍼스 밖! 나는 하마터면 오군을 꽉 보듬어안을 뻔했다. 그 애는 그것이 캠퍼스 바깥쪽 세계에 속한 일임을 불가능의 이유로 들고 있었다. 그쪽 세계는 제 소관이 아니라는 뜻이었다. 캠퍼스 안쪽의 일이라면 탤런트 아니라 어느 왕국의 공주님하고라도 얼마든지 짝지어줄 수 있겠는데 유감스럽게도 바깥쪽 일이라서 곤란하다는 식이었다.

"그렇다면 하는 수 없지, 뭐. 딴 데나 가서 알아봐야지."

"형하곤 이제 영영 끝장이야! 앞으로 다신 안 만나겠어!"

"오군아! 얘, 오군아!"

내 만류를 뿌리치고 오군은 그예 가버렸다. 물론 내 장난이 좀 지나쳤던 탓도 있긴 했다. 하지만 세상을 대하는 오군의 자세가 보다 더 근본적인 원인으로 작용했을 것이었다. 세상 전체를 캠퍼스의 안과 밖으로 양분한 다음 오군은 오로지 캠퍼스 안쪽 세상하고만 교분을 쌓으며 지냈다. 그 바깥쪽 세상은 생면부지나 다름없는 낯선 상대였고, 그래서 저와는 아무런 상관도 없는 상대였고, 한편으로는 의혹과 불신과 증오와 공포 따위가 뒤범벅된 버거운 상대였고, 그래서 다른 한편으로는 오히려 아주 심각한 관련이 있는 상대이기도 했고, 따라서 모르면서도 알고 알면서도 모르는, 사실상 존재하지 않으면서도 엄연히 존재하는, 참으로 혼란스럽기 그지없는 상대인 셈이었다. 그처럼 복잡다단한 세상에 속한 일을 나한테서 부탁받았으니 오군이 당연히 화를 낼 수밖에.

캠퍼스 바깥쪽 세상에 대한 오군의 그 원색적인 두려움을 할 수만 있다면 내 손으로 제거해 주고 싶었다. 제거까지는 아니더라도 일부나마 덜어주고 한 단계나마 누그러뜨려 주고 싶었다. 인간이 언제까지고 그런 식으로만 살아갈 수는 없는 노릇이었다. 오군 스스로 낙원의 삶이라고 믿는 지금의 생활이 앞으로도 계속 보장된다고 누가 장담할 수 있겠는가. 더 이상 캠퍼스 안쪽에서의 삶에 만족하면서 안주할 수 없게 되는 날이 언젠가는 필시 올 것이었다. 장차 목돈이 들어갈 비상시에 대비해서 평상시에 없는 살림에서 조금씩 떼어내어 미리부터 적금을 부어둘 필요가 있었다. 굵고 튼튼한 빗장을 지른 채 바깥쪽 세상과 완전히 절연하고 지내는 오군으로 하여금 마음문을 열어 뒤늦게나마 보다 넓은 세상을 체험하도록 만들어주고 싶었다. 정상적인 가정의 사랑과 믿음으로 결속된 따스한 분위기도 잠시나마 맛보게 하고 싶었다.

오군을 캠퍼스 밖으로 끌고 나가려는 시도가 여러 차례 되풀이되었다. 하지만 오군은 시종일관 요지부동이었다. 우리 집이 있는 서울행은 고사하고 내가 있는 솜씨 없는 솜씨 죄 발휘해서 정성들여 손수 끓인 삼계탕을 같이 먹기 위해 캠퍼스 후문 근처 내 자취방까지 동행하는 일조차도 오군은 한사코 거절했다. 캠퍼스를 떠나 한 발짝이라도 학교 경계선 밖으로 나가는 걸 그 애는 죽는 일만큼이나 끔찍이도 싫어하는 것이었다. 가위눌리는 악몽과 덜컥 맞닥뜨려 식은땀을 흘리고 버둥질을 치며 울부짖는 아이의 모습과도 같았다. 바깥출입을 제안할 때마다 그 애가 조건반사적으로 내보이는 격렬한 거부반응 때문에 나는 번번이 진땀을 흘리지 않으면 안 되었다.

서혜령 선배의 말마따나 과연 그것은 아무런 의미도 가치도 없는 싸구려 인생일까. 도무지 인생 축에도 못 드는, 벌레 같은 미물로서의 삶일까. 물론 그렇게 볼 수도 있겠다. 더구나 오군을 아끼고 사랑하는 관점에서 생각할 때, 여태껏 얻어낸 가시적인 그 무엇도 없을뿐더러 앞으로도 생산적인 어떤 결과를 이뤄낼 가망이 전혀 안 보이는, 그 제자리걸음같이 답답한 삶을 목격할 경우, 그런 결론을 내리기가 십상일 것이다.

그러나, 그러나 말이다. 말짱한 정신에 번듯한 허우대를 지닌 채 화려한 이력을 내세우며 세상이 비좁다고 천방지축 함부로 휘젓고 다니는 그 잘난 인간들 가운데는 차라리 처음부터 태어나지 않았더라면 훨씬 더 좋았을 그런 삶을 꾸려 나가는, 그만큼 무의미하고 무가치한 인생이 얼마나 쌔고쌘 세상인가. 그 따위 것들에 비한다면 외려 오군의 인생은 나름대로 존재할 만한 가치가 너끈한 것이 아닐 수 없었다.

김문석 사서의 말마따나 오군의 내면을 지배하는 정서는 강렬한 사랑의 감정임이 틀림없었다. 태어나자마자 사랑으로부터 철저히 외면당했을 그 남루한 성장 이력에도 불구하고 그 애가 노상 주변에 풍기며 다닌 것은 놀랍게도 악수와 포옹과 입맞춤의 분위기였다. 제 몸뚱이보다 큰 사랑과 선의로써 그 애는 제 주변을 감동시킬 줄 알았으며, 그에 대한 보답으로 수많은 사람으로부터 괄목할 만한 굄을 받기도 했다. 수많은 사람이 일찍이 그 애의 쓸모를 인정해서 진일 마른일 가리지 않고 유용한 수단으로 부렸으며, 그 애는 제 수고에 합당한 대가를 제대로 청구할 줄도 몰랐다. 애당초 욕심 없이 타고난 천성 탓일까, 아니면 의식주 문제를 어렵지 않게 해결할 수 있는 캠퍼스에서의 생활이 마르고 닳도록 오래 지속될 거라고 너무 믿었기 때문일까. 그 애는 남들을 위해 좋은 서비스를 제공하고도 항상 동전 몇 닢 손에 쥐는 것으로 대만족할 뿐, 제 장래를 위해 제 몫으로 여분의 것을 비축해 놓을 줄도 몰랐다. 고행자와도 같은, 달관한 도사와도 같은 그 수분지족의 삶을 가리켜 어찌 섣불리 무의미하고 무가치한 인생이라고 단정할 수 있겠는가.

전설 속의 한 어린 천사가 있었더란다. 출신도 성분도 알 수 없는 그 천사는 어찌어찌 한 대학 캠퍼스까지 흘러들어 와 그곳이 지상낙원이라 믿으며 한동안 행복하게 잘살았더란다. 그가 천사인 줄 모르고 그곳이 천사의 낙원인 줄도 모르는 거개의 사람들은 천사의 주거지로서 부적당하다는 이유를 들어 천사가 계속 낙원에 머무는 걸 마땅찮게 여기고 반대했더란다. 그러던 어느 날, 사람들은 어떤 용맹한 흑기사를 불러 천사를 낙원에서 추방해 버릴 꿍꿍이수작을 벌이기 시작했더란다. 낙원에서 추방당한 천사가 가서 쉴 만한 곳이 어디인지 한번 생각조차 해보지 않은 채 사람들은 무작정 그렇게 흑기사를 캠퍼스 안으로 불러들여 결국 일을 벌이고 말았더란다……

이윤정(국어국문학과 2년)
나한테 왜 자꾸만 이러는 거니? 기현이 너, 진짜루 몰라서 묻는 거니? 지금 내 심정, 나보담두 니가 더 소상히 알구 있잖아! 그만 괴롭히구, 제발 날 가만 좀 내버려둬 줘! 니가 그렇게 괴롭히지 않더래두 난 지금 충분히 괴로울 만큼 실컷 괴로운 사람이라구…….

물론 그 아이한테 상당한 빚을 지구 있는 건 사실이야. 그런다고 그 채무관계를 미주알고주알 새삼스럽게 들춰내설랑 니가 대신 그 빚을 받아내기래두 하겠다는 거니, 뭐니?

이거 정말 왜 이래? 다른 사람이라면 또 모르겠다. 누구보
담두 오빠하구 나 사이 내력을 잘 아는 니가 나한테 계속
이런 식으로 나온다면, 나 진짜루 울어버린다? 기현아, 제
발…….

난 그 아이 문제루 오빠한테서 아직 아무 얘기두 못 들었
단 말이야. 그 문제에 내가 끼여드는 걸 오빠두 아마 원치
않을 거야. 저엉 그렇다면 오빠한테서 정식으로 취재 허가
서를 받아 오라구. 그러기 전엔 정말 한 마디두 입을 열지
않을 작정이야! 입을 안 열겠다구 몇 번씩이나 말해야 알아
듣겠어, 이 짜식아! 이렇게 악랄한 방식으로 내 상처를 꼭
쑤셔대야만 민완 기자가 되구 특종을 잡을 수 있는 거니?
나쁜 쌔끼 같으니…….

김옥란 여사(38세, 학생식당 주방 근무)

날더러 시방 무신 말을 허라고…… 주뎅이가 한 바작이라
도 나는 아무 헐 말이 없는 예펜네여…… 그 일만 생각허면
은…… 똑 우리 인규를 내 손으로 쥑인 것만 같다니깨……
우리 인순이 목심 살릴라고 우리 인규가 대신 죽은 것만 같
어서 참말로 낯짝 들고 댕길 염치도 없다니깨…….

허숙경(기독학생회장, 사회복지학과 3년)

사랑이신 하나님 아버지께서 양손을 크게 벌려 그 영혼을
친히 거두시고 상급으로 금면류관을 그 머리에 씌워 후히
대접하셨으리라 믿고 있어요. 생명의 주인이신 여호와 하나
님께서 우리 오군을 그렇게 일찍 데려가신 것은 잠시 이 지

상에 파송하신 오군을 통해서 원래 이루고자 하셨던 뜻을 이미 다 이루셨기 때문이라고 믿고 있어요. 우리들 인간의 안목과 기준으로 본다면 물론 오군의 생애를 너무 짧다고 생각할 수도 있겠지요. 그렇지만 전지전능하신 창조주 하나님의 뜻은 도무지 측량할 재간이 없기 때문에 감히 인간의 입으로 생애의 길고 짧음을 논평할 수는 없는 일이겠지요.

오군을 외롭게 떠나보낸 지금, 남아 있는 우리 회원들이 해야 할 중요한 일은 슬픔에 잠기는 것이 아니고 하나님의 세미한 음성을 듣기 위해 다 함께 기도하면서 조용히 귀를 기울이는 거예요. 기도를 통해 우리 회원들은 지금 오군의 죽음을 하나의 도구로 사용하셔서 하나님이 우리에게 전하고자 하셨던 교훈이 무엇인지를 깨달으려고 노력하고 있는 중이에요.

우리 회원들이 오군과 함께했던 지난 시간들은 모두에게 정말 즐겁고도 유익한 한때였어요. 우리만 그런 게 아니고 역대 우리 선배 회원들도 마찬가지였다고 이구동성으로 고백하곤 해요. 우리 학교 캠퍼스 안에서 오군의 존재야말로 화평을 위해서 쓰임을 받은 주님의 사도가 틀림없었지요. 짧은 생애를 통해서 오군이 우리에게 전해 준 메시지는 정말 사랑 그 자체였어요. 학내 어느 기구에도 소속되지 않은 특수 신분이기 때문에 널리 알려질 기회가 없어서 그렇지, 우리 오군이 그동안 오른손이 한 일을 왼손이 모르게끔 숨어서 실천한 사랑이나 봉사의 예들은 일일이 다 열거할 수도 없을 정도예요. 기현 씨도 알다시피 지난번 수술비 모금 캠페인 때 오군이 성금으로 내놓은 동전이 자그마치 헌 부

츠로 한가득이었잖아요? 심부름값으로 받는 동전 몇 푼이
수입의 전부이던 오군 형편으로는 정말 기절할 만치 어마어
마한 액수였지요.

남들에게 스스로 큰 사랑을 베푼 만큼 오군 자신은 남들
로부터 별로 사랑을 못 받은 채로 떠나고 말았어요. 오군이
가장 절박하게 도움의 손길을 필요로 했던 그 시간에 실질
적으로 아무 역할도 못했던 우리들 자신이 너무너무 부끄럽
고 두고두고 죄스럽기만 해요. 기독자로서 우리 회원 모두
는 한편으로는 그 일에 대해 우리 죄와 허물을 자복하고 통
회하면서 다른 한편으로는 그 일을 통해서 오군이 우리에게
유산으로 물려준 아름답고도 귀중한 교훈을 가슴속에 되새
기면서 진정으로 감사하고 있지요.

세 여자의 공통점은 셋 모두가 울었다는 것이다: 마치 울
기 위해서 말을 아끼는 것 같았고 말을 아끼기 위해서 우는
것 같았다. 울음 때문에 인터뷰가 정상적으로 이루어지지
못할 지경이었다. 특히나 김씨 아줌마 쪽이 더 심했다.

문 닫을 무렵의 학생식당 한구석에서였다. 대형 식탁 한
가운데 되똑 올라앉은 녹음기에 의해 마치 일거수일투족을
간섭받고 감시당하는 듯한 상황에서 인터뷰가 진행되는 동
안 김씨 아줌마는 한편으로 녹음기의 눈치를 보고 다른 한
편으로는 울음을 뱉고 일껏 뱉은 울음을 도로 삼키기를 줄
곧 되풀이하느라고 숫제 말을 잇지 못했다. 그러다 결국 녹
음기가 치워져 간섭과 감시에서 풀리고 나니까 그제야 비로
소 울음과 울음의 사이사이에다 토막말을 드문드문 끼워넣

기 시작하는 것이었다. 워낙 몇 미터 간격으로 약략스레 한 마디씩 흘리며 나아가는 이야기 방식인지라 여간 주의하지 않고서는 지지부진한 말의 흐름을 따라가기가 아주 힘든 실정이었다. 김씨 아줌마가 울음소리로 수없이 구멍을 낸 자리를 상상력으로 땜질해서 앞뒤의 말들을 적당히 연결하고, 그걸 다시 하나의 줄거리로 그럴싸하게 재구성하느라 나는 한바탕 고심하지 않으면 안 되었다.

기독학생회의 도움으로 딸의 심장판막증 수술이 성공리에 끝나자 김씨는 그러잖아도 오래전부터 각별한 관계이던 오군에게 더욱 남다른 정을 느끼게 되었다. 도움을 주선한 오군에 대한 고마움을 나타낼 길이 없어 그니는 궁리 끝에 오군을 자신의 양아들로 삼을 결심을 했다. 자신의 양아들이면 딸하고는 의남매니까 우선 이름부터 딸과 같은 항렬자로 지어줄 필요가 있었다. 인순이 오빠 인규. 비록 두 아이의 키는 위아래 순서가 뒤바뀌어 동생이 더 큰 꼴이지만 이름만은 서로 잘 어울리는 듯싶었다. 성만 있고 이름은 없는 오군의 딱한 처지를 매양 안타깝게 여겨 나온 참인지라 그니는 본인의 의사를 물어도 안 보고 멋대로 이름부터 덜컥 지어놓고는 혼자서 가만히 불러 버릇하기 시작했다. 처음 얼마간은 그런 이름으로 불릴 적마다 쑥스러워 어찌할 바를 모르는 기색이더니만 오래지 않아 익숙해져서 인규 쪽에서도 특별히 이의를 달지 않게 되었다.

양아들을 삼았으니 이젠 인규를 집으로 데려갈 차례였다. 비록 가랑이가 째지게 애옥한 살림이긴 하지만 딸의 목숨을 살려 두 세상을 살게끔 도와준 그 은공을 생각하면 인규 한

68

입쯤 마땅히 거두는 것이 사람 된 도리일 것 같았다. 그러나 그니가 말을 꺼내기 무섭게 인규는 팔팔 뛰면서 호의를 물리쳐버렸다.

인규를 집으로 데려가는 데 실패한 다음 그니는 넌지시 다른 제안을 해봤다. 끼니 해결이 마땅찮은 주말이나 공휴일 같은 때만이라도 집에서 함께 지내는 게 어떻겠느냐고 말했다. 하지만 그 절충안마저 보기 좋게 퇴박을 맞고 말았다. 휴일에도 총학이나 동연 사무실을 계속 지키는 형들한테 빌붙어 적당히 신세지면 되니까 아무 염려 말라는 것이었다. 별도리 없이 그니는 설거지 후에 남은 밥과 찬들을 정갈하게 챙겨두었다가 인규가 찾아오면 양껏 퍼먹이는 것으로 아쉬움을 달래곤 했다. 많이많이 퍼먹여서 키를 다만 한 치라도 더 높일 수만 있다면 그니는 가마솥이라도 통째로 인규에게 떠안기고 싶은 심정이었다.

키가 자라지 않는 양아들을 위해 김씨는 혼자만의 은밀한 꿈을 가슴속에서 무럭무럭 키워가고 있는 중이었다. 입에 풀칠하기에도 빠듯한 박봉을 쪼개서 인규 몫으로 작은 적금 하나를 붓고 있었다. 나중에 적금을 타게 되면 인규를 대처 큰 병원으로 데려가서 정밀진단을 받게 할 요량이었다. 용한 의사들이 본다면, 인규의 키가 자라지 않는 원인이 집안 내림의 배냇병에 있는지, 아니면 몸뚱이 어딘가에 단단히 고장이 붙은 탓인지 정확히 밝혀질 것이었다. 진단 결과에 따라 그니는 다음 계획을 세울 작정이었다. 양아들에게 정상적인 사람의 꼴을 갖춰줄 수만 있다면 그니는 십 년 아니라 이십 년이 걸리더라도 허리끈을 바싹 졸라매 가며 장기

적금을 부을 용의가 있었다.

김씨 아줌마가 오군의 죽음을 두고 느끼는 죄책감은 거의 직계비속 살해범의 수준이었다. 오군에게 닥치는 위기를 어렴풋이나마 예감할 수 있었는데도 너무 무심했던 자신의 불찰로 말미암아 미처 손을 쓰지 못했노라고 했다. 겨울방학과 동시에 일단 휴업에 들어갔던 학생식당이 입시 날짜에 맞추어 다시 문을 열었을 때 웬일인지 오군의 모습이 눈에 띄지 않더라고 했다. 한꺼번에 밀어닥치는 수많은 입시생과 학부모를 상대하느라 눈코 뜰 새 없이 바쁜 때라서 오군을 챙길 엄두도 못 냈다는 것이었다. 그런데 나중에 알고 보니 그 무렵 이미 오군은 경비원들의 추격을 피해 도망을 다니느라 대낮에는 사람들 앞에 나타날 수도 없는 실화범이 돼 있더라는 것이었다.

김씨 아줌마는 두 주먹으로 번갈아 앙가슴을 쾅쾅 찧어댐으로써 양어머니 노릇을 제대로 하지 못한 자신을 자꾸만 가혹하게 벌하고 있었다.

최진완(총학 회장)

좋은 지적이야. 박기현 기자 지적대로 만약에 오군이 우리 학생회 소속이었다면 물론 처음부터 문제는 달라졌을 수도 있겠지. 아마 틀림없이 그랬을 거야. 허지만 유감스럽게도 오군은 우리 소속이 아니야. 총학이라는 하나의 방대한 조직을 책임진 사람 입장에서 난 말이지, 우리 공동체 구성원들 문제만으로도 해골이 아주 복잡하단 말씀이야. 그래서 결론적으로 말하자면 총학 이름으로는 오군 문제로 학교 쪽에다 어떤 모션을 취할 계획도 전연 없어. 지금도 그렇고 앞으로도 마찬가지야. 대단히 불행한 일이긴 하지만, 그 문제는 벌써 일단락된 거라고 생각해. 미안해. 역지사지를 해보면 박기현 기자도 아마 내 입장 충분히 이해할 수 있을 거야.

그건 억지 논리고 견강부회야. 우리 강철군단 총학 운동 방향이 민초들 삶의 질 향상과 권익 옹호에 일정 부분 기여하자는 쪽으로 연대투쟁을 전개하고 있는 건 사실이지만, 오군 문제는 그거하고 또 달라. 오군 문제를 그냥 덮고 넘어간다 해서 우리 운동 방향이 변질되거나 왜곡된다고 보는 건 지나친 억측이야. 민초도 다 민초 나름이지. 오군이 과연 진정한 의미의 민초였는지도 한 번쯤 다시 생각해 봐야 될 문제 아닐까? 자본주의 사회의 구조적 모순을 해결하기 위한 목적으로 조직화되고 전력화된 민초 집단이 우리 총학의 우선적인 관심 대상이 되는 건 너무나 당연한 일 아닐까? 그동안 오군의 딱한 사정을 감안해서 틈틈이 숙식을 제공하고 보살펴준 것으로 우리 의무는 끝났다고 생각해.

한승구(동아리연합회 총무부장)
다른 사무실보다도 우리 동연 사무실에서 오군이 제일 많이 머물렀던 건 사실이야. 오랫동안 우리 멤버들하고, 그 중에서도 김종환이가 주로 당번을 맡았지만, 숙식을 같이 하다시피 하면서 한식구처럼 지낸 것도 부인하지 않겠고. 그렇다고 머문 시간에 비례해서 우리 동연의 책임감도 더 무거워져야 된다는 법은 없잖아? 우린 성의껏 돌봐준 셈이니까 아마 오군도 지금쯤 저승에서 우릴 원망하진 않을 거야. 김종환이는 기현 씨 취재에 절대로 응하고 싶지 않대. 이유는 묻지 말래. 그 친구 당분간 만날 수 없을 거니까 괜히 헛수고하지 말란 말이야.

그게 다 제 운수소관이겠지, 뭐. 그렇게 생각해 버리면 기현 씨도 아마 맘이 좀 편해질 거야. 정말 어쩔 수가 없었어. 학생회관 건물 전체를 잠정적으로 폐쇄한다는 학생처 통보를 방학 전에 벌써 받았거든. 그래서 입시 업무 보조나 홍보 요원으로 뛴 우리 멤버들도 입시 기간 내내 동연 사무실을 토옹 이용할 수가 없는 형편이었지. 우리가 그 정돈데 오군한테 사무실 열쇠를 어떻게 맡기겠어? 또 그래 봤자 기름 배급도 끊겼는데 빈 스토브만 덜렁 있는 사무실이 오군한테 무슨 도움이 되겠어? 잊어버려. 그만 잊어버리라구. 이미 죽은 자식 불알 만지기는 현명한 애비로서 차마 할 짓이 아니라니까.

책상 한구석에서 장시간 얌전히 제 분수를 지키고 있던 삐삐란 놈이 느닷없이 부르르부르르 진저리를 치기 시작했다. 이 시간에 도대체 어떤 놈(년)이냐. 무엄하게도 남의 귀중한 작업을 훼방하는 것에 부앗살이 뻗쳐 녀석이 무슨 용무로 그처럼 진저리를 쳐대는지 알아볼 생각도 하지 않았다. 나는 당장 녀석의 급소를 질끈 눌러 숨통을 아예 끊어 놓았다.

삐삐 녀석을 간단히 손봐주고 나니까 이번에는 배가 또 싸르르 아파오기 시작했다. 예사롭지 않은 그 증상이 어디서부터 비롯된 것인지를 나는 금세 알아차렸다. 배아픔이 아니라 그것은 배고픔이었다. 그러고 보니 저녁을 거른 상태였다. 그때껏 작업에 매달리느라고 밤이 꽤 깊은 줄도 몰랐던 것이다. 하다못해 라면이라도 끓여 허기진 뱃구레를 채워야만 앞으로의 작업이 수월해질 것 같았다.

"이봐, 기현이 학생!"

뜨거운 라면을 훌훌 불어가며 허겁지겁 입에 담고 있는 참인데 복도 저 끝 쪽에서 집주인 아저씨의 목소리가 매우 감때사납게 울렸다.

"기현이 학생, 즌화 받어!"

대학촌 특유의 닭장집 구조 안에서 전용 전화기 없는 설움을 한바탕 또 톡톡히 당해야 할 판이었다. 지붕을 달리한 주인집 거실까지 가서 통화를 해야 하는 번거로움과 폐스러움 때문에 어지간히 다급한 용무가 아니고는 가급적 전화 호출을 삼가달라고 아는 사람들에게 그렇게 신신당부해 두었건마는…….

"아, 즌화 받으라는디 뭣 허고 있는겨?"

야심한 시각의 전화 심부름으로 중년의 아저씨는 단단히 부어 있는 상태였다. 나는 입 안에 든 라면의 처리를 급히 서둘렀다.

"누구래요?"

"몰러! 여학생 같은디, 급헌 일이랴!"

"기현이 학생 지금 없다고 그래 주세요."

아저씨는 빈말로라도 한 번쯤 더 통화를 권하는 아량을 보여주지 않았다. 통화 상대를 바꿔주기에 편리한 코드리스

폰을 쓰지 않고 악착같이 구닥다리 전화통을 고집하는 데는
다 그럴 만한 까닭이 있을 것이었다.

"급허긴 뭣이 급혀. 여시 같은 지지배가 오밤중에 즌화질
로 머시매한티 꼬랑지나 사알살 치겄다, 그따우 수작이겄
지."

아저씨가 안채로 향하면서 혼자서 구시렁대는 소리였다.
나는 열린 문틈을 통해 한쪽 귀를 밖으로 파견해서 아저씨
뒤를 잠시 미행케 했다. 내 귀는 안채에서 울리는 툽상스런
아저씨 목소리를 담아가지고 얼른 내 방으로 되돌아왔다.

"기현이 학생 없다고 그러랴!"

누굴까? 암만 생각해 봐도 그 시간에 나한테 전화질해서
살살 꼬리칠 여학생 얼굴이 내 머릿속에 당최 떠오르지 않
았다. 혹시 이윤정이 아닐까? 그럴지도 모르겠다. 인터뷰에
전혀 협조도 하지 않은 주제에 윤정이는 요 며칠 사이 '천
사 특집'의 진행에 남다른 관심을 나타내고 있었으니까. 나
는 먹다 만 라면을 마저 처분하기 시작했다. 이윤정일 리가
없다는 사실을 첫입의 라면이 내게 퍼뜩 일깨워주었다. 작
업의 진행 과정을 누구보다 소상히 아는 장 선배가 제 곁에
늘 붙어 있는데 윤정이가 뭣이 아쉬워서 이 밤중에 그런 무
모한 전화질을 하겠는가.

김정태(사무처장)

박군이라고 그랬던가? 학보사 기자이기 이전에 박군은 이
대학 학생이란 사실을 명심해 주기 바라네. 학생 신분으로
그 문제를 어떻게 다루는 것이 우리 대학을 위해서 올바른

행동인지 다시 한번 신중히 검토해 보는 게 좋겠다고 생각되는데, 안 그런가?

물론이지. 내가 시킨 일이고말고. 내가 그렇게 하라고 엄중히 지시를 내렸네. 이 사무처장 자리로 말할 것 같으면, 학교 재산을 보호하고 학교 살림을 관장할 책임과 의무가 있는 막중한 자리야. 설마 박군은 방학이 끝나고 개강이 돼서 오랜만에 학교에 다시 나왔을 때 학교 건물이 홀랑 불에 타서 폐허로 변해 버린 꼴을 구경하고 싶지는 않겠지? 바로 그거야. 아주 위험천만한 중실화 용의자를 고삐 풀린 망아지처럼 학교 안에 풀어놓은 채로 그냥 모르는 척 눈감고 넘어갈 수는 없는 일 아니잖겠나. 그래서 직무를 태만히 한 책임을 물어 경비반장을 징계하지 않을 수가 없었네.

나 역시 자식 키우는 부모의 한 사람이네. 허지만 고아를 보호하는 문제는 또 다른 차원이지. 그건 대학 사무처 고유 업무가 아니네. 나라에서 책임질 문제지. 중실화 혐의자를 붙잡아서 내가 어떻게 하려 했던 게 아니고 그냥 곱게 사직 당국에다 넘겨줄 생각이었네. 다시 한번 말하겠는데, 오군 문제는 그 이상도 그 이하도 아니야. 내 말 알아듣겠나?

임채운(학생처장)

자네가 그러고 다닌다고 죽은 오군이 다시 살아서 돌아올 것 같나? 솔직히 말해서 그 문제가 학생들 사이에 재차 거론되는 걸 난 원치 않아. 학교를 위해서나 당사자인 오군 자신을 위해서도 별로 득될 게 없는 일이라고 생각해. IMF 바람으로 나라 전체가 흔들리는 위기 국면이야. 우리 대학이라고 거기서 예외일 수는 없어. 어떤 면에서는 오히려 대학 쪽이 더 심각한 위기를 맞고 있어. 이런 판국에 한푼이라도 경비를 줄여서 예산을 절감하겠다는 취지로 시행한 일인데 학교에 몸담고 있는 교수로서 어떻게 학교 시책에 거역할 수가 있겠나. 오군의 죽음은 이제 움직일 수 없는 기정사실이야. 따지고 보면 지난 겨울방학 때 학생회관을 폐쇄하고 난방 공급을 중단시킨 건 학교가 아니라 바로 IMF야, IMF.

이웃에서 자취하는 후배 하나가 한밤중에 불쑥 내 방으로 찾아왔다. 금학년도에 수습으로 선발되어 학보사에 처음 발을 들인 백경흠이었다.

"부장님이 좀 만나재요!"

방안에 들어서자마자 그는 대뜸 볼멘소리부터 터뜨렸다.

"어느 부장이? 신 부장?"

"삐삐도 안 받고 전화도 안 받는다고 지금 이렇게 돼 있어요."

그는 손가락 두 개를 이마 양끝에 세워 제법 날카로운 뿔 모양을 만들어 보였다. 문명의 이기를 흉기로 사용해서 거푸 내 작업을 훼방한 사람이 누군지 뒤늦게 밝혀지긴 했지만, 신 선배가 무슨 일로 그처럼 한밤중에 집요하게 날 만나려 하는지는 여전히 의문으로 남아 있었다.

"지금 학보사에 있대요."

"이 오밤중에?"

"상당히 취해 있는 목소리였어요."

76

백경흠의 말투 속에는 상당한 우려의 뜻이 담겨 있었다. 에부수수한 얼굴에다 슬리퍼짝을 끌고 급히 달려온 품이 아무래도 자다가 깨어 신 선배의 전화를 받은 눈치였다. 얼핏 시계를 보니 이미 자정이 지난 시각이었다.

"보다시피 난 지금 굉장히 바빠. 신 부장한테 내일 만나 잔다고 전해."

"박 선배님이 안 나타나면 신 부장이 틀림없이 절 죽일 거예요."

내심 신 선배를 겁내고 있음이 백경흠의 얼굴에 견고딕체로 굵게 적혀 있었다. 괜히 나 때문에 아끼는 후배 하나가 개죽음을 당하는 건 애당초 내가 바라던 바가 아니었다. 빌어먹을!

"꼭 가야 된다면, 조건이 있어. 나랑 같이 가자."

"제가 왜요? 전 싫습니다!"

"널 위해서 그러는 거야. 싫어도 나하고 동행하는 쪽이 신 부장 손에 피살당하는 쪽보다는 그래도 훨씬 낫잖아. 잔말 말고 어서 일어나."

신 선배는 불도 밝히지 않은 어둠침침한 학보사 안에 잔뜩 똬리를 튼 채 한 마리 비단구렁이처럼 먹잇감이 나타나기만을 기다리는 중이었다. 사무실 공기 속에는 부비강염 환자라도 너끈히 맡을 수 있을 만큼 역한 술내가 짙게 배어 있었다. 나는 출입문 옆 벽면의 스위치를 올려 전등을 환하게 밝혔다.

"백경흠이 너 이 새끼, 여긴 왜 나타났어?"

내 꽁무니에 붙어 주춤주춤 들어서는 백경흠을 환한 불빛

속에서 뒤늦게 발견하고는 신 선배가 딥다 험악하게 나왔다.

"내가 같이 가자고 그랬어요."

"당장 내 눈앞에서 꺼져버려, 이 새끼야!"

혓바닥이 꼬일 정도는 아니었지만, 그래도 평상시 신 선배의 주량으로 미루어 분명히 과음했음을 알려주는 목소리였다. 난감한 지경에 빠져 어쩔 줄 몰라 하는 백경흠에게 나는 눈짓으로 나가 있으라는 신호를 건넸다.

"용무가 뭐죠?"

후배가 밖으로 나가기를 기다려 나는 따지는 투로 물었다. 그러자 신 선배는 취한 사람 특유의 그 사개가 어긋난 듯한 웃음을 얼굴에 헐겁게 떠올렸다.

"용무? 그래, 용무란 게 있었지. 용무도 없이 우리 고매하신 인격자 박 선비님을 불러냈다면 내가 꼼짝없이 미친년 소릴 듣게?"

갑자기 신 선배는 책상 위의 전화기를 끌어당겨 번호 버튼을 눌러대기 시작했다. 열 개의 숫자를 다 누른 다음 그니는 송수화기를 내 코앞으로 들이밀었다.

"박 기자님 사서함이야. 자기 비밀번호를 눌러서 어떤 메시지가 입력됐는지 한번 들어봐."

"현물이 여기 도착했으니까 직접 말씀으로 전하시죠."

"싫어? 싫다면 내 입으로 재생해 드리지. 첫 번째 메시집니다. 박기현 씨, 여기 일천냥하우슨데, 잠깐 나와주지 않을래? 두 번째 메시집니다. 야 인마, 좀 나와달라는데 뭐가 잘났다고 그리 도도해? 세 번째 메시집니다. 이 개새끼야, 학보사로 빨랑 안 나오면 가만두지 않겠어!"

"많이 취하신 것 같군요."

"취하신 것 같다고? 같은 게 아니라 인마, 실제로 취하셨다! 뭐가 어째? 없다고 그러라고? 야 인마, 선배가 밤송이로 거시기를 까라면 알아서 후딱 깔 것이지, 그따위 행동은 대관절 어디서 배워먹은 수작이냐?"

술에 흠뻑 젖어 흐물흐물 녹아 있는 신 선배의 이성이 젤리 아니면 푸딩 모양으로 눈에 확연히 드러나는 듯했다. 나는 이보다 더한 곤욕도 참을 수 있다고 나 자신에게 타일렀다.

"하실 말씀이 있으시면 빨리 하시죠, 밤도 깊었으니까."

"잔소리 듣기 싫다, 이거지? 좋아! 그럼 지금부터 용건을 말하겠어. 인터뷰에서 왜 날 따돌렸지? 악연이든 어쨌든 오군하곤 특별한 인연이야. 난 오군에 대해서 너무너무 잘 아는 사람이야. 그런데 왜 나한테는 인터뷰 요청이 없었는지, 그 이유를 한번 설명해 봐!"

"아직도 늦지 않았습니다."

"좋았어! 아주 좋았어! 그럼 지금 당장 나한테, 신 선배는 왜 오군을 그토록 미워했느냐고 물어봐!"

나는 그 어떤 수모든 앞으로 얼마든지 더 참아낼 수 있다고 나 자신을 상대로 다시금 강조했다.

"신 선배는 왜 오군을 그토록 미워하셨습니까?"

"좋았어! 아주 좋았어! 거기엔 두 가지 중요한 이유가 있지. 첫째, 어린것이 그 나이에 벌써 사람을 차별할 줄 아는 못된 버릇을 익혔기 때문이야. 둘째, 어린것한테 서푼짜리 동정심을 나타내는 것으로 인간의 도리를 다했다고 믿는 사이비 휴머니스트들한테 구역질이 났기 때문이야. 알겠어? 그럼 이번에는, 오군의 죽음을 어떻게 생각하느냐고 물어봐 줄래?"

"오군의 죽음을 어떻게 생각하십니까?"

"좋았어! 아주 좋았어!"

신 선배는 박수까지 곁들여가며 한바탕 요란하게 킬킬거렸다. 참을 인 자 셋이면 살인도 피할 수 있다는 옛 어른들 말씀을 너는 명심해야 된다고 나 자신을 향해 나는 거의 통사정하다시피 했다.

"그 점에 대해서 난 개뿔이라고 생각해. 그 녀석이 천사라는 견해에 대해서도 난 엿이나 먹으라고 말하고 싶어. 그 녀석은 무위도식하는 기생충 같은 존재였어. 제 이기적 본능을 채우기 위해서 수단방법을 가리지 않는 진짜 암체 같은 녀석이었지. 사람들 이목을 잡아끌고 동정심을 불러일으켜서 적당히 사기치는 방법을 계산해 내는 데는 그야말로 천부적인 소질을 타고난, 아주 영악스럽기 짝이 없는 녀석이었어."

"신 선배!"

"다 속아도 난 절대로 안 속는다구. 그 녀석 정체를 속속들이 파악하고 난 뒤부터 내가 그 녀석을 얼마나 저주했는지 알아? 어느 귀신이든 빨리 와서 제발 저 기생충 같은 사기꾼 녀석 좀 잡아가 달라고 간절히 빌고 또 빌었지. 그랬더니, 아 글쎄, 진짜로 잡아가 버리잖아!"

신 선배의 어조가 점점 격해지는가 싶더니만 잘 드는 칼로 싹둑 자르듯 한 순간에 말소리가 뚝 끊겨버렸다. 내 입에서 막 쌍시옷 발음이 튀어나오려는 순간이었다. 뜻밖에도 신 선배는 양팔로 얼굴을 감싸 안으면서 책상 위에 덜퍽 엎드렸다. 곧이어 어마어마하게 크고 굵은 울음가닥이 양팔 틈새로 꺼이꺼이 뻗쳐 나오기 시작했다. 참으로 황당한 기분이었다. 그런 식으로 여자가 느닷없는 통곡을 터뜨릴 때 남자로서 취해야 할 마땅한 신사도가 어떤 것인지 전혀 배운 바가 없기에 나는 잠시 그니의 주변을 배돌며 우왕좌왕할 수밖에 없었다. 출입문 밖 어딘가에 숨어 있던 백경흠이 절반쯤 넋이 달아난 얼굴을 앞세운 채 후닥닥 안으로 뛰어들었다. 이게 웬 난리냐고 그가 눈으로 묻고 있었지만, 난들 무슨 재주로 그 복잡한 속내를 짐작할 수 있겠는가.

"신 선배…….."

나는 폭약이라도 다루듯 신중한 놀림으로 신 선배의 어깨 위에 가만히 손을 얹어보았다. 그러자 그니가 눈물에 콧물 범벅의 추한 얼굴을 발딱 치켜들면서 한입에 통째로 집어삼킬 듯이 나를 무시무시하게 노려보았다.

"야, 박기현. 너만 착하고 너만 인정머리 있는 놈이냐? 난 뭐 피도 눈물도 없는 냉혈동물인 줄 알았어, 이 새끼야? 내 저주가 통한 것 같다고 느끼는 순간에 내 기분이 어땠는지 니깟 녀석이 짐작이나 할 수 있어? 나도 너만큼 괴롭고 너만큼 힘들기 땜에 너라도 달달 볶아먹고 싶어서 그랬다, 왜!"

나는 할말을 잃은 채 백경흠을 향해 시선을 돌렸다. 그 시선을 저한테 원조를 청하는 뜻으로 해석했는지 백경흠이 눈치도 없이 용감하게 앞으로 나섰다.

"부장님…… 그만 진정하시고……."

"뭐가 어쩌고 어째? 날더러 진정하라고? 그럼 니 눈엔 내가 지금 미친년으로 뵈냐, 이 새끼야?"

백경흠의 위로는 오히려 불길 위에 기름을 끼얹는 역효과를 낳고 말았다. 신 부장은 번뜩이는 안경알 너머로 레이저 빔 같은 눈빛을 아무한테나 함부로 쏘아대면서 제 성깔에 못 이겨 제 머리칼을 마구 쥐어뜯기 시작했다.

"꺼져! 당장 꺼져버려, 개새끼들아!"

한밤중에 학보사 사무실에서 쫓겨나와 자취방으로 돌아올 때의 내 기분은 의외로 개운했다. 특히 야심한 시각에 학생회관 밖까지 엉엉 따라 나오며 우리를 배웅하던 그 울음소리는 내게 신선한 느낌마저 안겨주었다. 그동안 내가 못 울었던 울음을 신 선배가 내 몫까지 대신 울어주는 것만 같았다. 그래, 울어라. 실컷 울어라. 울어서 가슴을 지지누르는 응어리가 풀릴 수만 있다면 목젖이 혓바닥 위에 날름 올라앉을 때까지라도 울고 또 울어야지. 놀랍게도 나는 비아냥거림이라는 반어적 표현을 사용해서 여태껏 반목과 불신의 대상이었던 신 선배에게 거꾸로 신뢰를 보내고 있었다. 아, 선머슴같이 뻣세고 질긴 줄만 알았던 신 선배한테도 그처럼 여린 일면이 다 숨어 있었구나, 하는 새삼스런 발견이 나를 거추없이 즐겁게 만들고 있었다.

천사의 죽음으로 말미암아 마음으로 심각하게 고통을 받고 있는 사람이 나말고도 주변에 여럿이 더 있다는 것을, 신 선배도 그 여럿 가운데 하나라는 사실을 재확인할 수 있었던 것이 그날 밤 내가 얻은 가장 큰 소득이었다. 아무튼

지 그 별난 신 선배와의 심야 만남은 내 작업을 전혀 위축
시키지 못했다. 오히려 더욱 고무시켰을 뿐이었다.

이종심 여사(46세, 사무처 고용직)

내가 과장님한테 보고를 올렸지. 학생 같으면 그런 꼴을
보고도 그냥 내비뒀을 성싶어? 일이 잘못 될라고 그때 오군
이 아매 환장이라도 혔던개벼. 아침 청소를 헐라고 인문관
에 가봤더니만 옴매, 요게 대관절 뭔 야단이여? 산 쪽 옹벽
허고 인문관 건물 그 새중간 그늘막 밑에 잿더미가 수북허
니 쌓여 있는겨. 끄시럼이 그늘막 천장까장 시꺼멓게 뻗쳐
올라가 있는겨. 까딱 잘못혔으면 건물 한 채를 홀라당 다
끄실라먹을 뻔혔잖여. 누가 근처 쓰레기를 몽땅 줏어다가
밤새 모닥불을 놓은겨. 그게 누구겄어? 방학 중이라 절간같
이 죄용헌 인문관에서 바로 전날 저녁만 허드라도 멀쩡허던
그늘막이 누구 솜씨로 그 모냥 그 꼴이 되얐겄어? 그런 짓
을 헐 사람이 학교 안에 오군말고 누가 또 있겄냐고?

그날 하루만 그런 게 아녀. 날마다 장소를 바꿔가며 새
잿더미가 학교 이 구석 저 구석에서 자주 눈에 띄는겨. 덕
분에 아무 죄도 없는 우리 청소 아줌마들이랑 경비 아저씨
들한테 시퍼렇게 비상이 걸렸지. 날마다 아침만 되면 잿더
미 치우고 끄시럼 어내니라고 한 무데기씩 생똥깨나 쌌다니
깨. 비닐봉다리나 페트병 태울 적에 나오는 끄시럼은 하이
타이 물로 지아무리 뽁뽁 문질러대도 여간혀서는 잘 지워지
지도 않는단 말이여.

김만복 씨(52세, 경비반장)

그 쓰잘데없는 소리 다 집어치워. 나도 처자식 거느린 가장이여. 그 쥐알만한 꼬맹이 녀석 불장난 덕분에 억울하게 징계까지 먹은 내 심정, 학생은 이해헐 수 있겠어? 인터뷰 아니라 인터뷰 할애비가 찾어와서 애걸복걸헌다 허드라도 나는 안 만날 작정이니깐 그리 알어!

김성진 씨(59세, 경비원)

우리 반장님 허락은 받었나? 학생이 그러면은 안 되지. 당연히 안 되고말고. 반장님 허락이 없이는 내 맘대로 말헐 수가 없어. 나는 입이 없는 사람이라서 학생을 도와줄 수가 없네. 미안허구만.

문학선 씨(45세, 경비원)

그날 밤에 폭설이 내렸지. 학교 저 건너 맞은바래기 수릿재가 눈 속에 파묻히는 바람에 요 일대 교통이 한때 두절될 정도로 아주 굉장헌 폭설이었어. 다른 직원들이랑 같이 새벽부터 눈을 쳐서 길을 내고 있는 판인데 어떤 직원 하나가, 저게 뭣이여, 허고 소리지르면서 대운동장 스탠드 쪽을 내려다보는 거여. 스탠드 귀퉁이 중간쯤 계단에 묏등마냥 뭣이 똥그랗게 솟아 있더만. 뭔지 모르게 요상헌 기분이 들길래 김성진 씨한테 같이 내려가보자 그랬지. 계단을 내려가서 한 뼘도 넘는 눈을 걷어내고 보니까 신문지랑 비닐루천이랑 헌옷 나부랭이 같은 것들이 수북허니 나오는 거여. 그것들을 한 꺼풀씩 조심조심 벳겨봤더니만, 어라, 그

속에 사람이 들어앉어 있는 거여. 쬐끄만 몸뚱이를 축구공마냥 똥그랗게 말어붙인 채로 바짝 쪼그리고 앉어 있었어. 바로 오군이었지. 며칠간이나 그렇게나 찾을라고 애를 써도 눈에 안 뵈던 오군이 그 자리서 뵈는 거여. 아무리 뒤를 쫓아도 요리조리 다람쥐마냥 잘도 도망쳐 다니면서 우리 경비들허고 밤이면 밤마다 숨바꼭질을 허던 그 오군이, 판자를 뜯고 심지어 헌 책걸상을 뿌셔서 밤만 되면 곳곳에다 계속 불을 놓는 바람에 엔간히도 우리 경비들 속을 썩이고 애를 멕이던 바로 그 오군이 결국 그 자리서 우리 손에 붙잡히고 만 거여. 우리가 붙잡었을 때는 벌써 숨이 끊어져 있더만.

무슨 대답을 더 듣고 싶은가? 숨넘어갈 때 고통스럽지 않더냐고 그 경황 중에 죽은 오군한테 물어라도 봤기를 바래는가? 꼭 잠을 자는 것 같었다네. 얼굴이 온통 허옇게 얼음으로 덮여는 있었지만, 그렇다고 별로 괴로워허는 것 같은 표정은 아니었네. 추운 줄도 모르고 그저 편안허니 깊은 잠에 빠진 것 같은 얼굴이었지. 자아, 이만허면 인제 됐는가? 다 끝났는가?

오군에 대한 유감을 아직도 말끔히 다 털어내지 못한 반장의 경우를 제외한다면, 다른 경비원들은 비교적 인터뷰에 잘 응해 주는 편이었다. 심지어 입이 없다던 김성진 씨마저도 반장이 안 보는 틈을 타서 없던 입을 새로 만들어가며 눈치껏 협조를 해주었다. 직책상 몸에 밴 습관 탓인지 자신의 목소리가 테이프 안에 증거로 남는 걸 유난히도 꺼리는 그들의 조심성을 고려해서 나는 녹음기 사용을 가능한 한

자제했다. 그들이 직속상사의 뜻을 거슬러가며 그처럼 인터뷰에 협조한 데는 그들 나름의 이유가 있었으리라. 아마도 오군 문제로 자기네한테 쏠리는 뭇 시선이 심히 부담스럽기 때문인 듯했다. 오군의 죽음에 대해 책임질 일은 아무것도 없노라고 자기네 입장을 스스로 변호하고 싶었을지도 모른다.

여러 사람의 이야기를 종합해서 대충 줄가리를 타본 결과 오군의 마지막 궤적을 실상에 가깝게 재구성하는 일이 어느 정도 가능해졌다.

죽음을 눈앞에 둔 시점에서 오군은 어지간히 초조하고 다급했던 것 같았다. 여느 때의 오군답지 않게 거칠고 시망스럽게 군 흔적들을 여러 대목에서 발견할 수 있었다. 오랜 굶주림이 그러라고 시켰던지 그 애는 한밤중에 창유리를 깨고 대학본부 건물의 교직원식당에 몰래 숨어들어 음식 재료와 잔반 따위를 훔쳐먹다가 경비원에게 들키고 말았다. 유령마을처럼 횅뎅그렁해진 겨울 캠퍼스 안에서 음식물을 구할 수 있는 유일한 장소였기 때문에 그 같은 무리를 저지를 수밖에 없었던 것 같았다. 오랜 쫓김에 성격마저 사나워졌던지 그 애는 낮이면 학교 인근 산속에서 숨어 지내다가 뒤를 밟아 쫓아온 경비원들을 겨냥해 바윗덩이를 굴리거나 돌팔매질을 하는 등으로 힘겨운 저항을 보이기도 했다. 그리고 밤이면 다시 산을 내려와 캠퍼스 안으로 숨어든 다음 모닥불에 쓸 땔감이 될 만한 물건이라면 뭐든 닥치는 대로 손에 넣곤 했다.

죽기 바로 전날 밤, 오군은 끝내 돌이킬 수 없는 어리석은 짓을 저지름으로써 결정적으로 경비원들의 미움을 사고 말았다. 하필이면 고가의 실험실습 기자재들로 가득 찬 공학관 안에서 불장난을 했던 것이다. 그 애는 잠긴 출입문을 수단껏 열고 공학관으로 들어가 마치 생애 최후의 밤을 밝히는 혼자만의 캠프파이어라도 벌이듯 서쪽 계단 경사면 아래쪽에다 제법 큰 규모의 모닥불을 피웠다. 그 바람에 화재 경보가 요란히 울리고, 깜짝 놀라 달려온 경비원들에 의해 한바탕 진화 소동이 벌어지고, 곧이어 캠퍼스 전체를 놀이터 삼아 한 아이와 여러 어른이 한데 어우러져 이리저리 몰려다니며 한밤중에 덧게비장난을 벌이는 웃지 못할 사태까지 벌어졌다.

결과적으로 미수에 그치고 만 공학관 화재 사건을 가리켜 경비원들은 하나같이 방화임이 틀림없다고 입을 모았다. 학교 당국을 궁지로 몰아넣으려는 저의가 아니고서야 어떻게 인화성이 강한 실험용 화학물질 용기까지 그러모아 불을 지를 마음을 먹을 수 있었겠냐는 주장이었다. 경비원의 처지에서 도무지 이해가 불가능한 점은 하늘이 두 쪽 나는 한이 있더라도 끝끝내 캠퍼스 안에 머물고자 하는 그 애의 병적인 집착이었다. 춥고 배고픈 데다가 짐승처럼 계속 쫓기는 그 비참한 생활을 웬만하면 단념했을 법도 하다는 것이었다. 마음만 적당히 고쳐 먹으면 그까짓 캠퍼스 포기하고 어슬렁어슬렁 대학촌으로 내려가 얼마든지 목숨을 부지할 방도를 찾을 수도 있었을 거라는 이야기였다. 그런데 하필이면 어째서, 도대체 왜, 대관절 무엇 때문에 그처럼 죽기를 한하고 끝까지 춥고 배고픈 캠퍼스 생활만 계속하겠다고 그 고집을 다 부리고 그 무리를 다 범했는지 암만 생각해 봐도 모르겠다는 이야기였다.

"만약에 아저씨들이 오군이라면, 십 년도 넘게 정붙이고 살아온 자기 집을 그렇게 쉽게 포기하실 수 있겠어요? 만약에 아저씨들이 오군이라면, 식구들이 한때 좀 구박한다고 해서 자기 가정을 버리고 아무 미련 없이 딴 세상으로 훌쩍 가출하실 수 있겠어요? 아저씨들한테는 직장이지만 오군한테는 어쩌면 이 캠퍼스가 바로 집이고 가정이었을지도 모르는 일이죠."

참으려 했던 말들을 더 참지 못하고 마침내 툭툭 내뱉는 것으로 나는 어렵게 성사된 인터뷰를 뒤끝이 개운치 않게 끝마치고 말았다. 내 말의 효과는 즉각 나타났다. 내 말이 그러잖아도 오군의 심중에 대해 많이 의아해하던 경비 아저씨들을 더욱 의아하게 만들고 있다는 증거가 나를 바라보는 그들의 맹한 눈초리 끝에 눈곱자기 모양으로 닥지닥지 달라붙어 있었다.

테이프 속에서 끄집어낸 음성언어를 문자언어로 개비해서 종이 위에다 방면하는 일차 작업을 모두 끝낸 것은 새벽녘이었다. 밤을 꼬박이 밝혀가며 내가 힘든 작업을 어렵게 끝낸 줄 용케도 알아차리고 대학촌 끄트머리쯤의 어느 먼 곳에서 때맞춰 첫닭이 기운차게 울어주었다. 조금 피곤하긴 했지만 졸리지는 않았다. 시험 때마다 당일치기를 예사로이 단행하곤 하던 그 실력으로 아직도 한나절 정도는 너끈히 더 버틸 수 있을 듯싶었다.

라면 한 그릇으로 다시 허출한 뱃속을 달래고 나서 곧 이차 작업의 채비에 들어갔다. 예상했던 것보다 원고 분량이 대폭 늘어난 데다가 중복되는 내용이 많고 순서도 뒤죽박죽 제멋대로라서 곁가지를 과감히 쳐내고 몸맨두리를 날씬하게 가다듬을 필요가 있었다. 그런 다음에 깐깐한 육하원칙을 끌어들이고 빈틈없는 인과법칙의 도움을 받아 집필 작업을 완료할 생각이었다. 제목부터 먼저 정해 두는 것이 아무래도 원활한 작업을 위해 이로울 성싶었다.

'우리 곁에 잠시 머물렀던 어린 천사의 이야기'

몇 개의 제목 후보들을 놓고 한참 고심한 끝에 다소 긴 느낌을 주지만 그 대신 호소력은 훨씬 강해 보이는 쪽을 선택했다. 그 제목 덕을 보았음인지 이차 작업은 매우 빠른 속도로 진척되었다. 천사 특집을 준비하는 동안 머릿속에서 내내 궁굴려 나온 문장들이 있었기 때문에 나는 기사의 서두를 작성하는 데 별달리 큰 어려움을 느끼지 않았다.

'한 소년이 있었다. 학내에서는 학생들이건 교수님들이나 교직원들이건 거개의 사람들이 소년을 가리켜 천사라 불렀다. 개중에는 물론 사탄의 막내아들쯤 대하듯, 뱃속에 영감을 대여섯 명쯤 들여앉히고 있는, 교활하기 짝이 없는 녀석이라고 손가락질하며 소년을 사갈시하는 입들도 더러 있긴 했다. 하지만 다른 수많은 입들은 인간의 측은지심과 인내심을 시험하기 위해 하늘이 내려보내신 천사쯤의 존재로 생각하면서 소년을 지극한 애정으로……'

오전 강의까지 땡땡이를 쳐가며 천신만고 끝에 기사를 완성했다. 바로 그 감격의 순간을 기다렸다는 듯 알락할미새 한 마리가 자취방 앞 늙은 감나무 밑으로 팔맷돌처럼 날아들었다. 너무 조용해서 빈집으로 착각이라도 한 걸까. 녀석은 겁도 없이 마당을 종종걸음으로 돌아다니기 시작했다. 녀석이 우스꽝스럽게도 긴 꼬리를 위아래로 깝죽깝죽 흔들어 연방 방아를 찧어가며 맑은 소리로 우짖는 모양을 일삼아 창문 너머로 내다보고 있으려니까 절로 웃음이 나왔다. 내가 부르고 있던 노래를 알락할미새란 놈한테 졸지에 중간에서 가로채인 듯한 기분이었다.

기사 원고를 장 선배 손에 넘겨주고는 이내 돌아섰다. 강의실 아닌 자취방을 향해 걸어가는 동안 학보사 사무실 안에서 눈에 안 띄던 신 선배 모습이 대고 마음에 켕겼지만, 그렇다고 떼거리로 몰려드는 막강한 잠의 세력을 가로막을 정도는 아니었다. 방안으로 들어서기 무섭게 나는 끼니도 잊은 채 거반 까무러치다시피 곧장 곯아떨어지고 말았다.

그 혼곤한 잠의 내부를 막무가내로 파고드는 틈입자가 있었다. 생면부지의 젊은 얼굴이었다. 누구냐고 묻자 청년은 놀랍게도 금붕어처럼 연방 입을 뻐끔거리면서 '오' 발음과 '군' 발음을 시도할 때의 입 모양을 만들어 보이는 것이었다. 그럴 리가 없다고, 당신이 오군이라는 증거를 대보라고 요구하자 청년은 입가에 슬픈 미소를 머금었다. 그 미소가 채 사라지기도 전에 청년의 얼굴은 어느 겨를에 얼음으로 온통 허옇게 뒤덮이기 시작했다. 나는 그 확실한 증거를 본 다음에야 비로소 오군이 지상의 인간들을 상대할 때 썼던 가면을 벗어던지고 마침내 본판의 얼굴을 되찾았음을 깨달았다. 오군한테서 인정받고 칭찬을 듣고 싶은 욕심으로 나는 그동안 내가 해놓은 작업의 결과를 자랑스레 밝혔다. 오군을 자처하는 그 청년의 입가에 또다시 슬프디슬픈 미소가 떠올랐다. 그런 다음 청년의 온몸은 순식간에 투명한 얼음조각상으로 변해 버렸다. 얼음조각상 속에 갇힌 오군을 꺼내주기 위해 막 망치를 휘두르려는 참인데, 그때 갑자기 방문을 쾅쾅 두드려대는 소리가 들렸다.

누구요?

나는 날카롭게 수하했다. 그러자 또 다른 틈입자가 방안에 나타났다.

"누구요?"

나는 재차 날카롭게 수하했다. 요란하게 방문을 두드려대는 소리가 계속해서 내 귀에 들렸다.

"누구냐니까!"

나는 신경질적으로 연거푸 수하했다. 그러자 웬 틈입자 하나가 방안으로 불쑥 뛰어들었다. 아마도 졸음결에 방문을 잠그는 걸 깜빡 잊었던 것 같았다.

"백경흠입니다."

백경흠? 백경흠이 누구더라……

"저 백경흠이라니깐요. 아직도 잠이 덜 깨셨어요? 대낮에 무슨 잠을 그렇게 요란하게 주무십니까? 얼마나 많이 두들겨댔던지 주먹이 다 아프네요."

그제야 후배의 얼굴을 가까스로 알아볼 수 있었다. 하마터면 나는 방금 전까지 내 손에 들려 있던 망치를 찾기 위해 방안을 두리번거릴 뻔했다.

"경흠이가 웬일로……"

"국장님이 급히 찾고 있어요. 영점오초 이내로 달려오래요."

"국장님이 웬일로……."

"자세한 건 잘 모르지만, 뭔가 긴급사태가 발생한 것 같아요. 학보사 전체에 비상이 걸렸어요."

"지금 몇 시지?"

"네시가 조금 넘었습니다."

그렇다면 세 시간 이상 나무칼로 귀를 베어가도 모르리만큼 세상 모르고 곯아떨어져 있었던 셈이다. 긴급사태, 긴급사태, 하고 연방 속으로 되뇌면서 나는 급히 외출 채비를 서둘렀다.

"아참, 신 부장님이 금일부로 사표를 제출했어요."

학보사 사무실로 향하는 도중에 백경흠이 무관심을 가장한 말투로 가볍게 똥겨주었다. 그 뉴스에 나는 별로 놀라지 않았다. 어느 정도는 이미 예견했던 일이었기에 그에게 이렇다 할 반응도 내보이지 않았다. 진정한 놀라움이란 예상을 뒤엎거나 예상을 턱없이 앞지르면서 어떤 일이 찾아올 때 생겨나는 심리현상일 것이다. 신 선배 사표 문제보다는 낮잠의 대미를 엉망으로 장식했던 그 괴상한 꿈의 기억이 자꾸만 내 발걸음을 허든거리게끔 만들었다.

학보사에 들어서자 사무실 안의 모든 시선이 일제히 나를 향해 쏠려왔다. 장 선배가 벌떡 일어서면서 주간실 쪽을 손으로 가리켰다. 숫제 말을 잃어버린 그의 표정이 나로 하여금 사태의 심각성을 직감케 했다.

"자네 원고는 잘 읽어봤네. 그런데 이게 말이야……."

주간 교수님은 내 얼굴을 쳐다도 안 보았다. 맞은편 소파에 앉으라고 권하지도 않았다. 그는 탁자 위의 내 원고를 한 번 들었다 놓는 것으로 자신의 말상대에 대한 친절을 모두 마감했다.

"면밀히 검토해 본 결과 문제가 좀 있다고 판단을 내렸네. 그래서 게재하지 않기로 결정을 했네."

드디어 올 것이 왔다고 생각했다. 감질나게 뜸들이지 않고 단도직입적으로 결론부터 속시원히 말해 주시는 것만으로도 교수님에게 감지덕지해야 할 판이었다. 두 다리에서 맥이 좌악 풀려나가는 소리가 실제로 내 귀에 잡히는 듯했다.

"어떤 문젭니까?"

"우선, 감상투 문장이 너무 지나쳐서 기사의 생명인 객관적 균형감각을 크게 상실하고 있는 점이 가장 심각한 문제지."

"문제점이 있다면 고쳐서 싣는 방법도 얼마든지 있잖겠습니까?"

"소프트웨어는 어떻게 손을 봐서 그럭저럭 고칠 수도 있겠지. 허지만 자네의 그 근본적으로 잘못된 하드웨어만큼은 아마 좀처럼 고치기 어려울걸."

"근본적으로 잘못된 제 하드웨어가 어떤 건지 교수님께서 구체적으로 지적해 주신다면 대단히 감사하겠습니다."

"내 그러잖아도 지적하려던 참이었네. 자네는 복잡다단한 세상 전체를 단순히 선악 이분법으로만 파악하려 하고 있어. 선과 악 두 가지 중 어느 하나에 속하지 않는 것은 처음부터 존재할 수도 없고 존재할 가치도 없다, 이런 식이지. 예를 들어서 말하자면, 오군은 선이고 학교는 악이다,

그런고로 오군과 친한 것은 선의 세력이고 오군과 불친한 것은 악의 세력이다……."

아, 바로 그것이었구나! 나는 내 앞을 우뚝 가로막는 거대한 장벽의 실체를 비로소 느꼈다. 그 장벽을 뚫거나 타넘으려 제아무리 기를 써봤자 결국 도로에 그치고 말 것이었다. 꿈속의 오군이 어째서 그토록 슬프디슬픈 미소로 나를 대했는지 이제야 알겠구나!

"제가 그런 관점으로 기사를 썼다면, 죄송합니다."

"썼다면이 아니고 실제로 여기에 그렇게 적혀 있네. 아직도 배우는 과정에 있는 학생 신분으로서, 그리고 예비 지성인으로서 그런 식의 극단적이고 과격한 논리는 대단히 옳지 않을 뿐만 아니라 아주 위험한 것이네."

좀더 솔직해지실 수는 없나요, 교수님? 그건 어디까지나 이유를 위한 이유에 불과할 뿐이고, 실인즉슨 대내외적으로 학교의 위상을 눈곱만치라도 다치게 할 염려가 있는 기사는 애당초 싣고 싶지 않기 때문이라고 말이죠.

"알겠습니다. 이제부터 제가 교수님께 어떤 말씀을 드린다 하더라도 한 번 내려진 교수님 결정은 앞으로 번복되는 일이 절대로 없겠죠?"

주간 교수님의 강고한 의지에 떼밀려 체념이 너무 앞서는 바람에 나는 마음속으로 준비했던 말들을 입 밖으로 토해낼 엄두조차 내지 못했다. 교수님이 고개를 짯짯이 들어 처음으로 내 얼굴을 똑바로 올려다보았다.

"그야 물론이지. 번복의 여지는 추호도 없네."

"잘 알겠습니다, 교수님."

"이거 도로 가져가게."

나는 원고를 챙겨들고 빠른 걸음으로 주간실을 빠져나오면서 나도 모르게 "개새끼!" 하고 중얼거렸다. 결단코 주간 교수님을 지목하고 한 상소리는 아니었다. 내가 나를 잘 알지만, 나는 원원이 그렇게 오만불손하고 방자무기한 성격이 못 되는 편이다. 표면적으로 그것은 단수를 가리키는 형식을 취하고 있지만, 내면적으로는 생성에서 소멸에 이르기까지 어떤 방식으로든 오군의 생명에 관여한, 나까지 포함된 그 모든 '장본인'을 가리키는, 복수의 의미를 담은 말이었다.

"좋은 글이야. 아주 감동적이었어."

창가의 내 자리를 찾아가는 중인데 장 선배가 내 등뒤로 바싹 따라붙으면서 눈치도 없이 불난 집에 마구 키질을 해대고 있었다.

"그 좋은 글을 꼭 독자 대중한테 널리 읽히고 싶었는데, 내 딴엔 최선을 다해서 노력해 봤지만, 결과적으로 역부족이었어. 날계란으로 바위 치기였지."

"신 부장 그만뒀다면서요?"

내가 잽싸게 말머리를 돌리자 장 선배는 당황한 기색을 역력히 드러냈다.

"선아 개, 아무리 너그럽게 이해해 주려고 노력해 봐도 내 재간으로는 도무지 어떻게 할 수가 없더구나. 무슨 여자가 성격이 그 모양이냐? 도대체 언제까지 그런 식으로 지낼 작정인지, 나도 정말 답답해서 미칠 지경이다."

"저는 얼마든지 신 부장을 이해할 수 있습니다. 말하자면

이 박기현이하고 동반자살을 하고 싶다는 간접적인 의사 표시인 셈이죠."

"무슨 뜻이지?"

뜨악해하는 표정으로 장 선배가 다그쳐 물었다.

"금일부로 사표를 제출하는 기자가 한 명 이상이 될 거라는 뜻입니다."

"기현이 너! 너!"

내 점퍼 소맷부리를 덥석 움켜잡으며 장 선배는 턱없이 목청을 드높였다.

"신 부장 한 사람 잃는 것만으로도 우리 학보사로선 이만저만 큰 손실이 아닌데, 믿는 도끼에 발등 찍힌다더니만, 이번엔 기현이 네놈까지!"

"그 얘긴 나중에 조용히 하기로 하죠."

아까부터 우리 두 사람한테 찰싹 엉겨붙어 좀처럼 떨어질 줄 모르는 타인들 이목을 강하게 의식하면서 나는 목청을 한껏 낮추어 말했다.

"그래, 인마! 나중에 다시 얘기해!"

한 소래기 꽥 내지르고 나서 장 선배는, 안에서 얻은 부아 밖에서 풀자고 힘차게 구호라도 외치듯 씨억씨억한 걸음걸이로 사무실을 나가버렸다. 뭘 봐? 사람 구경 난생 처음이냐? 나는 편집국 동료들, 그러니까 방금 전까지는 동료였지만 이제는 동료도 무엇도 아닌 웬 낯선 인간들을 향해 차례로 눈을 흘겨준 다음 좌정했다. 어쩌면 이것이 내가 학보사 내 자리에 앉아보는 마지막 기회가 될지도 모른다.

밀물의 기세로 피로가 몰려들기 시작했다. 피로의 물결에 몸을 내맡긴 채 흔들흔들 아무렇게나 망망대해를 표류하고 있자니까 갑자기 비참한 기분이 엄습했다. 결국 이렇게 끝나고 마는가. 천사 특집을 위해 발 벗고 뛰었던 지난 시간들이 흑백 필름처럼 빠르게 뇌리를 스쳤다. 다른 무엇보다도 오군의 영혼을 대할 면목이 없다는 생각 때문에 나는 더욱더 비참해지는 기분이었다. 다른 사람들에게는 그냥 오군에 불과할지 몰라도 나에게는 여전히 천사였다. 그 천사에게 너무너무 미안하고 죄만스러웠다.

누가 될지는 몰라도 내 후임자에게 자리를 물려주기 위해 자취방으로 옮길 사물들을 이것저것 책상에서 정리하고 있는데, 기현이 형, 하고 갑자기 어디선가 나를 부르는 소리가 들리는 듯싶었다. 소리의 출처를 좇아 창 밖으로 얼핏 눈길을 돌렸다. 그랬더니 웬걸, 캠퍼스 뒷산 풍경이 내 눈 안으로 와르르 쏟아져 들어오는 것이었다. 바람받이 산비탈에 진달래꽃이 지천으로 깔려 있었다. 오후의 비낀 햇살을 엇비스듬히 받으며 진달래 꽃너울이 마치 실크 스카프라도 두른 듯 고혹적인 자태로 저녁을 맞이할 준비를 하고 있었다. 방금 전에 내 이름을 불렀던 오군의 모습을 기어코 진달래 꽃너울 속에서 찾아낼 작정인 양 나는 캠퍼스 뒷산을 마주한 채 오래도록 창가에서 떠날 줄을 몰랐다.

이제 그만 오군을 떠나보내야 할 때가 왔다고 생각했다. 그곳은 당최 그가 머물 만한 장소가 못 되었다. 평생을 눌러 지낼 만한 낙원은 더더구나 아니었다. 그를 용납할 줄 모르고 배척만 하는 땅에다 계속 그를 붙들어맨다는 건 도무지 사람의 할 짓이 아니라는 생각이 들었다. 화사한 연분홍 빛깔의 진달래 꽃너울 쪽을 눈으로 가리키면서 나는 마침내 그를 놓아주었다.

　잘 가거라, 오군아!

　책상 서랍 속의 사물을 마저 정리하려다가 나는 하마터면 잊을 뻔했다는 듯이 근본적으로 하드웨어에 문제가 있다는 그 원고를 집어들었다. 그리고 그것을 짝짝 잘게 찢어발긴 다음 창 밖으로 휙 던져버렸다. 몹시도 춥고 을씨년스러웠던 계절의 이야기가 다닥다닥 편린으로 덮여 있는 종잇조각들을 창 밖의 완연한 봄바람이 냉큼 받아 눈송이처럼 혹은 꽃잎처럼 사면팔방으로 흩뿌렸다. 봄바람을 타고 배추흰나비 떼처럼 나풀나풀 비행하는 오군의 몸조각들을 나는 일삼아 눈여겨보고 있었다.

산불

즐거운 놀이터에 연꽃이 만발한 듯
십리 강굽이에 노을이 짙은 듯
몹쓸 임금의 궁전을 횃불로 태우는 듯
반공중에 검은 연기 비껴 일고

불티는 끝없이 올라 하늘을 밝힌다
산짐승들 곤두서고 물 속의 용도 놀란다
이렇게 풀 태우면 산은 기름져
삼사월에 고사리들 새순이 돋을 테지

시골사람 들불 놓는 이 재미를
누가 당하리
그대 읽어보아라 내가 부르는
산을 태우는 이 노래를

李春英(1563~1606)의 『體素集』 가운데 「燒山行」의 일부

작가의 말

　엄밀한 의미에서 이것은 작가의 말이 아니다. 왜냐하면
나는 이 작품의 작자가 아니기 때문이다. 신원이 밝혀지지
않은, 또는 신원을 밝힐 수 없는 어떤 인물을 대리하여 나
는 다만 이 글을 독자들에게 소개하고자 할 뿐이다. 때문에
작가의 말이라기보다는 거간쟁이의 말이란 표현이 더욱 어
울리겠다. 이 작품을 소개하게 되기까지의 과정을 간략히
밝히는 것으로써 거간쟁이의 말에 갈음할까 한다.
　자그마치 수십 번째였다. 올해 들어서만 해도 벌써 네 번

째인가 다섯 번째의 산불이었다. 지방대학 캠퍼스 전경을 말굽형으로 둥그렇게 에워싸고 있는 넓은 산자락 한 굽이에 또다시 시뻘겋게 불이 붙기 시작했다.

여태껏 산불이 일어날 때의 상황이 대개 그러했듯이 그날도 어김없이 꽤 맵찬 꽃샘바람이 불고 있었고, 갈수기라서 초목들은 바싹 메말라 있었고, 학기 중의 평일이라서 캠퍼스 내부와 인근 대학촌에는 수많은 학생들과 교직원들이 잠재적인 구경꾼의 자격으로 머물고 있었다. 범인은 주로 그런 상황을 노려 상습적으로 방화를 저지르곤 했다. 굳이 여느 경우와 다른 점을 찾는다면, 그날의 산불은 밤중이 아니라 벌건 대낮에 일어난 데다가 발화점 또한 학교에서 멀리 떨어진 곳이 아니라 손에 잡힐 듯이 빤히 건너다보이는 아주 가까운 곳이라는 사실이었다. 언뜻 생각할 때 그것은 약간의 차이 같지만 실인즉슨 아주 엄청난 차이였다. 아직도 상습 방화범의 정체가 오리무중인 상태에서 갈수록 범행수법이 더욱더 대담해지고 더욱더 치밀해지고 있다는 증거였다.

이른바 도깨비불이었다. 그것이 연쇄방화인 줄 아는 사람이면 모두들 그렇게 불러 버릇했다. 모름지기 도깨비불이란 시골 공동묘지 같은 데서 한밤중에 숨바꼭질하듯 또는 덧게비장난 치듯 파르댕댕한 빛깔로 여기저기 출몰해서 공중을 떠다니는 그 귀기 서린 인광을 가리키는 말일 것이다. 그런데도 학교 안팎에서 시간을 보내는 사람들은 약속이나 한 듯이 그렇게 부르곤 했다. 수년 간에 걸친 경찰의 끈덕진 수사에도 불구하고 아직도 범인이 검거되지 않았음은 물론 범인의 윤곽이나 범행 동기조차 제대로 밝혀지지 않았으니 그럴 수밖에 없었다. 만일 진짜 도깨비가 있어 그런 소리를 들었다면 자신에게 누명을 씌운 인간들을 명예훼손과 무고 혐의로 고소라도 할 판이었다. 인간의 소행임이 명명백백한데도 모두들, 꼭 도깨비란 놈의 장난에 놀아나는 기분이라고 입을 모아 말했다. 꼬리를 물고 일어나는 잦은 산불을 볼 때마다 느끼는 그 가슴 서늘한 귀기의 농도나 규모 역시 옛날 산골 마을에서 날궂이하던 밤에 이따금 진짜배기 도깨비불을 목격했을 당시의 그것에 결코 못지않았다.

그날은 공교롭게도 연구일이었다. 아침부터 강의가 없는 탓에 오전나절을 연구실에 틀어박혀 혼자서 빈둥거리며 보냈다. 학교에서 수당까지 지급해 가며 적극 권장하는 연구 업무 대신 뭔가 마땅한 파적거리가 없을까 하고 한참 궁리하던 참이었다. 때마침 멀리서 사이렌이 울리기 시작했다. 흘게가 느즈러진 마음을 바짝 다잡아 죄고 잠든 호기심을 마구 흔들어 깨우는, 많이 귀에 익은 소리였다. 요란한 사이렌 소리에 겹쳐 급박한 상황을 알리는 확성기 소리가 숨을 헐떡이며 대학촌 쪽에서 허위허위 캠퍼스를 향해 뜀박질로 달려왔다. 냉큼 일어나지 않고 뭘 그리 꾸물대느냐는 본능의 꾸짖음에 순종하여 나는 반사적으로 의자 안에 깊이 박힌 엉덩이를 뽑고는 잽싸게 창문에 달라붙었다.

산불 현장은 뜻밖에도 지척인 양 매우 가까워 보였다. 연구실 바로 맞은바래기 산중턱을 먹장구름처럼 휘덮고 있는 잿빛 연기를 보는 순간, 그 어떤 알 수 없는 흥분으로 말미암아 내 가슴은 마구잡이로 쿵덕거리기 시작했다. 일과시간

중에 그처럼 가까운 곳에서 산불을 구경하기는 그때가 처음이었다. 마침내 봄날 오후의 무료감에서 벗어날 수 있는 마땅한 구실이 생긴 셈이었다. 나는 슬리퍼를 제꺼덕 운동화로 갈아신은 다음 마치 연인과의 약속 시간에 대려는 젊은 대학생의 발걸음 흉내를 내면서 서둘러 연구실을 나섰다.

솔직히 고백하건대, 도깨비불 대하듯 활활 타오르는 산불을 보면서 서늘한 귀기를 느꼈다는 건 말짱 다 빈말이다. 순서를 따지자면 실인즉슨 흥분이 맨 먼저고 귀기는 맨 나중이었다. 맹렬한 기세로 번지는 산불을 바라볼 적마다 매번 제일착으로 내게 엄습하는 것은 출처불명의 흥분이곤 했다. 엉뚱깽뚱한 핑곗거리 한 짐 그득 걸머메고 어슬렁어슬렁 강의실 안으로 들어서는 상습 지각생처럼 귀기는 언제나 불길이 거지반 잡힐 무렵에야 흐릿한 모습을 뒤늦게 드러내곤 하는 것이었다. 낫살깨나 좋이 훔친 점잖은 체면에 어린애같이 불구경 따위나 즐기고 있다니, 지각 있는 어른으로서 이게 어디 할 짓인가, 하는 반성이 있은 연후에야 면피삼아 의무적으로 슬며시 출석 절차를 밟곤 하는 것이 바로 그 상습 지각생 귀기란 놈임을 솔직히 고백하지 않을 수 없다.

산불 현장은 삽시에 새까맣게 몰려든 대학촌 주민들과 학생들로 한바탕 북새판을 이루고 있었다. 워낙 잦은 출동 덕분인지 주민들은 화재 진압술에 이미 상당한 노하우를 쌓은 듯했고, 스스로 경방단 체제를 갖추어 꽤나 조직적으로 움직이는 눈치가 완연했다. 소방대가 당도하기 전에 자력으로 얼추 불길을 잡아볼 요량인 듯 그들은 저마다 곡괭이서껀

삽서껀 연장들을 한 가지씩 손에 거머쥔 채 불길의 꼬리 부위를 도막도막 잘라가며 괴물 같고 맹수 같은 산불을 열심히 뒤쫓고 있는 중이었다.

불길은 그 자체의 판단력과 의지를 지닌, 강인하고도 거대한 하나의 생명체처럼 느껴졌다. 마치 왜소한 인간들의 가당찮은 노력을 비웃기라도 하는 듯 그것은 히득히득 웃음소리를 터뜨리며 시뻘건 혓바닥으로 급한 비탈면에 빽빽이 덮인 솔숲을 욕심껏 핥으며 산마루 쪽을 향해 성큼성큼 달려가고 있었다. 때마침 알맞추 불어주는 꽃샘바람의 부조에 힘입어 그것은 갈수록 자신의 세력을 넓혀 나가는 중이었다. 땅에서 남아도는 불길이 공중으로 높이 솟구치면서 거대한 아가리를 벌려 검은 연기를 뭉클뭉클 토해 냈고, 연기는 다시 하늘자락 한쪽을 시커멓게 뒤덮으면서 그야말로 일대장관을 이루고 있었다. 불길 근처의 나무들을 잘라 서둘러 방화벽을 치고, 나뭇가지를 휘둘러 불길의 가장자리를 마구 두들겨 패고, 삽으로 흙을 끼얹는 등으로 안간힘을 다하는 인간들의 노력이 참으로 하잘것없이 느껴지는 순간이었다. 소방대가 당도하기 전에 주민들 자력으로 불길을 잡기는 아무래도 무리인 듯싶었다.

산불 진화 작업을 그렇게 가까이서 그만큼 생생하게 지켜보는 것도 그때가 처음이었다. 가로 뛰고 세로 뛰면서 진화 작업에 한창 고부라진 무리 속에는 내가 알 만한 얼굴들도 여럿 섞여 있었다. 학교 정문 근처 중국집 주인도 보이고 노래방 아저씨랑 생맥줏집 아저씨도 얼핏 눈에 띄었다. 더러는 현장에 도착하는 즉시 진화 대열에 합류하는 학생도 있고, 더러는 장관을 이룬 불길에 압도당한 듯 넋을 놓은 채 그저 우두커니 구경만 하는 학생도 있었다. 낯선 구경꾼들을 바라보는 주민들의 눈매가 그다지 고와 보이지 않았다. 남들은 산불을 잡느라고 위험을 무릅쓰고 한바탕 죽살이를 치는 판인데 네놈들은 웬 신선놀음이냐고 힐난하는 눈초리가 완연했다. 땀빼고 수고하는 사람들 근처에서 괜히 얼쩡대는 게 아무래도 분수에 안 맞는 사치처럼 느껴졌다. 주민들 눈치만 뵈는 게 아니었다. 혹여 좋은 구경거리 놓칠세라 교수가 치신머리도 없이 운동화 바람으로 달려왔느냐고 핀잔하는 듯싶어 주변의 학생들 보기도 심히 민망스러웠다. 나는 아쉬움을 뒤로한 채 천천히 발길을 돌렸다. 그리고 산불로부터 약간 떨어진 대학촌 변두리 길가에 다시 자리를 잡았다. 뭐니 뭐니 해도 구경 중에서 불구경이 최고라는 말이 있긴 하지만, 그것은 먼발치에서 여유롭게 즐기는 불구경 얘기일 뿐, 바투 화재 현장에서 할 짓은 차마 못 된다는 사실을 깨달은 것도 바로 그때가 처음이었다.

요란하게 경음을 울리고 번쩍번쩍 경광등을 점멸하면서 빨간 소방차들이 차례로 현장에 들이닥쳤다. 꼬리를 물고 경찰 순찰차도 달려왔다. 성능 좋은 진화 장비들이 동원되고 전문 소방 인력들이 투입되자 그토록 맹위를 떨치던 불길의 기세도 마침내 한풀 꺾이기 시작했다.

산불은 예상 외로 빨리 잡혔다. 위로는 산마루까지 거의 다 태운 셈이지만 옆으로는 더 이상 넓게 번지지 않은 채 인간과 화마가 적당히 무승부를 이루는 선에서 상황이 대충 끝난 게 그나마 다행이었다. 하지만 다른 한편으로 나는 매캐한 불내와 함께 아직도 군데군데 하얀 연기를 피워 올리는 역삼각형 꼴의 불탄 자리를 올려다보며 왠지 모르게 아쉬움 비슷한 감정을 느꼈다. 생명의 위험을 무릅써 가며 진화 작업에 매달려 악전고투를 벌인 사람들한테는 대단히 미안한 얘기지만, 나는 뭔가 기대를 배반당하기라도 한 듯한 기분이었다. 불길이 한창 맹위를 떨치는 동안에는 나 역시 분명 진화자들 편에 서서 마음으로 그들을 응원하면서 얼른 불길이 잡히길 바랐었는데, 막상 그 불길이 예상보다 쉽사리 잡히고 나니까 어쩐지 마음 한구석에 미진한 대목이 남는, 하릴없는 구경꾼의 처지로 어느새 되돌아오고 만 것이었다.

진화 작업을 마치고 산에서 내려오는 주민들 모습이 하나둘 눈에 띄기 시작했다. 그들은 불에 시커멓게 그을은 연장을 한 자루씩 어깨에 둘러멘 채 자신의 무용담과 상대방의 무용담을 서로 견주어 자랑하느라 큰 소리로 웃고 떠들며 다가오고 있었다. 그들과 정면으로 맞닥뜨릴 때의 계면쩍음을 피하기 위해 나는 얼른 발길을 돌리며 그들보다 한걸음 먼저 올라왔던 길을 되짚어 내려가기 시작했다. 문제의 인물하고 내가 맨 처음 맞닥뜨린 것은 바로 그 순간이었다.

얼핏 등뒤에서 나를 부르는 소리가 들린 성불렀다. 난데없이 웬 사내가 내 앞에 불쑥 나타나 나하고 어깨를 나란히 하는가 싶더니만 또렷한 발음으로 다시 한번 내 이름을 입초시에 올리는 것이었다. 결코 내가 잘못 들은 게 아니었다.

"맞지요? 제 눈이 정확하지요? 지면을 통해서 선생님이 이 대학에 와 계신다는 소식은 벌써부터 듣고 있었습니다."

생면부지의 젊은이였다. 학생은 분명 아니었다. 그렇다고
대학촌 사람 같지도 않았다. 대학생이라기엔 너무 노숙해
보였고 지역 주민이라기엔 너무 도회적으로 되바라져 보이
는 인상이었다.

"그러잖아도 불원간에 한번 찾아뵐까 하던 참이었는데,
이런 곳에서 이렇게 우연찮게 만나뵙게 돼서 기쁘군요. 정
말 반갑습니다."

상대방의 정체를 도무지 알 수가 없어 내가 잠시 어정쩡
한 태도를 취하는 사이에 젊은이는 여차하면 한 방 내리칠
작정이라도 했다는 듯이 손에 쥔 곡괭이자루를 더욱 단단히
고쳐 잡고 있었다. 용감히 불길과 맞서 싸웠던 흔적으로 얼
굴이 온통 연기에 검게 그을어 있어 입을 놀릴 적마다 가지
런한 잇바디가 유난히도 허옇게 드러나곤 했다. 왠지 모르
게 당돌하고 야비하게 느껴지던 젊은이의 첫인상이 어디서
부터 비롯된 것인지 비로소 알 수 있을 것 같았다. 거무튀
튀한 얼굴 바탕에 박힌 그 허연 잇바디가 주인의 첫인상을
흐트러뜨리는 데 한몫 단단히 거들고 있었다.

"누구시더라⋯⋯."

"대학 다닐 때 독서 그룹에서 선생님 작품집 돌려가며 읽
던 일이 아직도 기억에 생생합니다. 그런데⋯⋯."

"아, 대학을 나오셨구만?"

"그런데 이렇게 가까이서 실물을, 아, 이거 실례했습니
다, 이렇게 실제로 얼굴을 뵈니까 전에 책에서 사진으로 보
았던 인상하고는 많이 다른 것 같군요. 사진에는 브루스 리
같이 다부지고 예리한 모습으로 나오셨던데."

"브루스 리 같은 쾌남아 얼굴이 못 돼서 미안하구만. 그런데 젊은이는 대관절 누구요?"

사진과 실물이 다르다는, 사진보다 실물이 못하다는 소리를 그간 한두 번 들어본 가늠이 아니라서 생면부지의 젊은이가 면전에 대고 여반장으로 범하는 무례가 내게 상처를 주지는 못했다. 다만, 약간 불쾌할 따름이었다.

"불구경은 잘 하셨습니까?"

송곳처럼 뾰쪽하게 파고드는 젊은이의 추궁에 나는 갑작스레 명치라도 찔린 듯 적잖이 당황하고 말았다. 남의 채마밭에서 참외서리를 하다가 주인에게 들켜버린 기분이었다.

"불구경은 무슨!"

펄쩍 뛰는 시늉을 하는 나를 향해 젊은이는 매연과도 같은 웃음을 기분 나쁘게 폴폴 날렸다. 조롱기가 담긴 야비한 웃음임이 분명했다.

"설마 작가로서의 직업의식 때문에 화재 현장을 직접 방문했노라는 식으로 대답하시려는 건 아니겠죠?"

그것과 똑같은 모양은 아닐지라도 때마침 그 비슷한 모양의 대답을 마음속으로 준비하고 있던 참인지라 나는 또다시 찔끔 움츠러들 수밖에 없었다. 거무튀튀한 낯꽃을 활짝 열고 허연 잇바디를 반짝 드러내면서 젊은이는 무척이나 방자스럽게 들리는 야비한 웃음소리를 기탄없이 곁들이고 있었다.

"이유야 뭐가 됐든 상관없는 일이죠. 뭐니 뭐니 해도 세상에서 불구경이 제일 재미있다는 건 삼척동자도 다 아는 사실이니까요."

사람을 흠씬 취하게끔 만드는 불꽃의 유혹으로부터 미처 깨어나지 못한 탓일까. 아직도 젊은이는 꽤나 흥분해 있는 상태였다. 그는 온몸에 묻혀온 알싸한 숯내를 펄펄 풍기면서 계속 나와 어깨를 나란히하고 걸었다. 혹시라도 속내평을 잘 모르는 사람이 볼작시면 정체불명의 웬 무뢰한과 나를 각별한 사이로 오해할까 봐서 나는 발걸음을 재우치기 시작했다. 아닌게아니라 떼뭉쳐 뒤를 밟아오던 대학촌 주민들 네댓이 불쑥 우리를 앞지르면서 자꾸만 예사롭지 않은 눈초리로 나와 젊은이를 흘끔흘끔 번갈아 살펴보는 품이 아무래도 마음에 걸렸다.

　"불구경 그 자체는 절대로 죄가 될 수 없지요. 불구경은 원래 방화 행위하곤 엄연히 성질이 다른 거니까요."

　주변의 따가운 눈초리 따위는 아랑곳없이 젊은이는 나하고 어깨동무라도 할 기세로 내게 바투 다가들면서 친근감을 과시하려 했다. 잘만 하면 헤어지는 순간에 젊은 친구 쪽에서 시건방지게 먼저 악수라도 청해 올 듯싶은 분위기였다.

　"그런 식으로 남의 속을 자꾸 넘겨짚지 마시오."

　그쯤에서 젊은이의 일방적인 수작에 본때 있게 제동을 걸어두는 것이 이롭겠다고 생각했다. 그래서 나는 따끔하게 한마디 쏘아붙였다.

　"늙은이 내 주제에 진화 작업을 돕는답시고 나설 경우 괜히 훼방꾼 노릇만 할 것 같아서 뒷전에서 자중하고 있었던 거요."

　"그렇다고 쑥스럽게 생각하실 필요는 없습니다. 불구경에 매달리는 그 심정, 저는 어느 누구보다도 잘 이해하고 있으니까요."

변명하려고 애쓰는 모습이 딱해 보인다는 투로 젊은이는
나를 향해 너그러운 미소마저 지어 보였다. 정말이지 대책
이 없는 친구였다. 만일 이 건방진 녀석이 헤어질 때 내게
불쑥 악수를 청해 온다면, 하고 나는 혼자서 속다짐을 했
다. 단연코 그 손을 거절해 버려야지. 그러면서 그럴 수 있
는 기회가 빨리 오기를 기다렸다. 마침내 그 기회가 찾아
왔다.

느닷없이 등뒤에서 뭔가가 확 덮쳐드는 기척이 느껴졌다.
깜짝 놀라 뒤를 돌아다보니 가죽잠바 차림에 건장한 몸집을
한 웬 중년 사내가 나를 향해 소댕 같은 손바닥을 일직선으
로 뻗쳐오는 중이었다.

"이봐, 김건식!"

그러나 중년 사내는 나 아닌, 내 곁의 젊은 친구를 우악
살스레 덮쳤다.

"안녕하세요, 양 형사님?"

정작 소스라치게 놀랐어야 옳을 김건식은 의외로 천연덕
스레 굴고 있었다. 저를 향해 덮칠 기회를 노리는 양 형사
의 존재를 뒤통수에 달린 눈으로 진작에 알아차리고 있었
다는 투였다. 젊은이는 상냥하게 웃는 척하면서 제 뒷덜미
를 단단히 거머잡고 있는 양 형사의 손을 옆으로 슬쩍 밀쳐
냈다.

"보다시피 알다시피 건식이 자네 덕택에 이내몸은 영 안
녕치가 못해서! 어쩔 작정으로 여직 요 동네를 안 떠나고
있는 거냐? 언제까지 요 근처만 뱅뱅 돌면서 계속 내 속을

썩일 거냐?"

"양 형사님도 잘 아시잖아요, 우리나라는 민주주의 국가
라는 거. 대한민국 국민이면 누구에게나 주거의 자유가 보
장돼 있다고 학교에서 배웠습니다."

"김건식이 너 이 자식, 정말 이거 안 되겠구만. 지딴엔
알리바이 만든답시고 한바탕 불 끄는 쑈를 하느라고 수고가
많았을 텐데, 미안하지만 서까지 같이 좀 가줘야겠어!"

"체포영장부터 보여주시죠."

"영장 같은 소리 하고 있네! 임의동행이다, 임의동행!"

"누구 쪽 임의 말입니까?"

"누군 누구겠냐, 김건식이 바로 네놈 임의지."

심각하여 마땅한 사태가 심각성하고는 형편없이 동떨어
진 양상으로 긴장감 하나 없이 장난질처럼 전개되는 바람에
나는 그저 어안이 벙벙할 따름이었다. 과거부터 되풀이해
온 행사에 이미 이력이 붙은 듯 그들의 관계는 어떤 면에서
서로 손발이 척척 맞는 단짝처럼 기이해 보일 지경이었다.
일판이 점점 묘하게 돌아가고 있었다. 자칫 잘못하다가는
죄는 막둥이란 놈이 짓고 벼락은 샌님이 대신 맞는 꼴이 벌
어질지도 모르는 판국이었다. 크게 낭패를 보기 전에 얼른
그 자리를 뜨는 것이 상책이지 싶었다. 상습 방화범 혐의를
받고 있는 정체불명의 청년과 전혀 무관한 사이임을 사복형
사 앞에서 시위라도 벌이듯이 나는 씨억씨억한 걸음걸이로
내 길을 가기 시작했다.

"잠깐만!"

그러자 감때사나운 목청이 뒤에서 내 덜미를 확 낚아채

버렸다.

"댁은 누구쇼?"

선량한 국민의 한 사람이 자기와는 전혀 무관한 모종의 사건으로부터 겨우 서너 발짝 이상 멀어지는 꼴마저 양 형사는 전혀 용납하려 하지 않았다. 나는 난감한 기분에 사로잡혀 마지못해 슬그머니 되돌아서면서 나도 모르게 그만 반편스럽기 짝이 없는 대꾸를 하고 말았다.

"나 말입니까?"

"나한테서 댁 소리 들을 만한 사람이 당신말고 여기 누가 또 있소?"

참으로 일진이 사나운 날이었다. 보아하니 양 형사는 낮살깨나 좋이 훔친 사람을 새파랗게 젊은 범죄 용의자하고 거지반 동류 동급으로 취급하려는 기색이 역력했다.

"저분은 여기 교수님이십니다."

고맙게도 김건식 군이 곁에서 참견하고 나섰다.

"누가 자네한테 물었나?"

한입에 집어삼킬 기세로 김건식을 향해 험상을 들이대고 난 다음 양 형사는 다음번 집어삼킬 대상으로 나를 지목하면서 그 험상 그대로를 고스란히 내 쪽으로 돌리는 것이었다. 만일 다른 장소에서 다른 일로 마주쳤더라면 그냥저냥 무던하게 보아주었을 법한 인상인데, 워낙 상황이 상황인지라 의심으로 똘똘 뭉친 그의 얼굴에서는 세모꼴로 각진 눈초리가 번뜩번뜩 빛을 발하고 있었다.

"실례지만 신분증 좀 봅시다."

"저 청년은 정말로 금시초견입니다. 이름이 김건식이란

사실도 형사님 입을 통해서 방금 전에야 겨우 알게 됐습니다. 참말이지 방금 전에 처음 만나서 수인사도 제대로 못 닦은 처집니다."

아, 하고 나는 어리석기 짝이 없는 나 자신을 한탄했다. 또다시 반편스런 대꾸를 하고 말았던 것이다. 김건식하고는 어떤 관계냐고 추궁당했을 경우에나 내놓을 법한 대꾸를 나는 당황한 나머지 두어 박자 앞질러 미리감치 토해 버린 셈이었다. 김건식의 입아귀에 묘한 웃음이 번지고 있었다.

"정말 여기 교수님이 맞습니까?"

"그럼요. 유명한 작가 선생님이시기도 하죠."

"자네한테 물은 게 아니라니까!"

재차 집어삼킬 기세로 김건식에게 무섭게 눈을 부라린 다음에야 비로소 나를 대하는 양 형사의 태도가 전보다 한결 눅신해졌다.

"교수님이시라면 요 담번에 뵐 기회가 얼마든지 또 있겠군요. 이거 실례 많았습니다."

그 말이 그냥 가도 좋다는 뜻임을 뒤늦게 깨닫자마자 나는 인사고 뭐고 챙길 겨를도 없이 부리나케 뒤돌아섰다. 등 뒤에서 젊은 방화 혐의자가 사복 경찰관의 임의동행 요구에 순순히 응하는지, 아니면 영장 제시 여부를 놓고 계속 승강이질을 벌이는지 따위는 그때 전혀 내 관심사가 되지 못했다. 생면부지의 젊은이로 말미암아 백줴 아무 죄도 없는 늙은 백성한테까지 뻗친 그 톡톡한 망신살만이 머릿속을 그득 메움으로써 학교 쪽을 향해 발걸음을 재우치는 내 마음을 이루 형용할 수 없으리만큼 참담하게 만들고 있을 따름이었다.

"선생님, 불구경 그 자체는 절대로 죄가 될 수 없잖습니까!"

나는 하마터면 뒤쪽을 핼끔 돌아다볼 뻔했다. 나는 귓구멍을 꽉 틀어막는 심정으로 발걸음을 더욱더 재우쳤다. 울부짖음에 가까운 김건식의 목소리가 눈치도 없이 계속 내 뒤를 추격해 오고 있었다.

"수일 내로 꼭 한번 찾아뵙겠습니다, 선생님!"

그 이튿날부터 나는 누군가를, 그리고 그 누군가에 의해서 벌어질 어떤 뜻밖의 사태를 은근히 기다리기 시작했다. 수일 내로 꼭 한번 찾아뵙겠노라고 일방적으로 선언하던 그 버릇없는 젊은이를 한편으로 기다렸다. 요담에 실례할 기회가 얼마든지 많을 테니 오늘치의 실례는 요 정도로 그치겠다는 투로 내게 아량을 베풀던 중년의 그 사복 경찰관을 다른 한편으로 기다리기도 했다. 그들이 내 앞에 나타나기를 기다렸다기보다 실인즉슨 그들이 꿈에라도 나타날까 봐 무척 신경을 곤두세우고 있었다는 게 좀더 정확한 표현이 될 것 같다.

예기치 못했던 김건식과의 조우로 말미암아 나는 운명적으로 연쇄방화 사건에 그만 깊숙이 연루돼 버린 느낌이었다. 단 한 차례 점잖지 못한 불구경 행위의 대가를 나는 혹독히 치르고 있는 셈이었다. 그들이, 혹은 그들 중 어느 한쪽이 학교로 불쑥 찾아올까 봐 전전긍긍하면서 나는 불편하기 짝이 없는 며칠을 보내지 않으면 안 되었다. 그들을 다시 만나보고 싶은 생각은 정말이지 추호도 없었다. 방화 사건과 관련된 방문은 말할 나위도 없고, 그 어떤 용무로도, 심지어 내 머리 위에 금관 따위를 씌워줄 목적으로 행해지는 방문조차도 나는 정말이지 눈곱만치도 달가워하지 않을 판이었다. 그날의 그 일은 그만큼 불유쾌한 기억으로 내 뇌리에 각인되어 있었다.

내 마음이 끊임없이 면회 사절을 부르짖고 있는 그 동안, 고맙게도 그들은 일절 내 앞에 모습을 나타나지 않았다. 하루 이틀 시일이 지나면서 나는 차츰 그들의 존재를 잊어갔다.

방심의 허를 찌르듯 그들 중의 하나가 불쑥 나를 기습해 온 것은 그들이 가해 오는 정신적인 속박으로부터 이제는 거의 벗어난 거나 다름없다고 믿게 되었을 무렵이었다. 어느덧 초여름날, 기말고사가 시작된 학기 마지막 주였다.

"네에!"

나는 책상 위에 산더미처럼 쌓인 과제물들을 채점하다 말고 출입문 쪽을 향해 가벼이 응수했다. 하지만 문 밖의 방문객은 내 대꾸를 못 알아들었던지 재차 문을 두드렸다. 똑, 똑, 똑.

"들어오라니까!"

나는 목청의 날을 좀더 뾰쪽하게 가다듬어 세웠다. 그랬음에도 불구하고 상대방은 세 번째로 문을 두드리는 것이었다. 나는 마침내 신경질적인 동작으로 의자에서 벌떡 일어서고 말았다.

"몇 번씩이나 대꾸해야 알아듣겠나?"

주변머리 모자라는 어떤 학생 녀석쯤 되겠거니, 하고 지레 짐작을 하면서 나는 툽상스런 힐책의 말과 동시에 문손 잡이를 거칠게 잡아 비틀었다. 아마도 체중의 상당 부분을 문짝에 떠맡긴 채 멍청하니 기대어 서 있었던 모양이다. 말쑥한 양복 차림새의 웬 젊은이가 금세 복도에서 연구실 안쪽으로 픽 쓰러지려는 기세로 쏠리던 몸뚱어리를 가까스로 바루어 균형을 잡으면서 소스라치게 놀라는 낯꽃을 짓고 있는 것이었다.

"무슨 일로……."

학생은 아니었다. 그런 말쑥한 차림새로 예고도 없이 연구실 문을 두드리는 불청객들이란 거개가 뭔가 영리를 목적으로 찾아온 외판원 같은 귀찮은 손님이기가 십상이었다.

"이렇게 갑자기 찾아뵙게 돼서 죄송합니다."

젊은이는 아직도 당혹감이 덜 가신 엄벙한 낯꽃이었다. 청각이 아니라 정신 쪽에 문제가 있는 사람 같았다. 철제 문짝 안쪽의 대꾸를 약삭빠르게 알아채지 못하거나 일껏 문을 두드려놓고도 안으로 들어서기를 망설이는, 간덩이 작은 외판원들이란 거개가 그 방면의 초보자이기 십상이었다.

"용무가 뭡니까?"

문전 축객을 서두를 요량으로 나는 가능한 한 찬바람이 쌩쌩 도는 목소리를 짐짓 꾸며냈다. 그러자 젊은이는 풋밤이라도 씹은 듯이 떨떠름한 미소를 흘렸다.

"저어, 김건식인데요, 지난번 산불 때 길에서 잠깐 뵌 적이 있는……."

이런, 하고 나는 속으로 탄성을 발했다. 본인 입으로 자기가 김건식이라고 부득부득 우긴다면 대체나 그렇겠다고 별도리 없이 인정해 줄 수밖에 없는 상황이었다. 그러고 보니 전에 어디선가 그 비슷한 낯꽃하고 얼핏 한번 마주친 기억이 있는 듯한 느낌이 들긴 했다. 상대방을 좀더 일찍 알아보지 못한 실수를 만회하기 위해 나는 마치 김건식을 난짝 보듬고는 입이라도 쪽 맞추려는 듯이 무척 과남스런 환영을 표시할 수밖에 없었다.

"지난번에 봤을 때하곤 인상이 너무 달라져서…… 김건식 씨일 거라곤 정말 상상도 못했어요. 정말로 미안해."

경찰로부터 상습 방화범의 혐의를 받고 있는 고약한 손님을 응접 소파로 모시면서 나는 이미 문간에서 애벌로 닦은 바 있는 사과의 말을 재벌질로 한 차례 더 닦아야만 했다.

"선생님이 저를 몰라보시는 것도 무리는 아니지요. 중요한 볼일로 급히 서울 좀 다녀오느라고 제가 모처럼 한번 때빼고 광을 좀 냈거든요."

김건식은 말꼬리에다 맥빠진 웃음 한 가닥을 공허하게 매달았다. 그러나 그에게서 달라진 점은 때빼고 광낸 겉모양만이 아니었다. 청솔가지 타는 연기로 시커멓게 그을은 얼굴에다 막일꾼 차림새이던 사람이 갑자기 개가 핥아먹은 죽사발마냥 허여멀쑥해진 신수에 신사복 정장까지 하고 불쑥 나타났대서 그를 몰라본 것은 결코 아니었다. 전혀 딴사람인 양 인물 됨됨이 자체가 무섭게 변모해 있었다. 초대면의 그때에 비해 낯빛이 눈에 띄게 핼쑥해진 데다가 몸도 많이 수척해졌는지 모처럼 한번 차려입었다는 연푸른빛 여름 양복이 잘못 빌려 입은 남의 옷처럼 헐렁해 보였다. 자신감이 지나쳐 도발적으로 느껴지리만큼 당당해 보이던 자세가 가뭇없이 사라진 대신 그 자리를 의기소침 아니면 만성 피로 따위가 빼곡이 차지하고 있었다. 나는 불과 석 달 전의 김건식과 눈앞의 김건식을 동일인으로 인정할 만한 근거를 그의 외모에서 찾아내는 데 결국 실패하고 말았다.

"그날 그 일은 그 뒤로 어떻게 됐지요?"

천 근의 무게로 변해 버린 김건식의 입을 열기 위해 나는 양 형사와의 뒷이야기를 열쇠로 사용했다.

"말씀 낮추십시오, 선생님."

"낮출 때가 되면 낮추지요. 내 눈이 잘못 짚었는지는 몰라도, 그날 이후로 무척 시달림을 당한 것 같은데, 그동안 많이 힘들었나요?"

"힘들긴요. 산불이 날 때마다 단골 용의자로 자주 겪는 일인걸요."

그것으로 그만이었다. 그가 입을 굳게 함봉하면 할수록 그의 신상에 대한 내 궁금증은 더욱더 그 북데기를 키워만 가는 것이었다.

"우리 뭘 좀 마시면서 얘기할까요? 커피도 있고 녹차도 있는데……."

"선생님께 방해가 안 된다면……."

그는 테이블 위에 어지러이 널린 채로 내 처분만 기다리는 과제물더미를 흘끗 한번 곁눈질하고 나서 음울한 어조로 말을 이었다.

"그냥 잠깐만 가만히 앉아 있다가 돌아갔으면 하는데요."

물론 방해가 되다마다. 그는 이미 충분히 나를 방해하고 있었다. 느닷없는 출현에 이은 그 요령부득의 태도는 나를 이만저만 곤혹스럽게 만드는 게 아니었다. 그렇다고 피차 닻 모양의 침묵을 무겁게 드리운 채 연구실 바닥에 언제까지고 두 척의 폐선인 양 나란히 정박해 있을 수도 없는 노릇이었다. 이왕지사 방해가 된 김에 내 궁금증이라도 속시원히 풀어줘야 할 게 아닌가.

"나한테 뭔가 할말이 있어서 찾아온 성싶은데, 아닙니까?"

"말 놓으세요, 선생님."

"아닙니까?"

"그냥요. 그냥 한번 뵙고 싶었습니다. 어쩌면 이것이 선생님을 뵐 수 있는 마지막 기회가 될지도 모르거든요."

"꼭 유언처럼 들리는데, 그 형사 말대로 이 바닥을 정말 뜰 작정인가요?"

자라처럼 그가 흠칫 목을 움츠렸다. 내가 듣기에도 내 목청은 턱없이 높았다. 하지만 나는 상대방의 반응 따위에 개의치 않고 계속 목청을 드높였다.

"그 형사가 김건식 씨를 끝내 여기서 강제로 추방합디까?"

"양 형사는 저를 추방할 권한도 무엇도 없습니다!"

내 쪽에서 흠칫 놀라야 할 차례였다. 말의 외피를 뚫고 송곳처럼 비어져 나오는 그의 강한 어세에서 만만찮은 분노가 느껴졌다.

"김건식이를 추방할 권한을 가진 인물은 세상에서 딱 한 사람밖에 없습니다. 오직 김건식이만이 김건식이한테 추방을 명령할 수가 있지요!"

"물론 지당한 얘기지요. 실은 나도 그래서 물어봤던 거요. 그렇다면 한쪽 김건식 씨한테 추방당한 다른 한쪽 김건식 씨는 여길 떠나서 장차 어디로 향할 계획이라고 그러던가요?"

농조의 내 질문에 그는 대답 대신 갑자기 한숨을 토했다. 너무도 처연한 가락을 띤 채 느릿느릿 건너오는 대짜배기 한숨소리였다. 그가 빠져 있는 상심의 심연을 얼핏 들여다본 듯한 느낌이었다. 그의 신상에 대한 궁금증이 독사처럼 대가리를 빳빳이 쳐들기 시작했다. 아하, 하고 나는 속으로 탄식했다. 결국 그랬었구나. 그동안 사법 당국의 추적을 받는 방화 용의자가 혹시라도 날 찾아올까 봐 그처럼 전전긍긍하면서 지낸 게 아니었구나. 아하, 하고 나는 속으로 거푸 탄식했다. 수수께끼에 싸인 한 젊은 친구에 대한 극도의 호기심에 사로잡혀 석 달 가까이의 긴 기간을 알게 모르게 김건식 군의 출현을 기다리는 일로 거의 소진하다시피 하면서 지낸 듯한 기분이 퍼뜩 들기도 했다.

"주제넘은 소리 같지만 말이지, 산불이 발생할 적마다 김건식 씨가 번번이 단골 용의자로 지목받았다면 말이지……."

호기심이 시키는 바에 따라 나는 조심스레 본론으로 접어들었다.

"그렇게 되기까지는 말이지, 필시 그 이면에 뭔가 그럴 만한 까닭이 있었을 것 같기도 한데 말이지……."

"작가로서의 직업의식 때문에 하시는 질문입니까?"

날카로운 눈매로 그가 일삼아 나를 째려보았다. 비로소

초대면 당시에 그에게서 느꼈던 그 당돌하고 방자한 면모가
퍼뜩 되살아나기 시작하는 듯싶어 나는 순간적으로 당황하
지 않을 수 없었다.

"천만에! 만약에 그런 뜻으로 받아들였다면 그건……."

"선생님께 한 가지 여쭤보고 싶습니다."

그가 정색을 한 채 진지한 어조로 물었다.

"혹시 선생님께서 저지른 범행 아닙니까?"

"뭐라고?"

나는 순간적으로 내 귀를 의심했다. 그러나 결코 잘못 들
은 게 아니었다.

"연쇄방화 사건의 진범은 어쩌면 선생님일지도 모른다는
뜻입니다."

"지금부터 자네를 자네라고 부르겠네!"

이제야말로 이 무례한 젊은이에게 예절이 뭔지를 똑똑히
가르쳐줄 때라고 생각하면서 나는 꿀꺽 소리 내어 마른침을
고통스럽게 삼켰다.

"예끼 사람! 말이면 다 말인 줄 아는가?"

"방화범이 아니라는 무슨 결정적인 증거라도 갖고 계십니
까?"

"갖고 있지. 암, 증거가 있다마다! 과실범이나 우발범이
아닌 이상 모든 범인한테는 반드시 범행 동기라는 게 있게
마련이지. 범행 동기 없는 고의범이란 애시당초 있을 수가
없는 법이지. 그런데 방화 행위에 필요한 그 범행 동기가
나한테는 전연 없단 말씀이야."

"선생님이 작가고 교수님이래서요? 사회 지도층 인사시고

고명하신 인격자래서요? 과연 그런 형식적인 신분 조건이
증거 능력을 가질 수 있을까요?"

"이봐, 김군! 날 그런 사람으로 봐줘서 고맙긴 하지만,
난 방금 자네가 들먹인 그런 대단한 인물이 못 돼. 일개 글
쟁이에 지나지 않을 뿐이야. 물론 작가도 사람이니까 추악
한 인간 본능에서 열외일 순 없겠지. 허지만 작가는 오직
상상의 세계 안에서만 그 본능을 실현해. 실제 범죄 행위에
까지 이르지 않고도 상상을 통해서 글로 표현하는 것으로
얼마든지 만족할 줄 아는 존재지. 그렇기 때문에 세상 사람
들이 흔히들 작가를 가리켜서 무해한 거짓말쟁이요 허가받
은 사기꾼이라고 부르지 않던가."

"겨우 그 정도 문학개론 수준 말씀 갖고는 아마 저를 감
동시킬 수 없으실 겁니다. 허지만, 좋습니다. 다 좋습니다.
방금 선인과 악인의 차이를 설명한 프로이트를 빌려서 작가
를 말씀하셨는데, 선생님이 말씀하신 그 점이 바로 문제지
요. 작가는 범죄의 유혹을 행동으로 옮기지 않고 상상에 그
치는 것으로 만족하는 존재다, 하는 식의 그릇된 사회통념
이 결국 연쇄방화의 진범을 오리무중으로 도피시키고 무고
한 사람들한테 억울한 누명을 씌우게 만드는 겁니다. 진범
은 사회통념 뒷전에 안전하게 숨어 있는 채로 엉뚱한 사람
들이 혐의자로 몰려서 억울하게 고통당하는 꼴을 회심의 미
소로 지켜보면서 또다시 다음번 범행을 준비하고 있을지 혹
누가 압니까?"

"보자보자 하고 듣자듣자 하니까 이 사람이!"

마침내 나는 더 참지를 못하고 소래기를 꽥 내질렀다.

"자네가 날 끝끝내 방화범으로 몰 작정인가? 날 능멸할 목적으로 여기까지 이렇게 어려운 발걸음을 했단 말인가?"

꼭뒤까지 뻗치는 부앗살을 도무지 주체할 수가 없어 나는 두 주먹을 불끈 쥐고 부르르 떨기까지 했다. 그런 한심한 내 주제꼴을 그는 팔짱을 낀 채 우두커니 지켜보고 있었다.

"선생님께서 그렇게 이해하셨다면, 정말 죄송합니다. 제 말은 절대로 그런 뜻이 아니었습니다."

결국 그는 정중히 사과했다. 하지만 몇 마디 사과의 말로 간단히 끝날 일은 아니었다. 마치 내가 방화 사건과 모종의 관련이라도 있는 양, 불구경하는 재미가 어떻더냐는 식으로 그가 은근슬쩍 냄새를 피울 적마다 공연히 가슴이 철렁철렁 내려앉곤 하던 그 불쾌한 경험을 나는 더 이상 되풀이하고 싶지 않았다. 그래서 그 따위 망발을 두 번 다시 벙끗도 못 하게끔 나는 일부러 천 원어치만 내도 될 화를 자그마치 만 원어치나 낼 필요가 있었다.

"자네같이 심보가 배배 꼬인 사람을 정상인으로 상대하고 있는 내가 오히려 더 한심한 인간이겠지! 당장 이 방에서 나가주게!"

"선생님 개인을 꼭 명토 박아서 방화범으로 지목하려는 그런 뜻은 맹세코 아니었습니다. 죄송합니다."

"잔말 말고 내 눈앞에서 빨리 꺼져주게!"

"말하자면 사회적 통념상 좀체 의심받지 않을 법한 지위나 신분을 가진 사람들, 예를 들어서 점잖은 교수님이나 목사님 또는 신부님이나 스님 같은 종교인 아니면 경찰관이나 소방관 같은 의외의 직업인 가운데서 천만 뜻밖에도 범인이

나올 가능성이 있다는 개연성 차원의 얘기지요. 그런 고명하신 분들은 처음부터 성역으로 제쳐놓고 나같이 별볼일없고 만만한 신분 출신들만 애꿎게 붙잡아다 족치니까 여지껏 진범이 안 잡히는 거라고 양 형사한테도 누차 제 생각을 밝힌 적이 있습니다만……."

"그래, 그 형사 나리는 자네 말에 뭐라고 그러던가?"

"한마디로 절 정신이상자라고 단정하더군요. 통계적으로 볼 때 상습 방화범들 중엔 정신이상자가 다수를 점하고 있다나 뭐라나요."

"그 형사 말에 박수갈채까지 보내고 싶지는 않네. 허지만 건전한 판단력을 가진 경찰관이 우리 관내에 근무하고 있다는 사실을 나는 무척이나 다행으로 여기면서 안심하고 지낼 수 있을 것 같네. 자아, 이제 그만 돌아가주지 않겠나?"

"선생님, 이제 그만 노여움을 푸시지요. 요 근처에서 최초로 산불이 발생한 건 이곳에 대학 건물 신축공사가 시작될 무렵입니다. 그때부터 지금까지 내리 육 년째 이 고장에 머물러 살면서 그동안 수십 차례에 걸쳐 산불을 겪어낸 제가 재작년에야 처음 이 대학에 부임하신 선생님 입장을 어찌 모를 리가 있겠습니까. 선생님 알리바이에 관해선 아마 어느 누구도 부정하지 못할 겁니다. 물론 누군가의 선행 범죄가 뒤늦게 다른 사람의 모방심리를 자극할 가능성은 완전히 배제할 수 없겠지만 말입니다."

등 치고 배 어루만진 다음 다시 따귀를 때리는 격이었다. 특히나 막판에 고약하게 슬쩍 덧붙인 말은 언중유골임이 틀림없었다. 그 말만으로는 부족했던지 그는 야릇한 미소마저 머금어 보였다.

"김건식이 자네!"

나는 소파에서 벌떡 몸을 일으킴과 동시에 그의 눈동자를 향해 똑바로 찌를 듯이 오른손 집게손가락을 앞으로 쭉 뻗었다.

"기왕 사과하는 김에 그 모방범죄 운운까지 깨끗이 다 사과하게. 만약에 안 그러면 자네를……."

그러자 그도 덩달아 벌떡 일어서더니만 코끝이 탁자 위에 닿도록 선 채로 느닷없이 최경례를 올리는 것이었다.

"제 무례를 용서해 주십시오. 다른 사람이라면 몰라도 선생님만은 저를 이해하실 줄 알았습니다. 작가 선생님이야말로 제 입장을 충분히 이해해 주실 분이라고 믿고 이렇게 찾아뵌 겁니다. 진심입니다."

"아무리 자신이 누명을 쓰고 곤경에 처해 있다 할지라도 일단 자기한테 건너온 혐의를 핑퐁알같이 되받아쳐서 엉뚱한 사람한테 덤터기씌우려는 심보는 옳지 않아. 왜냐하면 또 다른 무고한 희생자들을 양산할 소지가 다분하니까."

"저 역시 동감입니다. 그래서 어쩌면 그 핑퐁알을 제 입으로 그냥 꿀꺼덕 삼켜버리게 될지도 모르겠습니다."

그게 정확히 뭘 뜻하는 말인지 그때는 미처 생각할 겨를이 없었다. 다만, 그것 역시 썩 온당한 방법이 못 된다는 사실을 설명하기 위해 나는 그를 또다시 소파 위에 주저앉힐 궁리만 앞세우고 있었다. 그러나 막상 자리에 앉히고 보니 김건식이란 인물에 관해 너무 아는 게 없다는 데 생각이 미쳤다. 그러자 갑자기 막막한 기분이 드는 것이었다. 뭐라

도 좀 알고 있어야 펑풍알을 날것으로 삼키든지 잘게 빻아
서 전을 부쳐 먹든지 마음대로 하라고 충고할 수 있을 게
아닌가.

"김군, 자네 직업이 뭔가?"

"선생님, 갑자기 왜 이러십니까? 벌써 육 년쩹니다. 육
년째요. 본적은? 현주소는? 주민등록번호는? 직업은? 그동
안 경찰서 유치장 뻔질나게 들락거리면서 천편일률적으로
주고받았던 문답들입니다. 인적사항에 대한 질문이라면 이
젠 정말이지 목구멍에서 신물이 벌컥벌컥 올라옵니다."

"듣고 보니 그렇겠네. 미안하네."

"기왕 물어보셨으니까 대답해 드리죠. 요즘 애들 문자로
백수라고나 할까요. 말하자면 뜨내기 막일꾼인 셈이지요.
대학 건물 신축공사 때 이 고장에 우연히 잡역부로 흘러들
어왔다가 공사가 다 끝난 뒤에도 이 동네에 그냥 계속 눌러
앉고 말았습니다."

"아, 그랬었구만."

"그 다음 순서로 양 형사는 꼭 이렇게 추궁하는 걸 잊지
않더군요. 연고지도 아닌데 방화 용의선상에 올라 노상 시
달림을 받는 떠돌이 잡역부 주제에 무슨 미련이 그리도 많
아서 이 바닥을 훌쩍 뜨지 못하는 거냐, 하고 말입니다."

"말하기 싫으면 말하지 않아도 괜찮네."

"양 형사가 그럴 때마다 제가 뭐라고 대꾸하는지 아십니
까? 대학촌이 자리잡고 있는 이 산골 마을에 나도 모르게
그만 정이 흠뻑 들어서 못 뜨는 거라고 빡빡 우겨대곤 하지
요. 선생님 같으면 이 말을 믿으시겠습니까?"

"뭐, 믿을 것도 못 믿을 것도 없는 일이겠지."

"정 때문이란 말은 절반쯤 사실입니다. 나머지 절반은 순전히 오기로 하는 말이고요. 연쇄방화 진범이 붙잡혀서 누명을 완전히 벗게 되는 그날까지 악착같이 버티겠다는 그 오기가 제 발목 한 쪽을 오늘날까지 이 바닥에 붙들어매고 있는 겁니다. 산불이 발생할 적마다 언제나 가장 유력한 용의자로 지목받으면서도 그동안 무슨 재주로 번번이 혐의를 벗어날 수 있었는지, 선생님은 혹시 그 점이 궁금하지 않으십니까?"

"……."

"그건 제가 방화범이 아니기 때문입니다. 지금으로부터 육 년 전, 첫 번째 산불이 일어났을 당시 맨 처음 용의자로 붙잡혀 들어가서 한 번 호되게 경을 치고 나온 뒤부터는 유사시에 대비해서 항상 주도면밀하게 알리바이를 확보하는 일에 신경을 써왔기 때문에 장 발장을 집요하게 뒤쫓는 자베르 경감 같은 양 형사도 결국 눈엣가시 같은 저를 오늘날까지 차마 어쩌지 못하고 있는 겁니다."

거지반 폭력이나 진배없이 매우 거칠고 살벌한 방식으로 자신의 딱한 처지를 설명하는 그의 괴이한 화법이 나를 단박에 지치게끔 만들었다. 흠씬 지쳐 있기는 그 역시 나와 매일반인 듯했다. 여기가 어딘가, 내가 왜 여기 앉아 있는가, 하고 갑자기 뜨악해하는 눈초리로 낯선 연구실 내부를 두리번두리번 살펴보다 말고 그는 하얀 벽면 한복판에 달랑 한 점 붙어 있는 작은 액자에 시선을 고정했다. 흔들리는 그의 마음을 확실히 붙들어두는 끈 노릇을 하기엔 액자 속의 가느다란 난초 잎들이 아무래도 역부족일 것 같았다. 복도 건너편 어느 강의실에서 어떤 깐깐한 교수가 결국 종강의 순간을 선언한 모양이었다. 요란한 박수 소리와 함께 터져 나오는 학생들의 기성이 빈집처럼 조용하던 학기말의 강의동 전체를 한바탕 왁자하게 뒤흔들고 있었다.

"선생님께 마지막으로 한 가지만 더 여쭙고 싶습니다."

그 소란 덕분에 번쩍 정신을 차린 듯 난초 잎 위에 위태롭게 시선을 머물리던 그가 별안간 내 쪽으로 고개를 홱 꺾으며 말했다.

"불구경 행위에 대해서 어떻게 생각하고 계시는지, 선생님의 솔직한 의견을 듣고 싶습니다."

또 그놈의 쓰잘데없는 소리.

상대방의 전술전략에 말려들어 섣불리 내 의견부터 먼저 졸졸 털어놓는 우를 범함으로써 아직도 도무지 정체를 알 수 없는, 웬 성깔 고약한 젊은 친구에게 또다시 책잡힐 빌미를 내주고 싶지 않기 때문에 나는 잠시의 궁리 끝에 회심의 역습을 단행했다.

"먼저 자네 의견부터 말해 보게."

"그 문제에 대해서 저는 이렇게 생각합니다."

"어떻게?"

"물론 산에다 상습적으로 불을 지르는 짓거리는 반국가적이고 반사회적인 범죄 행위가 틀림없지요. 고의적인 방화 때문에 소중한 삼림자원이 하루아침에 잿더미로 변하고 아름다운 자연환경이 파괴되는 것도 안타까운 일이고요. 그렇지만 원인이야 어떻든 간에, 누가 저질렀든 간에 일단 발생한 산불을 구경하는 건 별로 부도덕한 행위가 아니라고 생각합니다. 구경하는 눈들이 좀 있다 해서 산불이 더 심하게 번지는 것도 아니잖습니까."

"진화 작업에 크게 지장을 주지 않는 한도 내에서 각자 눈치껏 조심스럽게 구경만 한다면야 굳이 도덕, 부도덕을 따질 필요조차도 없는 일이겠지."

"제 개인적인 경험은 이렇습니다. 마른풀을 태우고 잡목숲을 태우고 솔숲을 태우면서 무서운 기세로 번져 나가는 산불을 보고 있으면 솔직히, 통쾌하고 후련한 기분이 들곤 합니다. 낡은 것들을 일거에 싹 쓸어 없애버리는 혁명의 열기에 접하기라도 한 것처럼 십 년 묵은 체증이 쑥 내려가는 것 같은 카타르시스를 느끼곤 합니다. 제가 생각할 때 산불은 생명의 죽음이 아니라 새로운 생명의 탄생이고 죽은 생명의 재생입니다."

"식물분류학을 전공하신 어떤 교수님이 그러는데, 소나무는 보기엔 좋을지 모르지만 경제 수종은 못 된다고 하더군. 산불이 반드시 부정적인 측면만 있는 것은 아니라는 논리야. 산불은 인간을 대신해서 비경제 수종을 경제 수종으로 갈아치우는 고마운 써비스를 우리 인간에게 제공할 줄도 안다는 거야. 자연은 그 자체로서 놀라운 치유력과 재생복원력을 갖고 있기 때문에 인간이 과학의 이름으로 시망스럽게 간섭만 하지 않는다면 제 스스로 다 알아서 빠른 시일 안에 생태계를 원상태로 복원시켜 놓는다는 거야."

"혹시 그 교수님이 방화범 아닐까요?"

"예끼 사람! 그 교수님은 오래전부터 환경보호 단체에서

임원으로 맹활약해 오신 저명한 학자야."

우리는 동시에 웃음을 터뜨리고 말았다. 김건식과 나 사이에 비로소 교감다운 교감이 이루어지는 순간이었다.

"그 증거로 그 교수님은 바로 저기 저 자리를 가리키더군."

나는 팔을 소파 등받이 뒤로 뻗어 내 눈에 보이지 않는, 그러나 김건식의 자리에서는 볼 수 있는 창문 쪽을 가리켰다. 창문을 통해 바깥을 내다보면 산기슭 군데군데 새까맣게 불탄 자리에 새롭게 형성되는 자생의 숲이 눈에 띈다. 누가 심은 적도 없는데 사라진 침엽수 대신 여러 종류 활엽수들이 제 발로 스스로 걸어 들어와 곳곳에 자리를 잡은 채 점차 세력을 넓혀가면서 초여름 풍경 속에 싱그러운 녹음의 띠를 이루고 있다.

"맞는 말씀입니다. 저도 전적으로 동의합니다."

잠시 창 밖에 두었던 눈길을 거둔 다음 그는 갑자기 생기를 띠면서 탁자 앞으로 바싹 다가앉았다.

"산불을 보면서 나는 아름다움의 원형질 같은 걸 느낀다네. 젊어 한때 벽지 분교에서 교사로 근무한 적이 있었지. 그 무렵, 한 해 겨울을 교실에서 나게 됐는데, 추운 날씨에 땔감이 부족했어. 그래서 아이들이 방학 전에 모아놓은 솔방울하고 산더미같이 쌓인 아이들 그림 도화지로 난롯불을 지피기 시작했지. 그때 봤던 그 불꽃의 아름다움을 지금도 나는 잊을 수가 없네. 땔감의 재질이나 화력의 정도에 따라서 불꽃의 모양이 그처럼 형형색색으로 조화를 부린다는 사실을 그때 처음 알았지. 아무도 없는 교실에서 한밤중에 혼자 앉아 난로 속을 일삼아 들여다보고 있자니까 마치 너울거리는 불꽃이 내 넋을 통째로 빨아들이는 것 같은 기분이 드는 거야. 난로 속에서 알록달록 무당 옷을 입고 너울너울 미친 듯이 춤을 추는 건 어쩌면 불꽃이 아니라 빛깔에 취하고 열기에 달아오른 내 넋일지도 모른다는 생각이 언뜻 들더군."

"선생님, 어떻게 감히 산불하고 그 따위 난롯불을 비교할 수 있습니까?"

마치 산불에 대한 모독이 된다는 듯이 그는 강하게 불만을 표시했다.

"파괴적인 열정이나 세력 규모로 따진다면야 물론 비교가 안 되겠지. 허지만 내 넋을 온통 사로잡는다는 점에서 그 둘은 결국 같은 거라고 말할 수도 있겠지. 아무거나 닥치는 대로 휩쓸고 삼켜버리는 그 엄청난 파괴력을 동반한 산불의 열정에서 나는 역설적이게도 원시적인 생명력 같은 걸 발견하고는 부르르 부르르 전율을 금치 못한다네."

그가 느닷없이 탁자 너머로 팔을 뻗쳐 내 손을 덥석 움켜잡았다. 그리고 십년지기라도 만난 듯이 손을 위아래로 마구 흔들어 요란하게 반가움을 나타냈다.

"바로 그겁니다! 바로 그 말씀을 듣고 싶어서 선생님을 찾아뵌 겁니다!"

"말하자면 자네하고 나는 심정적으로 공범 관계인 셈이구만."

"그런데 진짜 방화범은 누굴까요?"

"난 절대로 아니야!"

어마뜨거라 하고 그에게 붙잡힌 손을 잽싸게 빼내면서 나는 터무니없이 큰 소리로 무죄를 주장했다.

"물론 저도 아닙니다. 어쩌면 연쇄방화는 어느 개인의 단독범행이 아니라 동시대를 살아가는 우리들 모두의 집단범행일지도 모르지요. 우리는 너나없이 공동 방화범일 가능성도 있습니다. 그래서 장기 수사에도 불구하고 경찰이 아직도 범인을 어느 한 사람으로 특정하지 못하고 있는 게 아닐까요?"

그는 묘한 미소를 지으면서 소파에서 일어났다.

"듣고 싶은 말씀을 들었으니까 그럼 이만 가보겠습니다. 앞으로 선생님을 다시 뵙게 될 수 있을지 어떨지 현재로선 확실치가 않군요."

"이 바닥에서 멀리 뜬다고 산불이 자네를 자유롭게 그냥 놔둘 성부른가?"

꾸뻑 인사를 마치고 출입문 쪽을 향해 뚜벅뚜벅 걸어가는 그의 뒤통수를 겨냥해 나는 주먹 같은 힐문 한 방을 날렸다.

"오늘 밤 꿈속에서 불구경하시다가 이부자리에 지도나 그리지 마십시오."

그는 출입문 앞에서 헬끔 뒤를 돌아다보며 짓궂은 미소를 지어 보였다. 절간같이 조용한 강의동 건물을 쿵쿵 울리며 발소리가 복도를 지나 계단 쪽으로 점점 멀어져 가는 그 사이, 나는 꽤나 긴 시간 대화를 나누었음에도 불구하고 결국 그의 신상명세에 관해 알아낸 게 거의 없다는 사실에 스스로 놀라고 말았다. 눈에 띄게 길어진 초여름 해가 누군가의 연쇄방화로 자주 시달림을 겪는 서쪽 산달 위에 나른하게 걸려 있었다.

그 후 곧바로 여름방학에 접어든 탓에 나는 김건식을 만날 수 있는 기회에서 자연스레 멀어졌다. 모처럼 맞은 방학을 서울에서 가족들과 함께 보내는 동안 나는 시골의 학교 쪽과 연관된 모든 일들을 가급적이면 잊은 채로 지내고 싶었다. 그간의 경험으로 미루어 방학 기간에는 산불도 함께 방학에 들어간다는 사실을 익히 알고 있었기 때문에 그 문제로 특별히 신경을 쓸 일도 없었다.

녹음이 우거지고 비가 자주 오는 여름철인지라 제아무리 정교한 솜씨를 발휘해서 불을 싸질러봤자 시원시원히 잘 타지 않는 탓도 있을 것이다. 하지만 그보다는 방학으로 학교가 텅텅 비다시피 해서 구경꾼이 대폭 줄어든 탓이 더 클 것이다. 그 점을 누구보다 잘 아는 방화범이 공연히 여름 산을 택해 새로운 범행을 도모할 리가 만무했다. 내가 방화범이라 해도 마땅히 그랬을 것이다. 치솟는 연기와 꿈틀거리는 화광에 놀라서 수많은 인간들이 한꺼번에 쏟아져 나와서 가로 뛰고 세로 뛰면서 우왕좌왕하는 그 아수라판을 먼 빛으로 지켜보면서 쾌감을 느끼는 바로 그 재미로 번번이 산에다 불을 싸질러 왔을 텐데, 어떤 미치고 설친 방화범 녀석이 하필이면 방학 중의 어느 하루로 날을 잡아 제놈이 빤히 손해볼 그 어리석은 결과를 자초하겠는가.

마치 방화범이 온전한 정신의 소유자인 양 표현하는 건 다소 어폐 있는 말이 되겠다. 학교 안팎의 드넓은 소문밭에 무성히 웃자란 갖가지 추측들에 의할 것 같으면, 도깨비불이라 불리는 문제의 연쇄방화는 어떤 정신이상자의 소행이

기 십상이었다. 그게 아니라면 한적하던 산골 마을에 느닷
없이 대학 캠퍼스가 들어섬으로써 천지개벽하듯 주변 환경
이 급격히 파괴되고 개발되는 과정에서 크게 재산상의 불이
익이나 억울한 꼴을 당한 어떤 얼빠진 작자의 치졸한 복수
극이기 십상이었다. 또는 그것과 정반대로 장차 발생할지도
모를 어떤 경제적 이득을 노린 범행일 수도 있었다. 그도
아니라면 세상에 대한 불평불만으로 가득 차 있는 어떤 낙
오 인생이 저지르는 맹목적인 화풀이일 것이었다.

들자하니 경찰에서도 대충 그런 각도에서 사건을 다루는
모양이었다. 그 바람에 그 세 가지 범주에 들 법한 인근 삼
동네의 모모한 인물들이 번차례로 경찰서에 때어가 몇 바탕
씩 곤욕을 치렀다는 소문도 심심찮게 들려왔다. 이를테면
김건식은 그런 식으로 백줘 날벼락을 맞은 여러 용의자 가
운데 내가 유일하게 아는 구체적인 인물인 셈이었다.

다년간에 걸친 경찰의 집요한 수사에도 불구하고 상습 방
화범의 정체는 여전히 오리무중이었다. 범행 수법이 워낙
치밀하고 정교해서 실오라기만한 증거도 남기지 않는 까닭
이었다. 주로 모기향을 범행에 이용한다는 소문이었다. 모
기향이 최소한 삼십 분 이상 타들어간 다음에야 마른풀에
불이 댕겨지게끔 일을 꾸미는 등으로 잔머리를 아주 잘 굴
린다는 것이었다. 모기향이 타들어가는 동안 시간을 충분히
번 범인이 산에서 내려와 산불 발화 때까지 사방을 활보하
면서 이 사람 저 사람을 상대로 수단껏 알리바이를 확보해
놓기 때문에 경찰도 차돌처럼 단단한 그 현장부재증명을 깨
부수기가 여간만 어려운 노릇이 아니라는 것이었다.

학교 쪽과 연관해서 방학 중에 딱 한 가지 마음에 걸리는 것이 있다면 그 대상은 다름 아닌 김건식이었다. 상습 방화 혐의를 받고 있는, 무례하고 방자한 한 젊은이의 존재가 내 안온한 방학 생활에 불쑥불쑥 딴죽을 걸어 나를 무단히 자빠뜨리려 했다. 특히나, 어쩌면 선생님을 뵐 수 있는 마지막 기회일지도 모른다며 유언처럼 넌지시 밝힐 당시의 그 무례함을 들치고 떠오르던 의기소침의 기색과 방자함 속에 감추어진 만성 피로의 흔적이 방학 기간 내내 내 맘자리를 자주 불편하게 만들고 있었다.

개강 날짜를 손꼽아 기다렸다는 듯 학생도 아니고 교수도 아닌 김건식이 뜻밖에도 나보다 한 발 앞서 등교해서 문이 잠긴 내 연구실 앞에서 방주인이 도착하기만을 기다리고 있었다. 철늦은 바캉스라도 떠나려는 사람처럼 그는 운동화 바람에 청바지와 티셔츠 차림의 가벼운 행락객 복장을 하고 있었다. 복도 바닥에 동그마니 앉아서 어서 주인의 손이 와서 들어올리기를 기다리는 뚱뚱한 배낭을 발견하는 순간 나는 공연히 가슴 한복판이 철렁 내려앉는 기분이었다.

"죄송하지만……."

김건식은 소파에 앉자마자 배낭 속에서 뭔가를 부스럭부스럭 꺼내들었다.

"제 대신 선생님이 이걸 좀 보관해 주시지 않겠습니까?"

꽤 두툼한 서류봉투였다. 서류가 드나드는 출입구를 까만 공업용 테이프로 철저하게 단속해 놓은 점이 대뜸 눈에 띄었다. 왠지 모르게 사위스런 느낌이 들어 나는 선뜻 그 봉투를 받아들 엄두를 못 냈다.

"그게 뭔가?"

"별것 아닙니다."

여간해서 손을 빌려줄 눈치가 아닌 나를 대신해서 내 방의 탁자가 마지못해 그 봉투를 일단 받아주었다.

"내 늙은 눈엔 별것으로 뵈는데?"

"집도 절도 없는 몸이라서 달리 마땅히 보관할 데도 없습니다. 선생님께서 앞으로 정확히 이 년 동안만 요 물건을 보관해 주십시오."

"기어이 이 바닥을 뜨기로 결심했나?"

"속단하지 마십시오, 선생님. 절대로 양 형사 때문이 아닙니다. 색안경 낀 눈초리 속에서도 대학촌 주민들이 절 믿어주고 절 필요로 하는 것이 저한테는 유일한 위안거리였고, 여지껏 그 힘으로 그럭저럭 견뎌 나온 셈이지요. 그런데 이젠 그 버팀목마저도 빠져 달아나버렸습니다."

"주민들이 단체로 들고일어나서 자네더러 떠나라고 등이라도 떼밀던가?"

"특별한 사정이 없는 한 젊은 대학생들로 북적거리는 이 젊은 땅을 제이의 고향으로 알고 아예 죽는 날까지 이 대학촌에다 말뚝을 박아버릴 생각이었지요. 대학생 시절 농촌으로 봉사활동 다니면서 어깨 너머로 잠깐 배운 알량한 기술로 가전제품 수리나 이집 저집 허드렛일 도와주고 받는 푼돈으로 옹색하게나마 제 한 몸뚱이 그럭저럭 꾸려나가는 생활에도 아무 불만이 없었습니다. 그런데 요즘 들어서 동네 인심이 갑자기 싹 달라지기 시작하더군요. 산불이 자주 나는 가을철 갈수기가 다가올수록 주민들이 점점 더 저를 부담스러워하는 눈치였습니다. 며칠 전엔 오랫동안 흉허물없이 지내던 주인집 아저씨가 고장난 티브이를 평소처럼 저한테 안 맡기고 굳이 읍내까지 고치러 나가더군요. 그걸 보고 저는 드디어 떠날 때가 왔다는 걸 깨달았습니다."

"그렇다면 앞으로 이 년 동안 어디 가서 무슨 일을 하고 지낼 계획인지 물어봐도 괜찮겠나?"

그는 대답을 하려다 말고 마치 사람에게 쫓기는 짐승처럼 갑자기 출입문 쪽을 휙 돌아다보았다. 아직은 뒤쫓아오는 그 무엇의 발걸음이 출입문 가까이 이르지 않았음을 확인했는지 그는 영화에서 자주 봤던 서양인들 몸짓 흉내로 양쪽 어깨를 한번 으쓱 추어올렸다 내리는 동작을 선보였다.

"만약의 경우에 대비해서 지난 몇 달 동안 나름대로 꽤 준비는 해왔습니다만, 구체적으로 어디서 무엇을 할 건지는 여전히 미정입니다. 새우잡이 멍텅구리배를 타게 될지 원양어선을 타게 될지, 이도 저도 아닐 경우 외국으로 밀항이라도 하게 될지……."

그는 말끝을 흐리마리 얼버무리면서 풀썩 웃고 말았다. 진공 상태를 연상케 하는, 무척이나 허전한 웃음이었다. 쫓기는 자의 초조한 기색은 이미 그를 떠나 있었다. 그 대신 내가 오히려 초조하게 굴기 시작했다.

"그런 식으로 자기 자신을 꼭 벼랑 끝으로 몰아세워야만 자네 직성이 풀리겠는가? 결국 그렇게 극단적인 방법으로 자기 자신을 학대하지 않고서는 인생 살아가는 재미를 도무지 느낄 수가 없단 말인가?"

"선생님, 제 경우는 다릅니다. 이건 인생이 아닙니다. 축생이지요."

"낯살깨나 훔친 사람 앞에서 무슨 말을 그 따위로 하나?"

"선생님은 어느 날 갑자기 세상이 지긋지긋하게 싫어졌다고 느끼신 적이 없습니까? 여지껏 불어주고 닦아주고 쓰다듬어주고 싶은 그런 인생만을 살아오셨습니까? 내가 모르는 다른 어떤 세상으로 홀쩍 망명해 버리고 싶다는 생각은 한번도 해보신 적이 없습니까?"

그의 목청이 턱없이 높아지는 사품에 나는 그만 찔끔 물러앉을 수밖에 없었다. 내 짧은 혀를 놀려 그를 설득한다는 게 아무래도 무리일 것 같았다. 제아무리 서발막대만한 혀를 지녔다 할지라도 진작부터 다져온 그의 결심을 흔들지는 못할 성싶었다. 그가 손바닥을 부채 삼아 흔들어 홧홧 달아오른 제 낯꽃을 향해 영세한 바람을 나르기 시작했다. 팔월 하순의 눅눅한 공기가 그의 이마에서 기름 같은 땀방울을 찌걱찌걱 쥐어짜내고 있었다.

"표현이 좀 지나쳐서 죄송합니다. 그렇지만 떠나는 건 기정사실입니다. 실은 이것도 저한테는 많이 늦은 겁니다. 지금까지는 시기를 놓치는 법 없이 제때제때 떠날 기회를 비교적 잘 붙잡아 나왔습니다. 사람들이 절 버리기 전에 제가 선수를 쳐서 절 버릴 궁리를 하는 사람들을 먼저 버리는 형식을 취해 왔습니다. 어떤 세상이 절 싫어하기 전에 제 쪽에서 먼저 그 세상을 축구공마냥 뻥 걷어차버리는 방식에 늘 익숙해져 있다고 믿었습니다. 그런데 그 빌어먹을 정이란 물건에 끌려서 이번에는 제가 결정적으로 실수를 한 겁니다. 실은 벌써 오래전에 이 바닥을 떠나버렸어야 옳은 겁니다."

"속에 뭐가 들었는지 몰라도 나는 저 봉투를 맡을 수가 없네."

누런 서류봉투가 날름 올라앉은 탁자 쪽을 애써 외면하면서 나는 신음하듯 나지막이 중얼거렸다. 그러자 그가 떼쓰는 어린애 다루는 어른의 표정으로 나를 향해 가볍게 웃어보였다.

"죄송합니다만, 선생님하고 더 이상 말씨름이나 하고 있을 시간이 없습니다. 마지막으로 저한테 두 가지만 약속해 주십시오. 첫째는, 제가 없는 동안 절대로 겉봉을 뜯어서 내용물을 확인하지 않으시는 겁니다. 둘째는, 만일 정해진 이 년 기한이 지나도 제가 나타나지 않을 경우 선생님께서 책임지고 이 봉투를 통째로 불태워 없애버리시는 겁니다. 선생님, 저를 위해서 그 정도 약속은 반드시 지켜주실 수 있겠지요?"

"맡은 적이 없으니까 약속도 할 수가 없네."

"선생님, 정말 감사합니다. 그럼 그 약속의 말씀을 믿고 저는 이만 물러가겠습니다. 아무쪼록 건강하셔서 두고두고 좋은 작품 많이 쓰시기 바랍니다."

나는 탁자 옆에 놓인 배낭을 불끈 집어드는 그를 애써 외면했다. 나는 작별 인사를 마치기 무섭게 마치 무엇에 쫓기듯 황황한 걸음걸이로 출입문을 향하는 그를 애써 외면해버렸다. 나는 내처 소파에 앉은 자세 그대로 결국 그를 박정하게 떠나보내고 말았다.

손님이 떠나버린 연구실에서 당장 내 마음을 사로잡은 관심사는 어떤 미지의 위험 속으로 풍덩 투신하고 싶어 한창 안달이 나 있는 한 무모한 젊은이의 안위가 아니었다. 처음 놓였던 그대로 아직도 탁자 위를 꼼짝 않고 지키고 있는 두툼한 서류봉투를 상대로 나는 한동안 짱짱한 힘겨루기를 벌이지 않으면 안 되었다. 별것 아니라 했는데도 자꾸만 별것으로 느껴지는 그 봉투가 엄청난 끌힘으로 내 의식을 사정없이 잡아당기고 있었다. 대관절 저 안에 뭐가 들었길래 그 유난을 다 떨고 갔단 말인가. 봉투의 유혹을 거스르려는 내 팔의 밀힘이 너무 보잘것없다는 점에서 내가 지닌 교양이랄지 지성 따위는 사실 미개인 아니면 야만인 수준에 지나지 않는 셈이었다.

우선 내게서 우격다짐으로 약속을 받아내려 했던 김건식의 두 가지 요구사항만 하더라도 그랬다. 봉투를 그냥 보관만 하고 내용물은 절대 확인하지 말라? 이 년 후까지 도로 찾아가지 않을 경우 봉투를 송두리째 불에 태워 없애버려라? 내용물이 뭔지 알고나 있어야 보관하든지 태워 없애든지 할 게 아닌가. 만약 실정법에 저촉될 만한 어떤 불온한 내용물이라도 들어 있다면 나더러 장차 무슨 수로 그 뒷감당을 하라는 얘긴가. 애당초 지키지도 못할 약속을 남에게 강요하는 건 이를테면 약속을 어겨도 괜찮다는 뜻이나 다름없는 행위였다. 한바탕의 망설임 끝에 마침내 나는 기꺼이 미개인이 되기로 작심해 버렸다.

봉투 속에서 새하얗게 질린 낯빛으로 내 손에 끌려나온 것은 뜻밖에도 두툼한 원고지 묶음이었다. 묶음의 겉장에는 주먹덩이만한 글씨로 '산불'이란 제목이 적혀 있었다. 작자의 성명 삼자는 원고의 어디에도 밝혀져 있지 않았다. 굳이 분야를 따진다면 소설 형식에 가까운 글인 셈이었다. 비상한 호기심으로 내용을 파악하고 나서 나는 그것이 김건식 자신의 이야기라고 결론을 내렸다.

그로부터 이 년 세월이 흘렀다. 정확히, 이 년하고도 사 개월이 지났다. 그동안 나는 김건식이 언제 무슨 일이 있었냐는 듯이 어느 날 심상한 낯꽃으로 내 앞에 다시 나타나기를 무던히도 기다렸다. 그가 그리워서 기다렸던 것은 결코 아니었다. 내가 보관 중인 '산불'을 원래의 주인에게 되돌려줘야 한다는 일념 때문이었다. 내 손으로 남의 '산불'을 불에 태워 없애버리는 그 끔찍한 사태만은 어떡하든 회피하고 싶은 심정이었다. 그러나 그는 끝내 내 앞에 나타나지 않았다. 한번 대학촌을 떠나버린 후로는 땅에 있는지 혹은 하늘이나 바다에 있는지 반 토막 소식조차 내게 전해 오지 않았다.

어느덧 약속 기한이 훌쩍 지나가버리자 그믐밤같이 어두운 낯짝을 한 고민이란 녀석이 찾아와 밤마다 나를 칠성판 위에 뉘어놓고 물고문, 전기고문을 가하기 시작했다. 때로는 약속을 끝까지 지키라고 고문하고 또 때로는 그 약속을 당장 헌신짝같이 팽개쳐버리지 않는다고 고문했다. 어느 장단에 춤을 추어야 좋을지 당최 종잡을 수 없는 혼란스런 나날이 한동안 계속되었다. 김건식의 당부대로 '산불'을 불에 태워버리는 행위는 인간으로서 차마 할 짓이 못 되었다. 그것은 김건식이란 인간 그 자체를 송두리째 화형에 처하는 거나 다름없는 만행일 것임이 틀림없었다. 이미 그는 세상으로부터 여러 차례나 화형을 당한 적이 있는 이단자가 아니던가. 오랜 고민 끝에 나는 결국 김건식과의 두 번째 약속마저 먹어치우는 야만인이 되기로 작심하고 말았다.

간단히 끝낼 수 있을 줄 알았던 '작가의 말'이 예상 외로 만리장서가 되었다. 남의 글을 내 이름으로 발표할 수밖에 없는 저간의 고약한 사정은 충분히 이해되었으리라 짐작한다. 이상으로 작가의 말 아닌 거간쟁이의 말을 마친다.

산불

피의자 신문조서

주민등록번호: 631107-×××××××
성명: 김 아무개
위의 사람에 대한 산림법 위반 피의사건에 관하여 1993. 7. ××. ○○지방검찰청에서 검사 아무개는 검찰주사(보) 아무개를 참여하게 하고 피의자에 대하여 아래와 같이 신문하다.
문: 피의자의 성명, 연령, 생년월일, 직업, 본적, 주거를 말하시오.
답: 성명은 김 아무개, 연령은 31세, 생년월일은 1963. 11. 7. 생, 직업은 무직, 본적은 아무데, 주거는 아무데입니다.
검사는 피의사건의 요지를 설명하고 검사의 신문에 대하여 형사소송법 제200조 제2항의 규정에 의하여 진술을 거부할 수 있는 권리가 있음을 알려준즉 피의자는 신문에 따라 진술하겠

다고 대답하다.

문: 피의자는 형벌을 받은 사실이 있는가요.

답: 도로교통법, 집회 및 시위에 관한 법률 위반 등으로 형사처분을 받은 사실이 있습니다.

문: 피의자의 가족, 재산, 학력, 경력 등은 ○○경찰서 수사과에서 진술한 대로 사실과 틀림이 없는가요.

답: 네. 틀림이 없습니다.

문: 언제 어떤 행위로 인하여 도로교통법과 집회 및 시위에 관한 법률을 위반했는가요.

답: 대학생 때 데모를 하다가 그리 되었습니다.

문: 데모 당시 진압 경찰관에게 화염병을 투척한 사실이 있는가요.

답: 네. 있습니다.

문: 피의자는 이와 같은 범행을 범한 사실이 있는가요.

이때 검사는 사법경찰관 작성 의견서에 기재된 범죄 사실을 읽어주다.

답: 네. 저는 어려서부터 고아원에서 자라 어려운 환경에서 공부하는 과정에서 사회에 대하여 부정적인 시각을 가지게 되었고, 대학에 진학한 후 고학으로 학비를 조달하여 학업을 계속하면서 불법 단체에 참여하여 횟수불상의 반체제 시위에서 개수불상의 화염병을 투척하는 등 과격활동에 적극 가담한 사실이 있습니다. 1984. ××. ××. 경찰 수배 중 친우의 가에 은신하다 체포되어 구류 처분을 받고 출소한 후 대학을 자퇴하고 주거부정의 상태에서 공단과 공사판 등을 전전하면서 연명하다가 ○○건설회사 현장사무소를 따라 ○○대학 신축공사에 잡

역부로 고용되어 현재의 주거지와 처음 인연을 맺게 되었습니다. 외롭고 힘든 잡역부 생활을 계속하던 중 사회에 대한 반감은 가일층 높아져 급기야 세상 전체에 대한 무조건적인 적개심으로 발전하기에 이르렀고, 장래에 대한 전망이 암담하다는 자포자기의 심정에 빠져 수시로 범죄의 충동을 느끼던 중 1992. 11. ××. 야음을 틈타 주거지 뒷산에 1차 방화를 하였습니다. 1차 방화에 크게 희열과 쾌감을 맛본 저는 그 후 연속 4회에 걸쳐 추가 방화를 한 사실이 있습니다.

문: 피의자의 자취방에서 수사관이 압수한 이것들은 피의자의 소유물이 틀림없는가요.

이때 증 제1호 모기향, 증 제2호 양초, 증 제3호 일회용 라이터, 증 제4호 이춘영의 한시 「소산행」 한글 번역본 원고, 증 제5호 로스앤젤레스 타임스 등 화재 사건을 보도한 미국 신문 기사철 등을 피의자에게 보여주다.

답: 네. 저의 소유물이 틀림없습니다.

문: 모기향과 양초 등을 무엇에 사용했는가요.

답: 방화시 모기향만 범행에 도구로 사용하고 양초는 불시의 정전 사고에 대비하여 그냥 보관만 하였습니다.

문: 방화 문제를 다룬 이춘영의 시 「소산행」을 소지한 이유는 무엇인가요.

답: 산에 불을 지르고 구경할 시 느끼는 저의 기분을 그 시가 대변하는 것 같아 평소에 애독하고 있었습니다.

문: 외국 신문에서 유독 화재 사건을 취급한 기사만 따로 모아 보관한 이유는 무엇인가요.

답: 외국인들은 주로 어떤 사람이 어떤 동기, 어떤 심리에서

어떤 수법으로 방화를 하는지 소상히 알아보고 싶었습니다.

문: 이 진술서의 내용은 사실인가요.

이때 피의자의 주거 인근 깔끔이슈퍼 자영주 아무개의 참고인 진술서를 피의자에게 읽어주다.

답: 네. 사실과 틀림이 없습니다. 1차 범행 직전에 깔끔이슈퍼에서 모기향과 양초 등을 구입한 사실이 있습니다.

문: 이 진술서의 내용은 사실인가요.

이때 피의자와 주민등록상 동거인이자 집주인 아무개의 참고인 진술서를 피의자에게 읽어주다.

답: 네. 구체적인 시간과 장소 등은 정확히 기억할 수 없으나 산불 발생일을 전후한 무렵의 저의 거동에 대한 참고인 아무개의 진술은 대체적으로 사실과 부합한다고 말할 수 있습니다.

문: 피의자에게 유리한 증거나 더 할말이 있는가요.

답: 이번 사건을 통하여 국공유림에 고의로 방화하고 주산물을 소산하는 행위가 얼마나 반국가적 반사회적 범죄인지 확실히 깨닫게 되었습니다. 그 점 깊이 뉘우치면서 앞으로 다시는 같은 범죄를 저지르지 않기로 맹세하고 있으니 한 번만 관대한 처분을 바랄 뿐입니다.

위의 조서를 피의자에게 읽어준바 진술한 대로 오기나 증감 변경할 것이 전혀 없다고 말하므로 간인한 후 서명 무인하다.

진술자 아무개 (무인)

1993. 7. ××.

○○지방검찰청

검사 아무개 (인)

검찰주사 아무개 (인)

일방적 대화 또는 쌍방적 독백

이렇게 자주 만나게 돼서 무지무지 반갑구만.

저는 눈곱만치도 반갑지가 않습니다.

저런! 그래선 안 되지. 그럴 리가 없어. 인간 된 도리로 최소한 나만큼은 자네도 반가워야 옳지. 그간 별고 없었나?

별고가 있으니까 여기 이렇게 붙잡혀 와 있는 게 아닙니까.

저런! 자네 지끔 잔뜩 화가 나 있구만. 그런 식으로 나한테 괜히 화내지 말라구. 진짜로 화를 내야 될 사람은 자네가 아니니까.

사적인 대화는 집어치우고 빨리 신문이나 시작하시죠.

그렇게 서두를 필요 없어. 서둘러야 될 사람은 자네가 아니고 바로 나니까. 자아, 그럼 우리 이제부터 슬슬 시작해 보실까?

성명은 김 아무개, 주민등록번호는······

이것 보라구. 내가 서두르지 말랬잖아. 자네도 지성인이고 나도 지성인의 한 사람이야. 우리 지성인답게 초장부터 살벌하게 나가지 말고 어디까지나 오순적도순적으로 점잖게 한판 붙어보는 거야.

저는 사양하겠습니다. 양 형사님은 어떤지 몰라도 저는 지성인이 아닙니다.

성명은?

아시면서.

주민등록번호는?

다아 아시면서.

좋아. 시간 관계상 지난번 조서 내용대로 적기로 하지.

제발 부탁입니다. 지난번처럼 또 무직이라고 적지 마시고 이번에는 가전제품 수리공 정도로 제 직업을 격상시켜 주시기 바랍니다.

그래, 좋아. 자네 부탁인데 안 들어줄 수가 없지. 그렇다면 직업은, 에 또, 무직이라…… 에 또, 주거는 부정이라……

너무 고마워서 눈물이 다 나올 지경이군요.

시간 낭비할 것 없이 자네, 이쯤에서 깨끗이 다 불어버리는 게 어때?

뭘 불란 말씀입니까? 지난번처럼 또 증거 불충분으로 풀려나서 양 형사님 그 빛나는 근무 경력에 재차 오점을 남겨 드리게 되면 제가 미안해서 어쩌지요?

그때하고 지끔은 상황이 영 달라! 이번에 새로 보강된 증거들이 지난번 내 불명예를 깨끗이 설욕해 줄 거야. 방화범이 한 명 이상이란 사실을 그때 좀더 일찍 알았더라면 그런 실수는 절대로 범하지 않았을 거야.

제가 수감 중일 때 저 대신 동일 수법으로 연속 방화를 해준 어떤 작자한테 지금도 감사하고 있습니다. 제 흉내를 내서 저를 곤경에서 구출해 준 그 은인이 대관절 누굽니까?

그건 나도 모르지. 귀신이나 알고 있겠지.

그 중요한 걸 왜 여태 모르고 계십니까? 그자가 누군지만 알면 양 형사님은 이 사건에서 수훈을 세우실 수 있을 텐데.

날 비웃고 싶은 모양인데, 비웃고 싶으면 실컷 비웃으라구. 허지만 이제 곧 알게 될 거야.

저보다는 차라리 그자부터 먼저 잡아들이는 편이 사건 해결이 훨씬 더 빠르지 않을까요?

그건 자네가 건방지게 간섭할 일이 아니야! 우선 자네부터 먼저 잡아 조지고 보는 것이 올바른 순서지!

저 때문에 장차 양 형사님 승진길이 꽉 막힐까 봐 걱정돼서 그러는 겁니다.

농담따먹기 그만 하고, 지난 3월 5일 20시경에 어디서 무슨 일을 하고 있었는지 얼른 바른 대로 대답해!

금년 들어 첫 산불 때 말입니까? 자세한 건 양 형사님이 보관하고 계신 제 수첩을 봐야만 말씀드릴 수 있겠는데요.

아니지. 자네 그 비상한 기억력으로 충분히 다 암기할 수 있을 거야.

바로 그 전날, 그러니까 3월 4일에 원터마을 원룸아파트 마감공사로 많이 무리를 한 덕분에 그날은 몸살이 아주 심해서 하루종일 꼼짝도 못하고 자취방에 드러누워서 끙끙 앓고 지냈습니다. 몸살 땜에 그 아까운 불구경까지 놓쳐서 이래저래 손해가 막심했던 하루였지요.

어디 보자, 3월 4일이라…… 가만있자, 3월 5일이라…… 수첩에 기재된 내용하고 대체적으로 일치하니까 일단은 그런 것 같다고 해두지. 역시 자네 그 비상한 머리는 당해 낼 수가 없다니까.

대체적으로 일치하는 게 아니고 완전무결하게 일치할 겁니다. 모든 게 다 사실이니까요. 그런 것 같은 게 아니고 정확히 그렇다고 해두시죠.

자넨 불구경이 그렇게도 재미있나?

전에 말씀드렸지요. 부인하지 않겠다고 말입니다. 그 진술이 제 신상에 계속 불리하게 작용한다 하더라도 저로선 어쩔 수가 없습니다. 저한테는 불구경이 세상에서 제일 재미있는 구경인 것만은 엄연한 사실이니까요.

전경들한테 화염병을 던지는 기분은 어땠나? 그때도 그렇게 재미있었나?

불도 불 나름이겠죠, 뭐. 아무 불이나 다 구경의 대상이 되는 건 아니잖습니까. 결코 즐기기 위해서 던진 게 아닙니다. 화염병 투척은 그때 당시 상황에서 최루탄에 맞서기 위한 어쩔 수 없는 선택이었습니다.

무슨 말씀! 전경들이 대학생들 화염병 세례를 받고 불덩이로 변해서 어쩔 줄 모르고 펄쩍펄쩍 뛰는 꼴을 지켜볼 때, 전경대 삐쓰나 페퍼포그 차량이 화염에 휩싸여서 전소되는 광경을 바라볼 때 자넨 어떤 기분이었나? 그때 그 불구경하고 요즘 그 불구경하고 어떤 차이점이 있는가?

미란다 원칙에 따라서 방금 그 신문에 대한 진술을 단호히 거부하겠습니다.

역시 먹물 많이 먹은 친구들은 다루기가 여간 까다로운 게 아니라니까. 좋아, 좋아. 그 빌어먹을 미란다 원칙인지 미친다 원칙인지는 존중해 주지. 이건 내 개인적인 소감인데, 그때 법이 자네한테 너무 관용을 베풀었다고 생각해.

물론 자네가 그 당시 우리 경찰 수사에 적극 협조한 점은 제법 인정되지만. 아무리 그렇더라도 자네 같은 반사회적인 불순분자한테 구류 처분은 너무 심했던 거라구. 몇 년 징역을 때려서 정신이 번쩍 들도록 실형을 살렸더라면 오늘날 자네하고 내가 이런 관계로 만나서 이렇게 고생할 일도 없었을 텐데 말씀이야.

거기 대해서도 답변하지 않겠습니다.

좋아, 좋아. 그건 그렇고, 자네 취미가 불구경 쪽이 아니고 방화 쪽이란 증거는 여기 이 자네 애창곡에도 적실하게 나와 있어.

이춘영의 시 말입니까? 전에도 그 문제로 양 형사님하고 여러 번 언쟁을 벌인 것으로 기억하고 있는데요.

못된 임금님 궁전을 횃불로 태운다. 이 말은 무슨 뜻인가?

독자한테는 아무 잘못도 없습니다. 시인한테 직접 물어보시죠.

지끔 나하고 또 농담따먹기 하자는 거야, 뭐야?

그 시는 제가 안 써서 잘 모르겠습니다.

그래? 모르면 내가 일러주지. 이건 청와대를 화염병으로 공격하겠다는 뜻이야. 다시 말해서 폭력혁명으로 체제전복을 기도한다는 뜻이지.

거듭 말씀드리지만. 조선시대 시인이 어떤 의도로 그런 표현을 했는지 저로서는 잘 모르겠습니다. 다만, 자유민주주의 대한민국에 사는 국민인 제가 주목하는 대목은 바로 그 아랫구절입니다. 이렇게 풀 태우면 산은 기름져 삼사월에 고사리들 새순이 돋을 테지, 하는……

좌우지간에 요 시가 내용이 불순한 건 사실이잖아! '소산 행'이란 요 제목부터가 불구경이 아니고 산에다 불을 지른 다는 뜻이잖아!

내 손으로 직접 불을 지르겠다는 뜻이 아닙니다. 옛날 시 인이 상상 속에서 지른 산불을 저는 다만 감상만 하면서 감 동을 받을 뿐입니다.

도대체 산에 불지르는 게 뭐가 그렇게 감동적인가?

지난날 잘못된 것, 옳지 못한 것들을 몽땅 다 불태워 없 앤 자리에서 새롭게 돋아나는 아름다운 생명체들이 주는 감 동이죠. 말하자면 불이 가진 정화작용, 재생 능력 같은 것 에 흠뻑 매료당한다고나 할까요.

요번만큼은 기필코 밝혀내고야 말겠어. 불온사상을 담고 있는 이춘영의 선동시를 어떤 경로를 통해서 무슨 목적으로 입수하게 됐는지 육하원칙에 입각해서 소상히 말해 봐!

똑같은 실수를 저는 두번 다시 되풀이하고 싶지 않습니 다. 입 한 번 잘못 놀려서 죄 없는 친구들을 다치게 만드는 어리석은 짓은 철부지 대학생 시절 한 번으로 족합니다. 몇 년 전에 한문학을 전공한 어떤 친구를 도서관에서 우연히 만나 산불을 화제 삼아 얘기하다가 그 친구한테서 원문 없 이 번역문만 달랑 얻은 겁니다. 전에도 누차 말씀드렸다시 피 단지 그것뿐입니다. 그 이상은 정말이지 목에 칼이 들어 와도 밝힐 수 없습니다.

좋아. 자네가 정 그렇다면 그냥 통과하기로 하지. 원점으 로 빠꾸해서 다시 묻겠는데, 지난 3월 5일 20시경의 자네 행적을 입증해 보라구.

제 행적을 입증할 책임은 양 형사님한테 있는 게 아닙니까? 골백번을 물으셔도 제 대답은 한결같을 겁니다.

당일 15시경부터 20시경 사이에 자네 자취방에서 라디오 소리만 크게 들리고 인기척은 일절 끊겨 있었다는 참고인 진술이 벌써 확보돼 있어.

양 형사님이 그새 누굴 또 닦달했는지 어렵잖게 짐작이 가는군요. 차라리 오가작통법을 실시하는 게 좀더 효과적이지 않을까요?

오가작통법? 무슨 법 이름이 그 따위가 있나?

옛날에 우리나라에 그런 법이 있었답니다. 왕정시대 때 나라에서 민가를 다섯 가구씩 한 통으로 묶어서 무슨 일에 연대책임을 지우던 제도라고 하더군요. 그 편리한 법으로 은닉 범인도 색출하고 천주학쟁이들도 몽땅 잡아들이고……

누가 그 오가작통법을 몰라서 묻는 줄 알아? 시건방지게 유식 작작 떨고 묻는 말에 빨랑빨랑 대답이나 하란 말이야! 3월 5일 15시부터 20시까지 다섯 시간 동안 자넨 어디서 무슨 짓을 하고 있었나?

14시 무렵에 집쥔 아주머니가 감기몸살에 특효라면서 얼큰한 콩나물국을 제 방에 들여놓았지요. 아침 점심을 내리 굶었는데도 통 입맛이 안 땡겨서 두어 모금 마시다 말고 도로 쓰러져 잤습니다. 그날 오후 내내 약기운에 취해서 비몽사몽간에 방송 소리를 들으며 시간을 보냈지요. 18시 무렵에 누군가 방문을 두들기는 기척이 들렸지만 기운도 없고 만사가 다 귀찮아서 계속 그냥 자는 척했습니다. 그 뒤 20시 조금 지나서 집쥔 아저씨가 갑자기 산불이 났다고 마당에서 큰 소리로 떠들어대기 시작하더군요. 꼬리를 무는 사이렌 소리, 확성기 소리에 퍼뜩 정신이 들어서 이럴 때가 아니지 싶어 벌떡 일어났지요. 그래서 그날은 산불이 난 시간에 그 좋아하는 불구경을 하러 나가는 대신 수첩에다 제 알리바이를 적기 시작했지요. 그날 오후 방송 순서하고 내용을 대충은 다 기억할 수 있습니다.

길에서나 산에서도 얼마든지 들을 수 있는 게 바로 라디오야!

이거 양 형사님께 죄송해서 어쩌지요? 그날 제가 방에서 줄창 켜놓고 들은 건 라디오가 아니라 티브이였습니다. 눈을 감고 누웠어도 유선방송에서 틀어주는 중국 무술영화랑 연속극 재탕 소리는 제법 잘 들리더군요. 지금 와서 생각해보니 그날 하루종일 티브이를 틀어놓은 게 정말 잘한 짓인 것 같습니다.

담배 한 대 태우고 나서 계속하기로 하지. 자네도 한 대 태울 텐가?

제가 담배 안 피는 줄 형사님도 잘 아시잖습니까.

허어, 그랬던가? 자넨 그 뒤로도 여전히 담배 못 배웠나? 그런데 자네 방에서 일회용 라이터는 왜 지끔도 눈에 띄는 거지?

담뱃불 붙일 때말고도 일회용 라이터 용도는 다양하다고 생각합니다.

어떻게 다양하지? 임금님 궁전에 불지를 때? 화염병 심지에 불을 붙일 때? 모기향이나 양초에 불을 붙일 때?

일회용 라이터로 말씀드릴 것 같으면, 직업상 요긴하게

사용할 데가 아주 많습니다. 전자제품 수리하면서 알코올램프 켜놓고 작업하는 경우도 못 보셨습니까? 노총각 자취 살림에 휴대용 버너 사용하는 게 그렇게도 이상해 보이십니까? 어쩌다 정전이라도 돼서 양초에 불을 켤 때 성냥이나 라이터 대신 마술사처럼 손가락끼리 열나게 마찰시켜서 불을 일으켜야만 정상입니까?

들고 보니 자네 말이 제법 그럴 듯하긴 하구만. 그런데 자넨 요즘도 모기한테 물어뜯기며 사나? 춘삼월에 웬 모기향을 그렇게 잔뜩 끌어안은 채로 지내나?

산골 마을 각다귀떼가 좀 많고 좀 극성스럽습니까? 작년에 쓰고 남은 걸 버리기 아까워서 반 통 남짓 보관하고 있었을 뿐인데, 겨우 그 정도 갖고서 잔뜩 끌어안고 지낸다는 표현은 좀 지나친 과장의 말씀이 아닐까요? 혹시라도 욕심 나신다면 그건 양 형사님께 선물로 드리고 저는 의심을 피하기 위해서라도 금년에는 기필코 전자모기향으로 바꿀 용의도 있습니다.

좋아, 좋아. 다시 원점으로 빠꾸해서 묻겠는데. 3월 5일 17시 30분경에 대학교 앞 필승당구장 앞길을 혼자서 지나간 적이 있지? 자네하고 비슷한 인상착의를 한 청년이 밤색 인조가죽 잠바를 입고 지나가는 걸 봤다는 목격자가 나타났어. 자네 그 밤색 인조가죽 잠바는 지끔도 안녕히 잘 있겠지?

당구장 앞은 제가 평소에도 자주 다니는 길목입니다. 그 무렵에도 당구장 앞을 지나다닌 건 사실이지만, 3월 5일은 아닙니다. 왜냐면 그날은 아침부터 꼼짝도 않고 하루종일 방안에 누워만 있었으니까요. 어느 양반인진 몰라도 그 목격자하고 당장 대질을 시켜주십시오.

내가 서두르지 말랬잖아. 자네가 원치 않더라도 곧 대질을 시킬 거니깐 걱정 말라구. 사건 당일날 케이불 티부이 푸로그램 따위를 암기한다고 그것으로 자네 알리바이가 성립되는 건 아니야. 티부이 켜놓은 채로 슬쩍 방을 빠져나와서 17시 30분경 당구장 앞을 지나 일단 산하고 반대방향인 큰길 쪽으로 나간 다음 읍내 쪽으로 한참 가다가 철판구이 집 너머 인적이 뜸한 지점에서 산길을 타기 시작하면 18시 30분경엔 범행 현장에 도착할 수 있어. 거기서 모기향에 불을 붙이고 한 시간 반쯤 후에 발화되도록 모기향 길이를 조절해서 낙엽을 잘 덮은 다음 갔던 길을 되짚어 돌아온다면 20시 이전엔 충분히……

잠깐만요. 말씀 도중에 대단히 죄송하지만, 17시 30분이면 아직 어두워지기 전이잖습니까? 그리고 방에 티브이를 켜두는 건 알리바이를 방안에서 조작하려는 행동이잖습니까? 날이 어둡기도 전에 낯익은 잠바 차림으로 필승당구장 앞을 통과하자면 목격자가 한둘이 아닐 것이고, 그렇게 되면 그 시간에 방안에만 있었다는 알리바이도 저절로 깨질 판인데 세상에 어떤 바보가, 나 아무개 지금 산불 지르러 행차하는 중이요, 하고 광고 돌리면서 대학로를 활보할지 궁금하군요. 혹시 양 형사님 그 귀신 같은 추리력에도 약간 무리가 있는 게 아닐까요?

뭐가 어쩌고 어째? 내가 형삿밥 한두 해 먹어본 솜씬 줄 알아? 건방진 짜식 같으니! 잔말 말고 당일날 봤다는 그 티부이 푸로, 10분 단위로 잘게 쪼개서 조목조목 내용을 적어서 제출해!

이건 좀 엉뚱한 얘기 같지만, 혹시 양 형사님이 문제의 방화범 아니십니까?

뭐가 어쩌구 어째? 보자보자 허니깐 이 쌔끼가 증말!

외국에선 실제로 소방대원이나 경찰관 같은 특정 직업인들이 남들보다 먼저 화재 현장에 뛰어들어서 남들보다 먼저 공을 세울 욕심으로 일부러 불을 지른 사례가 더러 발견되고 있지요. 양 형사님 경우도 혹시 그래서 이렇게 무고한 사람 붙잡아다 놓고 우격다짐으로 범인을 만들려는 게 아닌가 싶어서요.

너 지난번처럼 또 혼꾸멍 좀 나볼래? 진짜 우격다짐이 어떤 건지 다시 한번 뜨거운 맛을 보여줄까?

정중히 사양하겠습니다. 우격다짐이 겁나서라기보다는 지금처럼 저를 인간적으로, 그리고 인격적으로 대접해 주시는 양 형사님 모습이 훨씬 더 보기 좋기 때문입니다.

허어, 이것 참…… 그래, 좋아! 낫살이나 더 먹은 내가 참기로 하지.

감사합니다. 피의자로서 저도 다음 신문에 성실히 진술할 준비가 돼 있습니다.

자네 입에서 기왕 말이 나온 김에 이 외국 방화 사례들부터 먼저 짚고 넘어가기로 하지. 지난번 조사 이후로도 계속 신문기사 자료들을 수집해 놓느라고 그동안 수고가 대단히 많았겠구만.

수고는요. 다 인터넷 덕분이죠. '방화'란 단어만 입력시키면 컴퓨터란 요술상자가 혼자 다 알아서 수도꼭지같이 온갖 정보들을 좔좔 흘려 보내주는 참 편리한 세상이거든요.

레벨 원 다시 훠티쎄븐 오부 투 헌드레드…… 이게 뭐지? 자네가 가장 최근에 읽은 기사 같은데, 여기 뭐라고 적혀 있는 건가?

글쎄요, 제가 보기엔 영어 같은데요.

한 번 번역해 봐.

압수 증거물에 대한 번역 책임은 경찰 쪽에 있지 않을까요?

영어나부랭이 좀 지껄일 줄 안다구 내 앞에서 지끔 폼잡는 거야, 뭐야? 나두 자네만큼 대학물 먹어본 사람이야. 딕쇼나리 옆에 놓고 단어 한두 개씩 찾아가며 읽는다면 나두 이 정도는 얼마든지 해석할 수 있다구.

저는 양 형사님 영어 실력에 대해서 아무 말도 한 적 없습니다.

범죄와의 전쟁을 오래 치르다 보니까 그새 낮에 배운 영어 밤에 안 되고 밤에 배운 영어 낮에 안 되는 게 사실이긴 하지만.

정중히 부탁해 오신다면 변변찮은 실력이나마 제가 어떻게 성의껏 양 형사님을 도와드리는 방법도 있긴 합니다만……

좋아. 정중히 부탁하겠네. 까불지 말고 빨랑 번역이나 해보라구.

'더 컬럼버스 디스패치' 신문. 1996년 2월 25일자.

그 대목까진 나도 대충 알고 있어.

Headline: Arsonists fit no set pattern, one could even be a nun. 제목: 방화범에는 특정 유형이 없다, 수녀일 수도 있

다…… 화재들은 성냥불을 댕기는 사람들만큼이나 다양한 이유로 저질러진다고 화재 전문가들은 말한다. 질투심에 사로잡힌 연인들은 분노에 휘말려든다. 신성함에서 안식을 찾는 교활한 수녀도 있다. 성냥에 대한 집착을 버리지 못하는 어른들…… 계속할까요?

패나 재미있는 기사구만. 내가, 그만, 하고 말할 때까지 계속하라구.

존 캘러헌은 컬럼버스 소방관으로 25년 간, 방화조사관으로 20년 간 근무하면서 그들을 모두 보았다. 매디슨 타운에서 최근 18건의 의심스런 화재가 발생했다. 범인들이 일정한 특징을 갖는 보통 범죄와는 달리 방화는 모든 유형의 사람들에 의해 저질러진다고 방화조사관 래리 파이퍼는 말했다. "점잖은 신사일 수도 있고 길거리의 운수 나쁜 사람일 수도 있죠." 방화의 동기로는 사기, 복수, 범죄 은폐, 청소년 비행, 주의를 끌려는 목적, 시민적 소요 사태, 방화광 등이 있다. 조사관들은 화재가 범죄적으로, 의도적으로 일어났을 때 그것을 방화로 분류한다. 증거는 명확하지 않으나 의도적인 화재로 나타나면 그것은 의심스런 것으로 분류된다고 캘러헌은 말했다. (중략) 불을 계속 지르는 방화범들은 비교적 흔하지 않다고 캘러헌은 말했다. 그는 방화광, 파괴적인 화재를 저지르려는 지속적인 충동을 가진 방화광을 연쇄살인범과 비교했다. "동기는 흥분을 느끼거나 분노를 터뜨리려는 것일 수도 있습니다."라고 캘러헌은 말했다. 그의 말에 따르면, 다른 동기는 심리적이거나 성적인 안도감을 찾으려는 것일 수도 있다. "그것은 남몰래 하는 범죄입니다. 밤에, 혼자서, 목격자 없이." 그는 말했다. 대부분의 방화범들은 믿을 수 없고 의기소침한, 고독을 사랑하는 사람들로 분류할 수 있다고 한다. 대부분이 남자지만, 예외도 있다. 캘러헌은 수년 전 이스트사이드의 노파들을 위한 사회복지시설에서 일어난 12건의 설명할 수 없는 화재들을 기억했다. 그 화재들은 한 달 가량 그 집에서 잠복근무했던 조사관들을 좌절시켰다. "조사관들이 떠나기만 하면 화재가 일어났지요."라고 캘러헌은 말했다. 결국 방화범은 붙잡혔다. "범인은 우리를 그 건물로 들여보내주었던 작은 수녀였어요. 우리한테, 부엌이 어디 있는지 아시죠, 당신들을 위해 커피를 마련해 놓았어요, 하고 말하던 바로 그 수녀 말이죠."

그만!

그 수녀는 법정 정신과 의사로부터 상담을 받았고……

그마안! 됐어. 수고했어. 방화범한테도 유익하겠지만 우리 경찰관한테도 대단히 유익한 기사 같구만. 나중에 전문가를 시켜서 몽땅 다 번역해 놓을 거니깐 이 건은 이 정도로 끝내기로 하지.

전문 번역이 끝나는 대로 기사철은 저한테 돌려주셔야 합니다.

물론이지, 자네가 이 사건에서 방화 혐의를 벗기만 한다면 말이야. 그런데 자넨 그 중에 어느 쪽인가?

무슨 말씀이죠?

자네 방화 동기는 도대체 뭔지 말해 주겠나? 화염병은 벌써 졸업했으니깐 시민적 소요는 아닐 테고, 청소년 비행이나 사기도 물론 아닐 테고…… 복수? 주의를 끌려는 목적?
방화광? 아니면 그 셋을 모두 합친 것?

그 질문에 꼭 대답을 해야만 되나요?

대답해야 돼. 내가 보기엔 캘 뭣인가 허는 그 조사관이
얘기한 대로 자넨 방화범으로서 갖춰야 될 삼박자를 골고루
다 갖추고 있어. 믿을 수 없고, 의기소침하고, 고독을 사랑
하는 사람. 어때? 바로 자네 얘기잖아?

방금 그 기사 바로 뒷부분에선 현직 소방수가 방화범으로
밝혀집니다. 그리고 아마 그 앞쪽에 들어 있는 '버팔로 뉴
스'지 기사일 겁니다. 거기 보면 현직 경찰관이 방화범으로
등장하기도 하지요. 아까도 제가 말했듯이 승진에서 번번이
누락된, 무능하고, 의기소침하고, 고독하고, 그래서 믿을
수도 없는 공무집행자들이 제 손으로 불을 지르고는 맨 먼
저 화재 현장에 출동해서 결정적인 공을 세우고는 영웅이
되려고 하지요.

지끔 소방수나 경찰관 얘기가 아니라 자네 얘길 묻고 있
는 중이야!

미안하지만, 저는 아닙니다.

왜 아니지? 뭐가 아니야?

불을 지른 적이 없기 때문에 방화범도 아니라는 얘깁니다.

자네가 방화범이 아니란 증거를 대봐!

제가 방화범이란 증거를 대십시오!

유독 방화 사건을 다룬 외국 신문 기사들만 탐독하면서
그걸 집중적으로 연구하는 이유는 뭔가?

개인적인 호기심 때문입니다. 조용하던 산골 마을에 언젠

가부터 방화임에 틀림없는 도깨비불 같은 산불이 자주 발생하는 걸 보면서 갑자기 방화 문제 쪽에 관심을 갖기 시작했던 겁니다.

그건 말이 안 돼! 말이 되는 소릴 하란 말이야!

좋습니다. 그럼 지금부터 말이 되는 소리를 하지요. 따지고 보면 이 모든 게 다 경찰 탓입니다. 우리 경찰이 유능해서 사건 초기에 일찌감치 범인을 검거했더라면 저는 방화 문제 따위에 아무 관심도 안 가졌을 겁니다. 도깨비불 같은 산불이 계속 일어나고, 그 때문에 수많은 사람들이 고통을 당하는 판인데 주민의 한 사람으로서 어떻게 방화 문제에 관심을 안 가질 수가 있겠습니까?

그래서 지끔 범인을 검거하기 위해 자넬 붙잡고 이렇게 애를 쓰고 있잖아!

좋습니다. 동기가 복수라구요? 방화 동기가 아니고 불구경 동기라면, 맞는 얘깁니다. 나 자신을 상대로 처절하게 복수극을 벌이고 싶었습니다. 동지들을 헐값에 경찰에다 팔아넘기고 풀려난 과거의 나를 열 번이고 백 번이고 불구덩이 속에 처넣고는 태워죽이고 싶었습니다. 그래서 그렇게 산불이 날 때마다 득달같이 달려가서 나를 불 속에 집어던지고는 내가 타죽는 꼴을 만판 즐겼던 겁니다. 이제 됐습니까? 이제 속이 시원하십니까? 빌어먹을!

많이 흥분한 모양인데, 건강상 해로우니깐 흥분은 절대 금물이라구. 이런, 시간이 벌써 이렇게 됐네. 자네 시장하지? 우리, 민생고부터 해결하고 나서 나중에 천천히 계속하기로 하지. 짜장면 시켜줄까?

필요 없습니다, 빌어먹을!

어이, 김 일경! 여기 짜장 곱빼기 둘, 번개 배달!

양 형사님이나 많이많이 드시고 많이많이 힘내셔서 앞으로도 무고한 백성들 많이많이 괴롭히십쇼, 빌어먹을!

자네, 젊은 사람이 그러는 거 아니야. 사정이 이렇게 어려운 땔수록 어쨌든 많이 먹고 뱃심을 든든히 키워서 오래 견디는 게 상책이지. 그건 그렇고, 짜장면 도착할 때까지 막간을 이용해서 3월 5일 15시경부터 20시경 사이 자네 행적을 여기다 다시 한번 상세히 적어주겠나?

비일어먹을!

불이야, 불!

오랜 기간에 걸쳐 재수사에 철저히 대비해 왔던 듯 그는 처음부터 매우 자신만만한 표정이었다. 수사 경력에 오점으로 남아 있는 몇 년 전의 불명예를 이번 기회에 기필코 만회하고야 말겠다는 빳빳한 의지가 그의 얼굴을 고슴도치 모양으로 그득 뒤덮고 있었다.

"이 친구가 바로 그 친군가?"

그의 동료 하나가 내 어깨를 툭 건드린 다음 그에게로 다가가면서 물었다. 그는 노트북 컴퓨터를 켜놓고 신문을 준비하다 말고 말없이 고개만 끄덕였다.

"보아하니 어설프게 상대했다간 양 형사가 거꾸로 되치기 당하겠어. 옴짝달싹도 못하게끔 처음부터 아주 단단히 다루라구."

늙수그레한 고참 형사가 자리를 뜨기 전에 그에게 건넨 충고의 말이었다. 지난번 조사 때와 비교하면 분위기가 그래도 많이 달라진 편이었다. 그때는 이 사람 저 사람 오며 가며 동네북 취급하듯 머리통을 툭툭 쳐대거나 괜히 곁에서 호통을 쳐 잔뜩 겁을 주는 험악한 분위기였었다. 아, 달라진 게 한 가지 더 있다. 컴퓨터였다. 그때는 구닥다리 타이프라이터였었는데, 그새 그의 기록 수단이 신형 노트북으로 개비되어 있었다. 그에 걸맞게 신문 방법 또한 첨단과학적인 것으로 개비되었다면 얼마나 좋을까. 단단히 별러대는 그의 태도로 보아 어쩌면 이번에는 쉽사리 풀려나지 못할지도 모른다는 자발없는 생각이 얼핏 들었다. 그의 강압에 맞서 이기기보다는 차라리 내가 구속돼 있는 동안 지난번처럼 또 그 미지의 진범이 산에 불을 지름으로써 극적인 방법으로 나를 도와주는 요행수를 재차 기대하는 편이 나을 것 같았다.

"어이, 김 일경!"

그는 정식 신문에 앞서 우선 자신의 위엄부터 본때 있게 드러낼 심산인 것 같았다. 새파랗게 젊은 의경 하나가 황급히 달려와 그의 옆에 부동자세로 대기했다. 새내기 대학생 시절에 입대한 듯 어리디어린 티가 쪽쪽 흐르는, 순진한 인상의 젊은이였다.

"저것 좀 빨랑 치우지 못하겠어?"

그의 호통을 듣고서야 뒤늦게 젊은 의경은 비어 있는 옆자리 책상 밑에서 뭔가를 발견한 모양이었다. 의경이 꾸부정한 키를 접고는 한목에 포개진 설렁탕 뚝배기 세 개를 바닥에서 허둥지둥 집어들었다. 그 순간 의경의 눈과 내 눈이 공교롭게도 딱 마주쳤다. 피의자가 지켜보는 자리에서 젊음의 스타일을 왕창 구겼다 해서 자존심에 상처라도 받았는지 의경의 얼굴은 대번에 홍당무로 변했다. 자존심 때문에 얼굴을 붉히다니, 참 좋은 나이구나. 들어올 때와 마찬가지로 황급히 달려나가는 젊은 의경의 뒷모습을 바라보면서 나는 한숨을 포옥 내쉬었다. 남자로서 화염병 투척 경력을 쌓을 일도 없이 제 자존심 고이 건사한 채로 대학을 다니고 병역 의무도 수행해 가며 젊은 시절을 보낼 수 있다는 게 대한민국에서 얼마나 큰 행복인지 저 친구가 과연 짐작이나 할까.

"이렇게 자주 만나게 돼서 무지무지 반갑구만."

개회 선언이라도 하는 투로 그가 활짝 웃어 보였다. 그 웃음 속에 담긴 강자의 여유가 갑자기 내 잠든 전의를 흔들어 깨웠다.

"저는 눈곱만치도 반갑지가 않습니다."

나는 대드는 기세로 퉁명스럽게 대꾸했다. 이건 아닌데. 계속 느물거리며 시간을 끄는 그를 보고 나는 비로소 상대방의 속셈을 알아차렸다. 강압 일변도로만 몰아세우던 지난번 조사 때와는 태도가 영 딴판이었다. 이런 식으로 대응했다간 결국 또 큰코다치지. 조급히 굴면 굴수록 상대방 작전에 말려들어 피를 보게 된다구. 자꾸만 내 성깔을 건드려서 실수를 유발하려는 술책이 틀림없었다.

"성명은?"

마침내 신문이 시작되었다. 내가 결코 호락호락한 상대가 아님을 그에게 일깨워주기 위해 나는 그보다 한술 더 떠서 느물거릴 필요가 있었다.

"아시면서."

"주민등록번호는?"

"다아 아시면서."

워낙 구면인지라 그와 나 사이의 인정신문 형식은 사실상 요식행위에 지나지 않는 것이었다. 거듭되는 내 진술 거부를 그는 강자의 여유로 진드근히 잘 참아내고 있는 기색이었다.

"좋아. 시간 관계상 지난번 조서 내용대로 적기로 하지."

"제발 부탁입니다. 지난번처럼 또 무직이라고 적지 마시고 이번에는 가전제품 수리공 정도로 제 직업을 격상시켜 주시기 바랍니다."

"그래, 좋아. 자네 부탁인데 안 들어줄 수가 없지. 그렇다면 직업은, 에 또, 무직이라…… 에 또, 주거는 부정이라……."

"너무 고마워서 눈물이 다 나올 지경이군요."

내 의사에 반하여 내게 불리한 상황으로 조서를 꾸미고 있는 그를 나는 속수무책으로 바라만 볼 수밖에 없었다. 그는 양손의 집게손가락만을 사용해서 컴퓨터 자판을 두드렸다. 이른바 독수리 타법이었다. 날카로운 부리로 먹잇감을 콕콕 쪼아대듯 갈고리 모양으로 구부린 두 개의 손가락을 교대로 내려찍어 조서 작성에 필요한 자모들을 자판 위에서 휙휙 낚아채고 있었다. 역시 도구만 첨단으로 바뀌었을 뿐 사용법은 과거 타이프라이터 시절에 비해 전혀 달라진 게 없었다. 덩치에 안 어울리게끔 애들 장난감 갖고 서툴게 노는 어른을 연상시킴으로써 그에게서 일말의 인간적인 면모마저 느끼게 만드는 장면이었다.

"농담따먹기 그만 하고, 지난 삼월 오일 이십시경에 어디서 무슨 일을 하고 있었는지 얼른 바른 대로 대답해!"

이를테면 그것은 인정신문의 종식이자 본격신문의 개시를 알리는 신호였다. 요식행위에 지나지 않는 인정신문이 경우에 따라서는 물고문이나 전기고문보다 더 지독한 고통을 피의자에게 안겨줄 수도 있는 법이었다. 가족관계를 묻는 상투적인 절차를 생략한 채 다음 단계로 넘어가주는 건 그의 또 다른 인간적 면모에서 비롯되는 아량이라고나 해야 할까. 아, 아버지……

"바로 그 전날, 그러니까 삼월 사일에 원터마을 원룸아파트 마감공사로 많이 무리를 한 덕분에 그날은 몸살이 아주 심해서 하루종일 꼼짝도 못하고 자취방에 드러누워서 꿍꿍 앓고 지냈습니다. 몸살 땜에 그 아까운 불구경까지 놓쳐서 이래저래 손해가 막심했던 하루였지요."

그가 상기시켜 주지 않는 아버지를 나는 실로 오랜만에나 스스로 기억 속에서 불러냈다. 그러자 사법 당국으로부터 참고인 소환장도 받지 않은 아버지가 그 먼 길을 단숨에 달려와 경찰서에 자진 출두하는 것이었다.

"전경들한테 화염병을 던지는 기분은 어땠나? 그때도 그렇게 재미있었나?"

아들이 집회 및 시위에 관한 법률 위반으로 구속된 사실을 어떻게 알아냈는지 뜻밖에도 아버지가 불쑥 구치소로 면회를 왔다.

"불도 불 나름이겠죠, 뭐. 아무 불이나 다 구경의 대상이 되는 건 아니잖습니까. 결코 즐기기 위해서 던진 게 아닙니다. 화염병 투척은 그때 당시 상황에서 최루탄에 맞서기 위한 어쩔 수 없는 선택이었습니다."

어렵게 마련해 준 대학 입학등록금을 들고 천성원 문을 나선 이후 처음 대면하는 아버지였다.

"무슨 말씀! 전경들이 대학생들 화염병 세례를 받고 불덩이로 변해서 어쩔 줄 모르고 펄쩍펄쩍 뛰는 꼴을 지켜볼 때, 전경대 뻐쓰나 페퍼포그 차량이 화염에 휩싸여서 전소되는 광경을 바라볼 때 자넨 어떤 기분이었나? 그때 그 불구경하고 요즘 그 불구경하고 어떤 차이점이 있는가?"

사람새끼로 태어나 세상 살아가는 데 필수불가결한 성씨를 내게 나눠주고 큰 나무처럼 튼튼하게 잘 자라 무성하게 번식하라는 뜻으로 건식이라는 이름까지 지어준 분이었다. 아버지를 대하는 순간 내부에서 교차하는 만감을 나는 엉뚱한 말로 대신해 버렸다.

뭐 하러 이런 데까지 찾아오셨습니까, 원장님.

"미란다 원칙에 따라서 방금 그 신문에 대한 진술을 단호히 거부하겠습니다!"

아버지는 자신의 귀를 의심하는 듯 오랜만의 만남에서 냉연하게 외면하는 아들을 한참이나 우두커니 바라만 보다가 파들파들 경련이 묻어나는 입술을 간신히 달막거렸다.

인제는 아버지라고 부르지도 않는구나.

원장님도 이젠 많이 늙으셨군요.

"역시 먹물 많이 먹은 친구들은 다루기가 여간 까다로운 게 아니라니까. 좋아, 좋아. 그 빌어먹을 미란다 원칙인지 미친다 원칙인지는 존중해 주지. 이건 내 개인적인 소감인데, 그때 법이 자네한테 너무 관용을 베풀었다고 생각해. 물론 자네가 그 당시 우리 경찰 수사에 적극 협조한 점은 제법 인정되지만, 아무리 그렇더라도 자네 같은 반사회적인 불순분자한테 구류 처분은 너무 심했던 거라구. 몇 년 징역을 때려서 정신이 번쩍 들도록 실형을 살렸더라면 오늘날 자네하고 내가 이런 관계로 만나서 이렇게 고생할 일도 없었을 텐데 말씀이야."

"거기 대해서도 답변하지 않겠습니다!"

애야, 제발 나한테 그러지 마라. 부탁이다.

총무님도 안녕하시죠? 동생들도 모두 잘들 있고요?

누가 뭐라 해도 너는 내 아들이다. 나는 니 애비고. 언제나 나는 니 편이고, 여전히 널 사랑한다.

"좋아, 좋아. 그건 그렇고, 자네 취미가 불구경 쪽이 아니고 방화 쪽이란 증거는 여기 이 자네 애창곡에도 적실하게 나와 있어."

"이춘영의 시 말입니까?"

지난번 조사 때와 붕어빵처럼 닮은꼴이었다. 이춘영의 시 「소산행」을 둘러싸고 그와 나 사이에 지겨운 공방이 또다시 전개되기 시작했다. 이춘영은 조선 선조 연간의 문신이자 문장가로서 같은 서인 출신의 정철이 세자 책봉 문제로 유배당할 때 함께 연루되어 함경도 삼수 땅으로 귀양살이를 갔던 인물이다. 이춘영에 관해서 내가 아는 건 단지 그 정도밖에 없었다.

"못된 임금님 궁전을 횃불로 태운다. 이 말은 무슨 뜻인가?"

대관절 그 무엇이 그렇게도 착하기만 하던 내 아들을 이지경으로 강팔지게 만들었는지 모르겠구나.

아버지는 가슴 복판이 움푹 꺼져 내리도록 크게 한숨을 내쉬었다.

"독자한테는 아무 잘못도 없습니다. 시인한테 직접 물어보시죠."

"지끔 나하고 또 농담따먹기 하자는 거야, 뭐야?"

"그 시는 제가 안 써서 잘 모르겠습니다."

"그래? 모르면 내가 일러주지. 이건 청와대를 화염병으로 공격하겠다는 뜻이야. 다시 말해서 폭력혁명으로 체제전복을 기도한다는 뜻이지."

글쎄요. 태어나자마자 세상 한구석에 버려져서 원장님 슬하에 들어간 후로 제가 과연 한 번이라도 착해 본 적이 있었는지 의문이군요.

애야, 부탁이다. 제발 이 애비 앞에서 그런 식으로 말하지 마라. 세상살이가 정 힘들거든 언제든지 다시 집으로 돌아오너라. 집에서도 니가 할 일은 얼마든지 있으니까.

죄송합니다. 집으로 돌아가는 길을 저는 잃어버렸습니다. 아버님이나 어머님께로 돌아가는 길도, 동생들한테로 돌아가는 길도 이젠 모두 다 잃어버렸습니다. 애시당초 내 슬하엔 그런 놈이 있지도 않았거니, 처음부터 알지도 못하거니, 생각하시고 그만 저를 잊어주십시오, 원장님.

아니다. 사람이 그럴 수는 없다. 밤마다 우리 온 식구들
이 한자리에 모여서 널 위해 간절히 중보기도를 올리고 있
단다.

잘못 보신 겁니다. 이전에 천성원에서 지내던 제가 아닙
니다. 그 작자는 이미 오래전에 죽어버렸습니다. 가족들 중
보기도를 감당할 대상이 없어져 버린 겁니다. 그만 돌아가
주십쇼, 원장님.

지난날 수십 명 가족들의 기대를 한몸에 받던 시절이 분
명히 있었다. 한때 나는 천성원 안에서 최고의 스타요 동생
들의 우상이었다. 부모님은 물론이고 수많은 동생들까지도
내가 장차 크게 될 인물임을 믿어 의심치 않았다. 한번도
입 밖에 내어 말한 적은 없지만, 어쩌면 부모님은 내가 장
차 큰 인물로 성장해서 제법 싹수가 있어 보이는 어린 동생
들 두어 명쯤 뒷배를 봐주기를 은근히 소망했을지도 모른
다. 장차 큰 인물이 되기만 한다면 나 역시 기꺼이 그렇게
할 생각이었다. 동생들 두어 명쯤이 문제가 아니라 가뜩이
나 어려운 대식구 살림에 허리가 작신 휘는 부모님께도 든
든한 기둥 노릇을 해드리고 싶었다. 친혈육보다 더 끈끈한
사랑의 유대로 똘똘 뭉친 그 작고 아름다운 공동체를 위해
서라도 나는 반드시 큰 인물이 될 필요가 있었다.

집 떠난 아들을 위해서 항상 문을 활짝 열어놓고 기다리
마. 마음이 바뀌거든 아무 때라도 꼭 집으로 돌아오너라.

아마 기다리지 않으시는 게 좋을 겁니다. 앞으로 그럴 일
은 절대로 없을 겁니다. 천성원 문은 열려 있을지 몰라도
제 문은 꼭꼭 닫혀 있으니까요.

그러나 서울에서 시작된 유학 생활이 내 청운의 꿈을 잠
깐 사이에 백팔십도 바꿔놓고 말았다. 나는 대학에 입학하
고 나서 나를 거두고 키워준 천성원으로부터 빠른 속도로
멀어지기 시작했다. 집과 부모님과 동생들 모두로부터 나
자신을 철저히 격리시켜 버렸다. 때로는 서럽고 또 때로는
분하고 억울하기도 한 고학 생활을 통해 너무 빨리 우리 사
회의 구조적 모순과 부조리한 현실을 알아버린 까닭이었다.
가족들의 사랑에 대한 배신 행위로 그들로부터 멀어지려는
게 결코 아니었다. 오히려 보다 더 진정한 방법으로 그들을
사랑하기 위해서는 어쩔 수 없이 그들로부터 멀어져야 한다
는 이율배반적인 논리로 나 자신을 애써 설득했다. 어느 하
루 짐 벗고 허리 펼 겨를도 없이 항상 힘에 부치는 살림을
꾸려 나가는 아버지를 도와 기껏 싹수 있는 동생들 두엇 정
도 맡아 거두어주는 것만이 능사는 아니었다. 그것은 끽해
야 떡고물 푼수에 지나지 않는 알량한 선물이었다. 독재정
권을 무너뜨리고 민주주의를 회복시켜 기울어진 나라를 바
로 세우는 그것이야말로 이 사회에서 대표적 소외계층인 내
가족들에게 떡시루를 통째로 안겨주는 가장 값진 선물이자
진정한 사랑임이 틀림없다고 확신했다. 날이 갈수록 학업을
팽개친 채 동료들과 함께 스크럼을 짜고 길거리로 진출하는
일이 잦아졌다. 이튿날 데모에 사용할 몰로토프 칵테일을
만드느라 동아리 사무실에서 번번이 밤을 꼬빡 새우다시피
하기도 했다.
　　"요번만큼은 기필코 밝혀내고야 말겠어. 불온사상을 담고
있는 이춘영의 선동시를 어떤 경로를 통해서 무슨 목적으로

입수하게 됐는지 육하원칙에 입각해서 소상히 말해 봐!"

그가 갑자기 워드 작업을 중단하면서 컴퓨터를 두드리던 손으로 책상을 탁 내리쳤다. 유들유들하기만 하던 그의 표정은 그새 많이 허물어져 있었다. 차츰 신경질을 나타내기 시작하는 그를 보면서 나는 회심의 미소를 지었다.

"똑같은 실수를 저는 두 번 다시 되풀이하고 싶지 않습니다."

나한테는 다른 무엇보다도 아버지를 경찰서 밖으로 내보내는 일이 시급해졌다. 초청하지도 않은 자리에 스스로 나타나 신문 현장에 자진 입회해서 이제는 방화범의 혐의까지 뒤집어쓰게 된 아들의 초라한 꼬락서니를 당신 눈으로 직접 확인하게끔 방치한다는 건 자식 된 도리로 차마 못할 짓거리였다.

원장님이 먼저 일어나셔야만 저도 일어날 수 있습니다.

나는 아버지에게 간곡한 말씨로 거듭 종용했다. 어느새 아버지의 늙은 두 눈은 붉게 충혈되어 있었다.

얘야, 이것만은 꼭 명심하거라. 이 애비는 언제나 니 편이고, 언제나 널 위해 기도하고 있다.

안녕히 가시고, 다시는 절 찾지 말아주십시오.

허청거리는 걸음걸이로 면회실을 나가는 아버지를 나는 말없이 눈으로 배웅했다. 죄송합니다. 아버님. 여전히 아버님을 사랑하고 존경합니다. 나는 쏟아지려는 눈물을 가까스로 참으며 돌아섰다. 바르게 살아라. 의롭게 살아라. 늘 성경 말씀 꼭 붙들고 기도하며 살아라. 어린 시절부터 귀에 못이 박이도록 들어온 아버지의 가르침이 새삼스레 또 귓전을 때리기 시작했다. 그 가르침을 헌신짝같이 팽개쳐 버린 나는 이미 아버지의 아들이 아니었다. 아버지의 아들이 될 수가 없었다. 바로 그 빌어먹을 사랑이란 애물단지 때문에 앞으로 다시는 아버님께로 돌아갈 수 없게 된 이놈을 부디 용서해 주시기 바랍니다. 아버님.

"입 한 번 잘못 놀려서 죄 없는 친구들을 다치게 만드는 어리석은 짓은 철부지 대학생 시절 한 번으로 족합니다."

지방 대학에 시간강사로 나가는 동창 친구를 통해서 우연히 찾아낸 한시였다. 한글 번역도 그 친구의 솜씨였다. 내가 누구라고 이름을 댈 경우 그 친구는 색안경을 끼고 바라보는 사람들의 편견과 선입견 속에서 툭하면 이리저리 불려다니며 엉뚱한 곤욕을 치르는 등으로 갖가지 불이익을 당할 게 너무도 뻔했다. 뻔히 알면서 같은 바지에 또다시 생똥을 지릴 수는 없는 노릇이었다.

"좋아. 자네가 정 그렇다면 그냥 통과하기로 하지. 원점으로 빠꾸해서 다시 묻겠는데, 지난 삼월 오일 이십시경의 자네 행적을 입증해 보라구."

그는 한편으로 크게 선심을 쓰는 척하면서 다른 한편으로는 내 발목을 더욱 단단히 옭아맬 올무를 놓고 있었다. 일정한 시차를 두고 같은 질문을 반복함으로써 저번 대답과 이번 대답 사이에 비어져 나오는 미묘한 모순을 취약점으로 들이대며 그걸 집중 추궁하겠다는 상투적인 수법이었다. 이번 재수사의 핵심이 바로 그 시기에 맞춰져 있으니까 3월 5일 오후의 내 행적은 아마도 조사가 다 끝날 때까지 몇 번이고 계속 추궁당하게 되겠지.

그는 마치 경찰 업무에 적극 협조한 대가로 내가 정부로부터 무슨 엄청난 은택이라도 입은 양 불만스럽게 말한 바 있지만, 그건 실상을 모르는 소리였다. 따지고 보면 엇비슷한 죄를 짓고도 실형을 살았거나 강제 징집되어 최전방에서 죽도록 고생한 후 제대한 다른 친구들에 비한다면 내가 받은 구류 처분은 물론 은택일 수도 있었다. 하지만 그게 과연 나한테 명실상부한 은택이 되었던가. 주민등록증처럼 평생 지니고 다녀야 될 배신자로서의, 변절자로서의 낙인이 과연 은택의 징표일 수 있단 말인가. 한바탕 호된 고통을 겪고 나와 당당한 자세로 대로를 활보하며 두고두고 자유를 누리는 친구들의 삶이 오히려 진정한 의미의 은택에 해당할 것이었다.

　결과적으로 나는 잠시의 외출을 얻기 위해 평생의 휴가를 반납해 버리는, 어리석기 짝이 없는 뒷거래를 하고 만 셈이었다. 내가 은신처나 연고자를 찍어주는 바람에 차례로 검거되어 줄줄이 들어온 친구들이 뒤늦게 졸경을 치르는 광경을 보면서 나는 내 허약한 맷집을 무던히도 원망했다. 불침불면의 고통을 오래 견디어내지 못한 내 박약한 의지를 원망하고, 함께 수배되었던 동료들 중 하필이면 제일착으로 검거될 수밖에 없었던 나의 재수 없음을 두고두고 원망했다. 그날 평생 연고지라곤 오로지 천성원밖에 모르고 살아온 고아 출신으로서 마땅한 은신처가 없어 빨리 검거될 수밖에 없었던 내 꾀죄죄한 처지가 심히 원망스러웠다. 만일 내 대신 제놈들이 제일착으로 검거됐더라면 제놈들 역시 용빼는 재주는 없었을 테지, 만일 그랬더라면 지금쯤 제놈들하고 나는 입장이 완전히 뒤바뀌어 있을 테지, 하는 억지스런 생각으로 무수히 자위를 삼기도 했다.

그때의 그 신산스런 체험을 통해 나는 그제껏 모르고 있던 내 주제꼴을 비로소 제대로 파악하게 되었다. 애당초 나 같은 인간은 나라가 어떻고 사회가 어떻고, 해가며 대의를 추구할 만한 그릇이 못 되었다. 그저 비겁하고 유약한 일개 범부필부에 지나지 않는 인간이었다. 배운 도둑질 적당히 활용해서 어찌어찌 돈푼이나 손에 쥐게 되면 싹수머리 내다뵈는 동생들 두엇 뒷배를 봐주는 정도가 나한테는 제격이었다. 그러나 이미 때는 늦어 있었다. 이제 와서 어쩌겠는가, 동생들이 있는 집으로 돌아갈 그 길을 이미 잃어버리고 만 것을.

"좋아, 좋아. 다시 원점으로 빠꾸해서 묻겠는데, 지난 삼월 오일 십칠시 삼십분경에 대학교 앞 필승당구장 앞길을 혼자서 지나간 적이 있지? 자네하고 비슷한 인상착의를 한 청년이 밤색 인조가죽 잠바를 입고 지나가는 걸 봤다는 목격자가 나타났어."

구치소 문을 나서자마자 내가 맨 먼저 한 일은 자퇴 절차를 밟는 것이었다. 대학생 생활을 중동무이한 다음 나는 곧바로 삼수갑산만큼이나 나 자신을 세상으로부터 완전 격리시키기에 적당한 유배지를 찾아 여기저기를 전전하기 시작했다. 한때의 판단 착오로 나라가 내게 미처 가하지 못한 징벌을 나 스스로 마저 다 치르는 일이 나한테는 다른 무엇보다 급선무였다.

"당구장 앞은 제가 평소에도 자주 다니는 길목입니다."

그러는 과정에서 어찌어찌 연줄이 닿아 한창 대학 건물 신축공사가 진행 중이던 현재의 산골 마을까지 흘러들어오게 된 것이다.

"그 무렵에도 당구장 앞을 지나다닌 건 사실이지만, 삼월 오일은 아닙니다. 왜냐면 그날은 아침부터 꼼짝도 않고 하루종일 방안에 누워만 있었으니까요. 어느 양반인진 몰라도 그 목격자하고 당장 대질을 시켜주십시오."

대학이 정식으로 개교를 하고 학생들이 떼지어 몰려다니면서부터 캠퍼스 주변엔 어느새 대학촌이 형성되기 시작했다. 신축공사가 마무리되어 잡역부로서의 일거리가 끊긴 뒤에도 나는 내처 산골 마을을 떠나지 않았다. 마침내 내 최종 유배지가 결정된 까닭이었다. 높고 낮은 산들로 빙 둘러싸인 산골 마을이 여간 마음에 드는 게 아니었다. 배소(配所) 앞에 서면 눈에 보이는 거라곤 온통 산과 대학 캠퍼스뿐일 정도로 세상 쪽과 한참 거리를 두고 있는 곳이었다. 마을 주민들도 마음에 들었다. 골짝 전체가 빠르게 대학촌으로 변모하면서 마을 인심도 덩달아 빠르게 변해 가는 것 같았지만, 알고 보면 여전히 순박하고 좋은 사람들이었다. 급격한 변화를 겪는 마을인 만큼 사방에 내가 거들 일도 지천으로 널려 있었고, 나를 필요로 하는 사람들도 많았다. 주민들 사이에 나는 심성 좋고 부지런한 청년으로 통했고, 노총각 신세를 딱하게 여긴 나머지 적극적으로 중매쟁이 노릇을 자청하고 나서는 사람들까지 주변에 여럿 생겨날 정도였다. 특히 내게 셋방을 내준 이씨 아저씨 부부가 그랬다.

"잠깐만요. 말씀 도중에 대단히 죄송하지만……."

한참 잘 나가는 듯싶던 그가 부지중에 자신이 파놓은 함정에 스스로 빠져드는 순간을 나는 놓치지 않았다. 나 자신을 위해서나 그를 위해서라도 그 심각한 논리의 모순을 부득이 지적하지 않을 수 없었다.

"십칠시 삼십분이면 아직 어두워지기 전이잖습니까? 그리고 방에 티브이를 켜두는 건 알리바이를 방안에서 조작하려는 행동이잖습니까? 날이 어둡기도 전에 낯익은 잠바 차림으로 필승당구장 앞을 통과하자면 목격자가 한둘이 아닐 것이고, 그렇게 되면 그 시간에 방안에만 있었다는 알리바이도 저절로 깨질 판인데 세상에 어떤 바보가, 나 아무개 지금 산불 지르러 행차하는 중이요, 하고 광고 돌리면서 대학로를 활보할지 궁금하군요."

"뭐가 어쩌고 어째? 내가 형삿밥 한두 해 먹어본 솜씬 줄 알아? 건방진 짜식 같으니!"

그러자 그는 마치 헛불 맞은 짐승처럼 무섭게 화를 내면서 갑자기 사납게 굴기 시작했다.

"잔말 말고 당일날 봤다는 그 티부이 푸로, 십 분 단위로 잘게 쪼개서 조목조목 내용을 적어서 제출해!"

주민들과의 좋은 관계는 내게 최초로 방화범 혐의가 씌워진 다음부터 어느 정도 손상을 입은 게 사실이었다. 하긴 대학촌 주위 산기슭에 도깨비불이라 불리는 괴이한 산불이 자주 일어나고, 그에 따른 경찰 수사가 본격화하면서 터줏대감을 자처하는 주민들 사이에도 묘한 긴장과 불신의 징후들이 차츰 그 두께를 더해 가는 판국이었다. 그런 분위기 속에서도 집주인 이씨 내외와 가까이 지내는 몇몇 이웃들은 그가 마을을 한 바퀴 헤집고 돌아갈 때마다 내게 슬쩍 귀띔해 주기를 잊지 않았다. 내 동태에 관해 그에게 뭐라고 제보했는지를 자진해서 밝히면서 그들은 매번 내게 미안해하는 것이었다. 그들이 귀띔해 준 제보 내용은 외려 나 자신을 방어하기 위한 알리바이를 구축하는 데 많은 도움이 되었기 때문에 내 쪽에서 특별히 그들에게 악감정을 품는 일도 없었다. 집주인네를 비롯한 대학촌 주민들과의 신뢰 관계는 그 후로도 오랫동안 지속되었다. 이를테면 수사관으로서의 그와 피의자로서의 내가 똑같은 정보망을 의초롭게 공유하고 있는 꼴이었다.

"이건 좀 엉뚱한 얘기 같지만, 혹시 양 형사님이 문제의 방화범 아니십니까?"

그가 기록을 요구한 3월 5일 오후의 유선방송 프로그램 내용은 이미 그가 압수해서 수사 자료로 활용 중인 내 수첩 안에 깨알 같은 글씨로 자세히 적혀 있었다. 그럼에도 불구하고 홧김에 무리한 요구를 함으로써 구겨진 자존심을 펴고자 하는 그에게 나는 어떤 식으로든 앙갚음할 기회를 노렸다. 그러자 그의 얼굴이 대뜸 소나기 맞은 소방차의 빛깔로 시뻘겋게 변했다.

"뭐가 어쩌구 어째? 보자보자 허니깐 이 쌔끼가 증말!"

그토록 돈독했던 주민들과의 신뢰 관계가 최근 들어 급작스레 흔들릴 조짐을 보이고 있었다. 언제부턴가 나를 대하는 이씨 아저씨 내외의 태도에 어딘지 모르게 피곤의 기색이 묻어나기 시작했다. 다른 이웃들도 나하고 자기네 사이에 일정한 거리를 두고 싶어하는 눈치였다. 이를테면 내 정보망에 구멍이 뚫리기 시작한 셈이었다. 일방적으로 유리해진 위치에서 그가 불쑥 들이대는, 3월 5일의 내 행적에 관한 참고인과 목격자의 증언은, 그래서 그만큼 내게 충격적인 것일 수밖에 없었다. 이중 첩보원으로서 이씨 부부는 형사에게 내 동태를 제보하고서도 여러 날이 지나도록 나한테 일언반구 귀띔해 주는 법 없이 끝내 입을 다물고 있었던 것이다. 산골 마을 대학촌에 나 자신을 스스로 유배시킨 후 내가 맞이하는 최대의 위기인 셈이었다.

"자네 입에서 기왕 말이 나온 김에 이 외국 방화 사례들부터 먼저 짚고 넘어가기로 하지. 지난번 조사 이후로도 계속 신문기사 자료들을 수집해 놓느라고 그동안 수고가 대단히 많았겠구만."

"수고는요. 다 인터넷 덕분이죠."

한소끔 퍼르르 끓어오르는 듯싶던 그와 나 사이의 긴장은 인터넷을 통해 뽑아낸 영문 기사의 번역 문제 덕분에 뜻밖에도 해빙의 기회를 맞았다. 마치 동업자라도 되는 양 그와 나는 사이 좋게 머리를 맞댄 채 가벼운 농담마저 주고받았다. 상대방이 그리고자 하는 밑그림의 윤곽이 이미 내 눈에 들어온 다음이었다. 그가 한 번 실패를 경험했던 미제 사건의 재수사를 통해 의도하는 바는 사실 뻔한 것이었다. 화염병부터 시작해서 영문 기사철에 이르기까지 나하고 관련된 모든 자료 가운데서 방화 또는 불구경과 사돈의 팔촌만큼이라도 인연이 닿는 요소들을 낱낱이 추려내어 그것들을 모조리 하나의 끈으로 꿰어맞춤으로써 한 편의 장대한 범죄 드라마를 구성할 생각임이 틀림없었다. 그런 줄 뻔히 알면서도 나는 피의자가 수사관을 도와주는 그 해괴한 짓거리에 별다른 불만 없이 앞장섰다. 나에게 불리하게 작용할 가능성이 농후한 증거 자료를 변변찮은 영어 실력으로 성의껏 번역하고 있노라니 절로 웃음이 나왔다. 하지만 화기애애한 분위기 속에서 누리는 그 한때의 평안이야말로 내게는 긴장과 울분을 물리치고 마음 편히 쉴 수 있는 모처럼의 휴식이기도 했다. 전에 이미 몇 차례 숙독한 바 있는 내용이기 때문에 번역에 따른 어려움은 별로 없는 형편이었다.

애당초 방화범죄학의 박사가 되고 싶다는 따위 생각은 내게 추호도 없었다. 내가 컴퓨터 자판에서 자주 'arson' 또는 'arsonist'를 두드려 인터넷이 제공하는 방화 사건 관련 신문기사를 꾸준히 수집해 나온 것은 단지 호기심 때문이었다. 지구촌 저편에서는 대관절 어떤 자들이 어떤 동기에 의해 어떤 방식으로 불을 지르고 있을까, 하는 호사가적 취미가 나로 하여금 고집스레 내 알리바이에 불리한 작용을 감수케 만드는 것이었다. 일단 상습 방화 용의자로 전락한 다음부터 나를 대학촌에서 버틸 수 있게끔 만들어주는 힘은 일종의 오기였다. 까짓것 될 대로 되라는, 어디 한 번 늬들 꼴리는 대로 해보라는 식의 자포자기에 의해서 충동질되는 팽팽한 오기가 나의 유일한 우군인 셈이었다.

"그만!"

"그 수녀는 법정 정신과 의사로부터 상담을 받았고……."

세월아 네월아 하고 마냥 한유하게 진행되는 내 번역 작업을 그가 갑자기 중단시켰다. 그것으로 그와 나 사이의 한시적 휴전은 순식간에 결딴나버렸다.

"그마안! 됐어. 수고했어. 방화범한테도 유익하겠지만 우리 경찰관한테도 대단히 유익한 기사 같구만."

입으로는 그렇게 말하면서도 그의 눈초리는 어느 틈에 새로운 공격을 준비하고 있었다. 내가 누리던 한때의 평안이 벌써 저만큼 물 건너가는 중이었다.

"자네 방화 동기는 도대체 뭔지 말해 주겠나?"

이런 옘병헐!

"화염병은 벌써 졸업했으니까 시민적 소요는 아닐 테고, 청소년 비행이나 사기도 물론 아닐 테고…… 복수? 주의를 끌려는 목적? 방화광? 아니면 그 셋을 모두 합친 것?"

아니나다를까, 그는 내 도움 덕택으로 해석을 마친 바로 그 미국 신문기사에서 공격의 구실을 잡아 나를 거칠게 몰아세우기 시작했다. 방화의 동기를 추궁하는 건 내 호의에 대한 그의 명백한 배신 행위였다.

"그 질문에 꼭 대답을 해야만 되나요?"

불구경의 동기라면 또 모를까, 내 입으로 방화의 동기를 진술한다는 건 전혀 불가능한 노릇이었다.

"대답해야 돼. 내가 보기엔 캘 뭔가 허는 그 조사관이 얘기한 대로 자넨 방화범으로서 갖춰야 될 삼박자를 골고루 다 갖추고 있어. 믿을 수 없고, 의기소침하고, 고독을 사랑하는 사람. 어때? 바로 자네 얘기잖아?"

그는 뭔가를 크게 착각하고 있었다. 서양의 방화범들 가운데 삼박자를 갖춘 사람이 다수인 점과 삼박자를 갖춘 사람이면 너나없이 모두 방화 대열에 동참하는 점과를 혼동하고 있음이 분명했다.

"자네가 방화범이 아니란 증거를 대봐!"

"제가 방화범이란 증거를 대십시오!"

"유독 방화 사건을 다룬 외국 신문기사들만 탐독하면서 그걸 집중적으로 연구하는 이유는 뭔가?"

"개인적인 호기심 때문입니다. 조용하던 산골 마을에 언젠가부터 방화임에 틀림없는 도깨비불 같은 산불이 자주 발생하는 걸 보면서 갑자기 방화 문제 쪽에 관심을 갖기 시작했던 겁니다."

"그건 말이 안 돼! 말이 되는 소릴 하란 말이야!"

먼 길을 고단하게 우회한 끝에 마침내 그와 나는 원래의 출발점으로 되돌아오고 말았다. 개미 쳇바퀴 돌기였다. 누가 지고 누가 이기든 간에 어떤 식으로든 빨리 결판을 내지 않으면 안 될 때였다. 억하심정의 부축을 받아가며 나는 산불에 대한 나의 지속적인 관심을 일단 경찰 책임으로 돌려 버렸다.

"좋습니다. 그럼 지금부터 말이 되는 소리를 하지요. 따지고 보면 이 모든 게 다 경찰 탓입니다. 우리 경찰이 유능해서 사건 초기에 일찌감치 범인을 검거했더라면 저는 방화 문제 따위에 아무 관심도 안 가졌을 겁니다."

끝내 엉뚱한 사람에게 혐의를 덮어씌워 자기네 무능을 가리려 한다 생각하니 화가 나서 도무지 견딜 수가 없었다. 홧김에 화냥질하더라고, 나는 그만 그 앞에서 절대로 해서는 안 될 말들을 폭포수처럼 쏟아내기 시작했다.

"좋습니다. 동기가 복수라구요? 방화 동기가 아니고 불구경 동기라면, 맞는 얘깁니다. 나 자신을 상대로 처절하게 복수극을 벌이고 싶었습니다. 동지들을 헐값에 경찰에다 팔아넘기고 풀려난 과거의 나를 열 번이고 백 번이고 불구덩이 속에 처넣고는 태워죽이고 싶었습니다. 그래서 그렇게 산불이 날 때마다 득달같이 달려가서 나를 불 속에 집어던지고는 내가 타죽는 꼴을 만판 즐겼던 겁니다. 이제 됐습니까? 이제 속이 시원하십니까? 빌어먹을!"

이제 막 결승점을 통과한 단거리 선수처럼 나는 무섭게 숨을 헐떡거렸다. 당장 내 몸뚱이를 불살라버릴 기세로 내 내부에서 산불과도 같은 심화가 탁탁 튀는 소리를 내고 뿌지직뿌지직 튀는 소리를 내며 한바탕 요란하게 타오르고 있었다. 언제나 내 편인 아버지 앞에서마저 끝내 털어놓지 못했던 말이었다. 지난번 조사 때도 끝내 그 말만은 입 밖에 내지 않았었다. 설령 감옥살이를 하는 한이 있더라도 마지막 순간까지 나만 아는 비밀로 내 가슴속 저 구중심처에 묻어두고자 했던 그 말을 홧김에 토사물처럼 왝왝 쏟아내고 난 뒤의 기분은 이루 다 말할 수 없으리만큼 참담했다. 너무도 초라하게 느껴지는 나 자신이 불쌍하고 또 불쌍했다.

"많이 흥분한 모양인데, 건강상 해로우니깐 흥분은 절대 금물이라구. 이런, 시간이 벌써 이렇게 됐네. 자네 시장하지? 우리, 민생고부터 해결하고 나서 나중에 천천히 계속하기로 하지. 짜장면 시켜줄까?"

내 기분을 제법 이해해 주는 척하면서 그가 민생고를 무기로 내세워 엉너리를 치려 했다. 그러나 형삿밥으로 잔뼈를 굵혔다는 이 조야한 성품의 중년 사내가 과연 복잡하고도 섬세한 인간 심리의 뒷마당을 반의반만큼이라도 이해했을까. 매번 산불이 나기를 기다려 나 자신을 어김없이 화형에 처하곤 하는 그 비밀한 의식을 이 사내가 과연 이해할수 있을까. 빌어먹을!

"필요 없습니다, 빌어먹을!"

"어이, 김 일경!"

앳된 얼굴의 의경이 황급히 달려왔다. 문 안으로 들어서면서 나하고 얼핏 눈이 마주치자 의경은 얼른 눈길을 돌려버렸다. 의경의 얼굴을 다시 대하는 순간 나도 모르는 한숨이 내 입에서 흘러나왔다. 아직도 자존심 때문에 내 눈길을피하다니, 역시 참 좋은 나이구나!

"여기 짜장 곱빼기 둘, 번개 배달!"

"양 형사님이나 많이많이 드시고 많이많이 힘내셔서 앞으로도 무고한 백성들 많이많이 괴롭히십쇼, 빌어먹을!"

그가 고개를 좌우로 흔들어 보이며 마치 단단히 심통이난 어린애를 달래는 너그러운 어른의 시늉으로 연방 혀를찼다. 쯧쯧쯧.

"자네, 젊은 사람이 그러는 거 아니야. 사정이 이렇게 어려운 땔수록 어쨌든 많이 먹고 뱃심을 든든히 키워서 오래견디는 게 상책이지."

그는 내가 자기한테 화를 내는 줄 아는 모양이었다. 초라하고 왜소하기만 한 나 자신을 겨냥한 분노임을 그가 꿈에도 알 리 없었다.

"그건 그렇고, 짜장면 도착할 때까지 막간을 이용해서 삼월 오일 십오시경부터 이십시경 사이 자네 행적을 여기다다시 한번 상세히 적어주겠나?"

끝까지 사람의 진을 빼려는 그 집요한 공세 앞에서 나는 다시금 나를 맹목으로 만드는 캄캄한 절망감에 휩싸이고 말았다.

빌어먹을! 빌어먹을! 빌어먹을!

"비일어먹을!"

다시 한번 작가의 말

거듭 밝히거니와, 이건 작가의 말이 아니다. 왜냐하면 나는 이 작품의 작자가 아니니까. 때문에 작가의 말이라기보다는 거간쟁이의 말이란 표현이 다시 한번 어울릴 법하다.

김건식은 이미 이곳 대학촌 사람이 아니다. 대학촌과 인연을 끊고 떠나버린 뒤로 아직 한번도 이곳에 다시 모습을 드러낸 적이 없다. 어디선가 김건식 비슷한 사람을 보았다는 사람도, 바람결에 묻어오는 김건식의 소식을 어렴풋이나마 들었다는 사람도 아직까지는 전혀 없다. 그의 행방이 묘연한 채로, 그의 생사조차 불명한 상태로 벌써 이 년여의 세월이 흘렀다.

길다면 길고 짧다면 짧은 그 이 년여의 기간에도 종합대학 하나가 옴팍 들어앉은 이곳 산골 마을은 많은 변화를 겪었다. 우선 해가 다르게 대학의 몸집이 비대해짐에 따라 학생수도 그만큼 증가했고, 학생들 상대의 숙박 시설을 비롯하여 음식점서껀, 술집서껀이 우후죽순처럼 생겨나면서 그만큼 외지 유입 인구도 대폭 늘어나 마치 대도회의 한 조각을 뚝 떼어다 산골짝에 박아놓은 듯한 모습으로 현란하게 바뀌었다.

조용하던 대학촌의 급작스런 도회화는 필연적으로 마을 인심의 변화를 동반한다. 저마다 정신없이 바빠 나부대는 일상 속에서 이름 없는 한 젊은이의 존재는 사람들의 뇌리에서 금세 잊히게 마련이다. 과거의 주민 가운데 상습 방화 용의자로 낙인찍혀 오랫동안 곤혹스런 삶을 영위하다가 끝내 견디지 못하고 어느 날 홀연히 행방을 감춰버린 한 젊은 목숨이 있다는 사실을 기억하는 사람은 오늘날 대학촌에 아무도 없는 형편이다.

한 가지 특기할 만한 사항이 있다면, 그것은 다름 아닌 산불의 존재다. 방화 용의자인 김건식이 마을을 뜨는 것으로 산불 문제가 완전히 해결되지는 않았다. 그가 떠난 후에도 초목을 바싹 메말리는 갈수기만 닥치면 어김없이 산불이 발생하곤 했다. 그의 알리바이가 확실해진 상황에서 대학촌 주위 산기슭을 와삭와삭 먹어치우는 탐욕스런 불길을 잡기 위해 온 주민이 한꺼번에 몰려다니며 몇 차례씩 야단법석을 떨어야만 겨우 건기의 한 계절이 그럭저럭 넘어가곤 했다.

그때나 지금이나 방화범의 정체는 여전히 오리무중이다. 그래서 대학촌 주민들이나 대학 안의 사람들은 이제 너무도 익숙해진 그 산불을 가리켜 너나없이 도깨비불이라 부르기를 서슴지 않고 있다.

앞에서도 밝혔듯이 나는 지금 미개인 아니면 야만인의 심정으로 김건식과의 약속을 모지락스레 깨고 있다. 내 글 아닌 남의 글을 이렇게 내 이름으로 발표하는 행위는 지금쯤 어둠 속 어느 구석지에 숨어 죽은 듯이 살아가고 있을지도 모르는 김건식을 밝은 세상으로 끄집어내기 위함이다. 감히 바라기는, 그의 글이 세상의 햇볕을 쬐는 날, 머리꼭지까지 부앗살이 뻗친 그가 나의 야만적인 약속 위반을 따지기 위해 입에 거품을 문 채 나를 향해 득달같이 달려오는 것이다. 아무쪼록 이 변칙적인 작품 발표가 그의 귀환을 강제하는 유력한 수단으로 작용하게 되기를 나는 기대한다. 내 초대에 응하여 하루속히 그의 몸뚱어리가 내 눈앞에 되돌아오기를 바란다. 내 간절한 초혼에 응하여 산불 때마다 번번이 화형의 고통을 자청하곤 하던 그의 가련한 넋이 사나운 불길 속에서 무사히 빠져나오게 되기를 바란다.

혹시라도 자기 주변에서 김건식을 연상케 하는 인물이 눈에 띌 경우, 또는 김건식과 관련된 토막 소식이라도 알고 있는 경우, 누구든지 나에게 지급으로 연락만 해준다면 반드시 후사할 것을 약속한다.

쌀

쌀의 정체

부옇게 먼지를 뒤집어쓴 채 기억의 저편 구석에 방치돼 있던 해묵은 삽화 한 토막을 내 뇌리에서 갑작스레 되작여 낸 사람은 다름 아닌 내 아내였다. 모처럼 한번 오래간만에 친정 나들이를 다녀온 아내가 웬일로 꼭 벌레라도 씹은 듯한 낯꽃으로 주방에서 말없이 늦은 저녁을 장만하고 있다가 부지불식간에 내뱉은 나직한 중얼거림이 시비의 발단이었다.

"휘유우⋯⋯."

몹시 심정을 상하게 만드는 무슨 언짢은 문제가 발생했을 경우 아내는 마치 고슴도치와도 같이 신경의 가시를 빳빳이 곤두세우고는 잔뜩 웅크린 채 언제까지고 무작정 버팀으로써 어느 누구의 접근도 완강히 거부해 버리는 참으로 별난 성미를 지니고 있었다. 아무 때라도 제풀에 못된 성깔이 누그러져서 찔렸다 하면 어떤 상대라도 틀림없이 피를 보고야 말 그 날카로운 가시를 스스로 거둬들일 때까지 잠자코 기다려주는 것이 상책인 줄을 오랜 경험을 통해서 익히 알고 있기 때문에 나는 퇴근 후 그니로부터 일정한 간격을 유지하면서 내내 무관심을 가장하고 있어야만 했다.

"도대체 그놈의 쌀이란 게 뭐길래……."

하지만 오랜 침묵 끝에 아내의 입에서 긴 한숨과 함께 흘러나온 그 뜻밖의 중얼거림은 그냥 모른체하고 들어넘길 수만은 없는 어떤 수상한 낌새를 나타내고 있었다. 도마 위에서 한바탕 신명나게 놀아나던 식칼이 갑자기 장단을 멈춘 그 직후라서 더한층 그렇게 느껴졌는지도 모르겠으나, 아무튼 집안에 감돌던 만만찮은 적요를 수박통 쪼개듯 좌악 두쪽을 내면서 불쑥 치솟은 아내의 목소리는 이를테면 예리한 칼날에 손가락이라도 섬뻑 베었을 경우에나 드러낼 법한 여인들 특유의 호들갑이 연상되리만큼 뭔가 예사롭지 않은 통증 같은 걸 동반하고 있었던 것이다.

"쌀. 명사. 나락에서 왕겨를 제거해 버린 쌀나무의 열매. 주로 밥이나 떡 따위를 만들거나 또는 술 따위를 빚을 때 주원료로 사용하는 곡식의 일종임."

나는 시치미를 뺙 떼고는 제법 큰 소리로 국어사전 읽는 시늉을 했다. 그러고 나서 아내가 맛있는 저녁 반찬을 장만하는 동안 만판 겔러빠진 자세로 거실 소파에 드러누워 대충대충 훑어보고 있던 석간신문을 한쪽으로 밀치면서 주방쪽의 눈치를 헬끔 살폈다. 그랬음에도 불구하고 아내는 나의 엉뚱한 말참견에 끝내 아무런 반응도 나타내지 않았다.

"멥쌀, 찹쌀, 좁쌀, 보리쌀, 율무쌀, 백미, 현미, 경기미, 호남미, 통일벼, 아끼바레, 이천쌀, 여주쌀, 개화미 등등…… 현재 우리나라에서 생산되고 거래되는 쌀의 종류는 매우 다양하고도 복잡함."

거푸 이어지는 나의 엉터리 낱말풀이에도 아내는 전혀 웃음기를 내비치지 않았다. 질펀한 자세를 허물어뜨려 마침내 윗몸을 곧추 일으켜 세우면서 나는 주방 쪽을 향해 목을 길게 늘여뺐다. 그 순간 내 시선하고 아내의 시선이 허공에서 딱 맞부딪혀 쨍그랑 소리를 내고 말았다.

"흥, 안 그러면 누가 국어선생 아니랄까 봐서!"

아내는 도톰한 입술을 연방 비쭉거렸다. 무슨 뚱딴지 같은 말장난이냐는 핀잔이 그니의 표정 위에 입술연지의 빛깔로 선명히 묻어나 있었다. 나는 안락한 소파 위에서 즐기던 귀가 직후의 그 들척지근한 게으름을 무척이나 아쉬워하면서 주방을 향해 어슬렁어슬렁 다가갔다.

"자기, 아까부터 왜 그래? 혹시 우리 집안 쌀의 신상에 무슨 심각한 문제점이라도 발생한 거야?"

"……."

"그 빌어먹을 쌀이란 놈이 하나뿐인 우리 마누라를 함부로 또 꼬집고 할퀴고 물어뜯은 모양이지?"

얼굴 근처를 맴돌며 성가시게 구는 파리라도 쫓듯이 아내는 매우 신경질적인 동작으로 도리머리를 했다. 주방 천장에서 은가루처럼 반짝반짝 쏟아져 내리는 형광등 불빛을 사방으로 흩뜨리며 사납게 출렁이는 아내의 긴 생머리를 나는 한참이나 일삼아 지켜보고 있었다.

"옳거니! 그놈의 쌀값이 또 터무니없는 장난질을 쳐서 우리 김경미 여사를 또 가슴 아프게 만들었구나?"

"지금 한유하게 농담이나 하고 있을 때가 아니야!"

"그럼 진담을 말해 보라구."

"자기한테는 농담이 진담이잖아. 농담하고 싶은 생각 없어."

"대관절 무슨 일인데 그래?"

"아무것두 아니라니까!"

턱 근처에서 서릿바람이 휙휙 이는, 쌀쌀맞기 그지없는 대꾸였다. 결코 아무것도 아닌 정도가 아니었다. 아내의 얼굴 한복판에는 그 어떤 어룽더룽한 무늬를 덮어쓴 기다란 물건이 율모기 모양으로 불길하게 칭칭 똬리를 틀고 앉아 있었다.

"지까짓 게 뛰어봤자 쌀값이지, 뭐. 아무 염려 말라구. 내 비록 박봉 남편이긴 하지만 그까짓 쌀가마 정도는 매달 얼마든지 대줄 만큼 충분한 그 뭣이 있는 최재식이니까 말이야."

나는 아내의 등뒤로 바투 다가섰다. 그런 다음 호젓한 공간에 단둘만 있을 때 삼십 대 중반의 부부 사이에서 흔히 행해질 법한 동작으로 아내의 허리통을 뒤쪽에서 난짝 보듬어버렸다. 아내는 채신머리없이 자꾸만 가슴께를 넘보려는 내 손등을 양파를 다루던 젖은 손바닥으로 탁 때렸다.

"좀더 지성인답게 행동할 수 없어, 자기?"

"진상을 자백받기 위해서 이제부터 슬슬 성고문을 실시하는 중이라구."

내 고문 솜씨가 두려웠던지 아내는 결국 손에 쥔 식칼을 도마 위에다 아무렇게나 던지고 나더니만 또다시 한숨을 푸욱 내쉬었다.

"우리 식구가 먹는 쌀 때문이라면 차라리 괜찮겠어."

"그럼 못 먹는 쌀 때문이란 말인가?"

"우리 얘기가 아니라니까!"

"옳거니, 이제야 겨우 감 잡았다. 바로 우루과이 라운드 얘기구나? 유아르 라운드, 내 말 맞지?"

나는 아내의 허리통에 끼고 있던 깍짓손을 슬그머니 풀었다. 갑자기 등신으로 변한 듯 아내는 맹해진 눈초리로 내 얼굴을 돌아다보았다.

"우리 엄마 아빠 얘기란 말이야."

"뭐야? 당신 엄마 아빠?"

그다음 순번으로 내가 맹해질 차례였다. 나는 쌀이란 물건과 아내의 거듭되는 한숨과 나의 장인 장모 사이를 얼른 긴밀하게 연관지어 생각할 수 없었던 탓에 몹시 난감한 기분이었다.

"당신 친정집에 무슨 사고가 터졌어?"

아내는 고집스레 입을 꼭 다물고만 있었다. 그 입이 쉽사리 열릴 것 같지 않았기 때문에 나는 같은 의미의 질문을 다른 방식으로 거푸 던져보았다.

"애들 외갓집에 무슨 좋잖은 일이라도 생겼나?"

몹시 느린 몸놀림으로 아내가 나를 향해 돌아섰다. 비로소 정면으로 마주보게 된 아내의 얼굴에 일어나는 표정의 변화를 나는 두려운 기분으로 읽었다. 내 처갓집에 무슨 변고가 일어났느냐는 세 번째 질문이 나한테서 건너가기 전에 아내의 입술이 실룩실룩 움직이기 시작했다.

"엄마가 많이 편찮으시단 말야!"

"뭐라구? 아까는 두 분 모두 별탈없이 잘들 지내신다고 그래 놓구선."

아내는 개숫물을 쏟아 붓듯 싱크대 수챗구멍에다 한 차례 더 걸쭉한 한숨을 토하고 나서 앞치마로 입 아닌 손을 닦았다. 남편을 위해 맛있는 반찬 만들어줄 생각은 이제 말끔히 사라졌는지 그니는 아예 주방을 벗어나 거실로 자리를 옮겼다. 소파에 털썩 주저앉으며 이마에 손을 짚는 그니의 낙담에 겨운 행동을 나는 속수무책으로 멍하니 지켜만 보고 있었다.

"꽤 오래됐대. 벌써부터 많이 편찮으셨는데 우리가 걱정할까 봐서 일부러 알리지 않은 거래."

그러고 보니 아내가 친정에 다녀온 지도 퍽이나 오래되었다. 내가 처가를 방문한 것은 더욱더 까마득한 과거지사였다. 같은 서울 하늘 아래, 팔만 약간 길게 뻗으면 처갓집 대문 초인종에 가 닿으리만큼 가까운 곳에 살면서도 장기간 장인 장모를 찾아뵙지 않은 무심한 사위로서 나는 무슨 수를 써서든 그 난처한 입장에서 우선 벗어나고 볼 필요가 있었다.

"오래 놔둔다고 고름이 살 되는 법 있나. 딸도 자식이고 사위도 자식인데 당연히 알릴 건 알렸어야지. 어차피 언젠가는 저절로 다 알려질 일을 갖구서 걱정할까 봐 여지껏 쉬

쉬했다니, 그게 도대체 어느 나라……."

"최재식 씨!"

아내의 입에서 날카로운 고함이 터져나왔다. 그 사품에 나는 얼른 입을 다물어버렸다. 지아비인 나를 아내가 그런 식으로 마구 부르는 건 걷잡을 수 없이 화가 났을 때 그니가 곧잘 써먹곤 하는 아주 고약한 수법 가운데 하나였다. 재식이 형 또는 그냥 형, 심지어는 재식이라는 막된 호칭을 앞세우며 바락바락 대드는 한심스런 경우마저 이따금 있을 정도였다. 학창 시절에 우연히 만나 어찌어찌 살림까지 차린 동갑내기 부부들이 이따금 겪는 비극의 한 단면일 것이었다. 입술에 침이나 바르고 얘기하라고 그니가 다그치기 전에 나는 내뱉다 만 말의 뒷부분을 우물우물 입 안에서 녹여 없애고는 얼른 다른 말로 개비했다.

"어머님이 어디가 어떻게 편찮으시대?"

"자기가 그건 알아서 뭐 하게?"

"경미 언니, 나를 꼭 용서 못 받을 죄인으로 몰아붙여야만 언니는 직성이 풀리겠어? 내 입으로 꼭 잘못했다는 사과를 받아내야만 되겠어?"

너무도 어처구니가 없다는 투로 아내는 보일락말락 쓴웃음을 양쪽 입아귀에 매달았다.

"별건 아니래. 아빠가 내린 자가진단으로는 그냥 단순한 노환이라는 거야. 병석에 누워 있는 엄마나 병구완으로 업을 삼다시피 하는 아빠는 의외로 담담하고 태평이셔. 애간장이 타서 방방 뜨는 쪽은 오빠하고 올케언니뿐이야. 내가 보기에도 분명히 증세가 심상찮은 것 같았어."

현대 의학으로는 아무래도 가망이 없는 난치의 중병 중 하나를 아내는 내심 점찍고 있는 눈치였다. 말말끝에 그니는 어머니의 심각한 상태에 관해 몇 마디 우울한 예상을 덧붙였다. 내가 가진 알량한 의학적 상식에 비춰보더라도 일반에 흔히 알려진 말기 위암 증세하고 거반 맞아떨어지는 듯해서 불길한 조짐이 얼핏 느껴졌다.

"사태가 그 지경까지 갔는데도 여지껏 병원 신세를 전연 안 지고 있었단 말이야? 처남도 어지간히 한심스런 위인이구만. 많이 배웠다는 사람이 그래 노인양반들 옹고집에 언제까지고 질질 끌려가는 것만이 효자 노릇인 줄 아시는 모양이지?"

"글쎄 그게 그렇지가 않단 말이야."

내 말을 귀 아닌 등덜미로 들어가며 아내는 다시 주방 쪽으로 발걸음을 옮기기 시작했다. 싱크대 앞에 서서 그니는 어느새 습관이 돼버린 한숨을 또 기다랗게 내쉬었다. 그니는 방금 자기 입에서 줄줄이 빠져나온 소시지 형태의 한숨 덩어리를 도마 위에 올려놓고는 잘 벼린 식칼로 썩둑썩둑 동강을 내기 시작했다.

"답답해 미치겠네. 사실대로 좀 속시원히 털어놓을 수는 없겠어?"

"내가 혹 이치에 안 닿는 말을 하드래두 절대루 웃지 않겠다구 약속할 수 있어, 자기?"

나는 위아래로 연방 고갯짓까지 곁들여가며 그러마고 단단히 약속했다. 그랬음에도 불구하고 아내는 계속 건성으로 식칼을 다루는 체하면서 한참을 더 망설이는 것이었다.

"정말 맹세하는 거지, 안 웃겠다고?"

"맹세 아니라 맹세 할애비라도 얼마든지 할게."

"엄마 건강 문제는 말이지, 실은 아빠가…… 우리 아빠가
다 알아서 책임지고 고쳐놓겠다구 그러시는 거야."

"아니, 정년 퇴임하신 원로 교육자께서 언제부터 돌팔이
의사로 제이의 인생을 개업하셨지?"

"저 뭣이냐…… 저거 왜 있잖아, 우리 아빠는 쌀을 갖구
서 엄마 병을 치료해 볼 의향이 있으신가 봐."

"뭘 가지고?"

"……."

"방금 쌀을 가지고 치료한다고 그랬나?"

아내는 묵묵부답으로 잠시 가만히 있었다. 나는 결코 웃
지 않았다. 실상은 웃을 여유조차 없었다. 너무도 어처구니
가 없는 나머지 다만 입을 한껏 크게 벌린 채 우두커니 서
있을 수밖에 없었다. 그랬는데도 아내는 느닷없이 생트집을
잡기 시작했다.

"거봐, 내가 뭐랬어? 자기가 틀림없이 웃을 거라구 내가
처음부터 벌써 알아맞췄잖아!"

"내가 언제?"

"지금도 우리 엄마 아빨 속으로 맹렬히 비웃고 있으면서
얻다 대고 함부로 오리발을 내미는 거야?"

아내의 낯꽃은 어느새 새빨갛게 달아올라 있었다. 그니의
되풀이되는 억지에 나는 더욱더 기가 막힐 따름이었다.

"다 안다구! 최재식 씨가 우리 엄마 아빨 얼마나 미워하
구 업신여기는지 내가 모를 줄 아니?"

말을 마치기 무섭게 아내는 손에 쥔 식칼을 사납게 놀려 도마 위에 길게 누워 있는 진짜배기 소시지를 마구잡이로 난도질하기 시작했다. 오랜만에 친정을 다녀온 그 후유증으로 말미암아 그니는 전에 없이 신경이 뾰쪽하게 곤두서 있는 상태였다. 그대로 두었다가는 필경 자기 손가락과 소시지의 차이점도 제대로 분별하지 못할 성싶어서 우선 그니의 손에서 흉기를 제거하는 일이 다급해졌다.

"자그만치 십 년이야. 십 년이면 강산두 변한댔어. 그런데두 최재식 씨는 그 십 년 동안에 자기 장인 장모 하나 용서할 만한 아량마저도 못 보이는 꽁생원 중에 꽁생원이라구! 졸장부 중에 졸장부라구!"

나한테 식칼을 빼앗긴 채 빈손이 된 아내는 마침내 눈물이라는 비장의 무기를 마지막 승부수로 사용하기 시작했다. 엔간히도 말썽이 뒤따랐던 우리의 연애 시절까지 시비가 한없이 거슬러 올라갈 태세였다. 아내가 말한 그 십 년이란 결혼 기간에다 연애 기간까지 합산한 세월이었다. 이미 강물이 되어 멀리멀리 흘러가버린 과거지사를 새롱스럽게 되작여내는 아내의 공박이 전적으로 타당한 내용인 것만은 아니었다. 겨우 절반만 맞고 나머지 절반은 턱없이 틀린 이야기였다. 나는 스웨터 겉면을 통해 뼈마디의 윤곽이 딱딱하게 마치는 아내의 가냘픈 어깨 위에 가만히 손을 얹었다.

"경미한테 부모면 우리 애들한테는 외조부모야. 물론 나한테는 빙부빙모 되시는 분들이 틀림없고."

젊은 평교사의 처지를 어느 누구보다 속속들이 이해하고 따뜻이 감싸줘야 할 대선배 교육자 위치인데도 당시 장인어른은 우리의 결혼을 마지막 단계까지 한사코 반대했다. 금지옥엽 당신의 소중한 고명딸의 장래를 고생문이 훤한 편모슬하의 가난뱅이 총각 교사한테는 절대로 맡길 수 없노라는 옹고집 때문이었다.

"나도 인간이야. 인간이기 때문에 한때는 그 양반한테 유감이 많았던 것도 사실이야."

어른들의 결사반대를 물리치고 김경미란 여자를 기필코 내 마누라로 확보하기 위해서는 비상수단을 동원하는 길밖에 없었다. 노인의 외고집으로도 차마 어쩌지 못할 절박한 상황 속으로 경미를 몰아붙이는 작전이었다. 결국 그 작전은 가문의 체통이랄지 명예 따위를 무엇보다 중시하는 노교장의 혼백을 뒤흔들어 부랴사랴 고명딸의 장래를 결정짓게끔 강박하는 효과를 낳았다. 이를테면 우리의 첫아이 지겸이는 고집불통의 두 노인을 상대로 우리가 최후의 기습작전을 전개하는 과정에서 당연한 귀결로 얻어진 눈물겨운 열매인 셈이었다.

"허지만 그건 벌써 다 지나간 일이야. 지금은 그때하고 사정이 영 달라졌어. 애아빠가 된 뒤부터는 말이지, 특히 우리 지영이가 태어나고 나서 딸자식 가진 부모 심정이 어떤 건지를 확실히 깨닫게 된 다음부터는 나 역시 장인어른 입장을 충분히 이해하게 됐단 말이야."

겨우 그런 정도의 해명 아닌 해명으로써 처가 쪽을 겨냥한 나의 해묵은 감정이 아내에 의해 곧이곧대로 용납될 수 있으리라고는 애저녁에 기대조차 하지 않았다. 나는 다만 아내의 신체 내부 어딘가에 깊숙이 장치돼 있을 고성능 시

한 폭탄을 찾아내서 그것을 안전하게 분해하려는 한 가지 작업에만 골몰해 있을 따름이었다.

"난 말이지, 먼발치로 처갓집 말뚝만 보고도 너부죽이 큰 절을 올리는 애처가는 못 되지만, 그렇다고 또 처갓집 장독대를 때려부술 만큼 모질고 독한 사위도 못 돼. 친정집 문제로 경미 가슴이 곪으면 내 가슴도 자동 케이스로 함께 곪을 수밖에 없는 공동운명체란 사실을 피차간에 분명히 기억해 둘 필요가 있어. 왜냐하면 나는 김경미의 하나뿐인 남편이고 김경미는 나의 둘도 없는 마누라니까."

나에 대한 아내의 공박이나 마찬가지로 나의 다독거림 또한 절반 가량은 본심이요 나머지 절반 가량은 입에 발린 말치레였다. 그런데도 그 낮간지러운 다독거림이 묘한 신통력을 발휘함으로써 마치 고양이란 놈이 실컷 장난치다 내버린 털실뭉치처럼 엉망진창으로 헝클어져 있던 그니의 마음가닥을 차근차근 풀어놓는 구실을 제법 톡톡히 해냈다. 대개의 경우 그니는 정색을 하고 진심을 토로할 때보다 판에 박힌 말치레로써 듬뿍 양념을 치고 간을 맞춰 내 뜻을 적당히 얼버무릴 때 훨씬 더 말귀를 잘 알아듣곤 하는 별난 성격이었다. 아마도 진국의 말들만 낱낱이 골라서 상을 차리면 오히려 너무 느끼해서 소화를 제대로 못 시키는 민감한 체질 탓인 듯했다.

"그걸 누가 모른대? 나 혼자 속상하고 슬퍼하자니 너무 억울한 생각이 들어서 미친 척하고 자기한테 한번 때를 써 본 거지, 뭐."

마침내 아내가 코맹맹이 소리로 종알거렸다. 그럭저럭 한 차례 또 소강상태가 자리를 잡으면서 부부 사이에 어렵사리 휴전이 성립되는 듯했다. 미처 앞치마 끝으로 다 찍어내지 못한 눈물방울이 그니의 속눈썹에 그렁그렁 위태롭게 매달려 있었다.

"자아, 우리 사이에 필요한 절차는 대충 다 밟은 것 같으니까 이제부터는 슬슬 본론으로 들어가기로 하자구. 장모님 중환을 장인어른께서 쌀이란 약을 사용해서 치료하신다는 게 도대체 무슨 뜻이야?"

나는 농익은 과일과도 같은 그 눈물방울을 손끝으로 똑 따냄으로써 아내의 얼굴에서 울음의 흔적을 말끔히 제거했다. 남자가 여자의 눈물을 닦아주는 경우는 대체적으로 닦아주기를 기다리는 여자의 눈물이 남자의 눈앞에 존재하기 때문이리라.

"나중에⋯⋯."

아내는 약간 쑥스러워하는 투로 배시시 미소를 지어 보였다.

"지금은 별로 말하고 싶은 기분이 아니야. 나중에 기분이 내키면 말해 줄게."

"좋아. 기아선상에 허덕이는 남편 각하 민생고부터 우선적으로 해결해 주는 것이야말로 지각 있는 아내로서 당연한 도리겠지."

마치 독자의 호기심과 궁금증을 잔뜩 부추겨놓고는, 다음 호에 계속, 하고 넘어가는 인기 연재물의 교활한 수법과도 같이 아내는 나중에라는 말로써 나를 더욱 감질나게 만들었다. 하지만 나는 이야기의 절정 부분에 해당하는 중요한 대목을 다음 기회로 미루고자 하는 아내의 심리를 십분 이해할 수 있었다. 그것은 독자들을 겨냥해서 효과의 극대화를 노리기 위한 고등 술책이라기보다는 작가 쪽의 신상에 뭔가 피치 못할 사정이 생겼음을 알리는 통고인 셈이었다.

외가에서 이른 저녁을 먹은 후 귀갓길에 올랐던 두 아이는 오랜만의 나들이에 흠씬 지친 탓인지 집안에 들어서기 무섭게 정신없이 곯아떨어져 버렸다. 아내는 일찌감치 친정에서부터 잃어버린 입맛을 집에 와서도 여전히 되찾지 못한 채 속이 더부룩하다는 핑계로 나와의 겸상을 끝내 거절했다. 사고무친의 홀아비 신세처럼 나는 별수 없이 독상 차지로 혼자서 늦은 저녁을 때워야만 했다.

우루과이 라운드와 쌀. 그리고 쌀과 장모의 중환.

마냥 심란해하는 아내를 구슬릴 요량으로 농담 삼아 쌀과 연관시켜 언뜻 내뱉은 바 있는 그 우루과이 라운드라는 것이 혼자서 밥을 먹는 동안 마치 무슨 구호라도 되는 양 머릿속에서 내내 떠나지 않았다. 우루과이 라운드 또는 유아르 라운드란 이름의 괴상야릇한 찬거리가 아내의 솜씨에 의해 끓이고 볶고 버무린 형태로 다양하게 조리된 채 식탁 위에 잔뜩 널려 있어 밥 한 숟갈에 유아르 라운드 한 숟갈 뜨고, 또 밥 한 숟갈에 유아르 라운드 한 젓갈 집어올리고, 하는 꼴이었다.

본시 신토불이란 말이 정확히 어디서부터 비롯된 것인지 나는 별로 아는 바가 없다. 인간의 몸과 그 인간이 삶의 터전으로 삼는 땅은 도무지 따로따로 떼어 생각할 수 없으리만큼 긴밀한 관계를 맺고 있다는, 대충 그런 뜻을 담은 말일 거라고 막연히 추측하고 있을 따름이다. 내가 그 생경한 낱말을 맨 처음 접한 것은 오래전 어느 일간지에 실린 광고를 통해서였다. 어떤 재벌 기업의 이미지 광고였던 것으로 기억되는데, 대문짝보다 약간 작게 실린 그 광고의 위쪽 절반쯤을 주먹덩이 크기의 신토불이 넉 자가 한자로 그들먹이 차지하고 있었다. 각종 공해로 말미암아 생태계가 파괴되고 있다, 환경오염이 지구 전체를 병들게 하고 있다, 하나뿐인 지구가 병들면 역시 하나뿐인 인간의 생명도 덩달아 병들게 된다, 그러니 정신들 바짝 차리고 환경보호에 힘쓰자…… 대충 그런 요지의 공익광고였다.

그후 우루과이 라운드란 말이 사람들 입에 무수히 오르내리기 시작하면서부터 덩달아 신토불이란 말도 부쩍 자주 등장하게 되었다. 우루과이 라운드와 신토불이가 겉으로는 의초롭게 어깨동무를 한 채 이인삼각의 경주를 벌이고 있는 형국이었다. 그러면서도 속새로는 제각각 다른 방향으로 나아가려고 둘이서 치열한 암투를 계속하고 있었다. 우루과이 라운드가 서쪽을 고집하는 반면 신토불이는 악착같이 동쪽만을 고집하는 것이었다. 농산물시장 완전 개방을 주장하는 우루과이 라운드의 위협에 맞서, 우리 농산물 우리 손으로 지키자는, 농협을 비롯한 여러 농민 단체들의 각종 캠페인에 신토불이가 단골로 등장하기 시작했다. 농촌 문제를 다루는 티브이 토론 프로그램에서도 사회자나 출연자 가릴 것 없이 신토불이를 화면 속으로 끌어들여 상석에 모시고는 오로지 그것만이 불한당 같은 우루과이 라운드의 폭력을 이겨낼 수 있는 우리의 유일한 대안이라고 이구동성으로 시청자

들에게 호소하곤 했다. 그때는 이미 자연과 인간 사이의 불
가분의 관계를 강조하기 위해 등장시켰던 애당초 의도에서
멀리 벗어나 엉뚱한 목적으로 신토불이가 달리 사용되는 중
이었다. 누군가의 주장처럼 본디 그 말이 불가에서 비롯된
일곱 가지 불이 가운데 하나이든 혹은 어느 고명하신 분의
조어이든 간에 아무튼 최초로 그 말을 지어낸 당사자가 들
었다면 자기 자신도 미처 예측하지 못한 뜻밖의 사태에 지
금쯤 아마 당혹감을 느끼고 있으리라. 아니, 자신의 창작품
이 지닌 놀라운 호소력과 파급효과를 확인하면서 어쩌면 회
심의 미소를 짓고 있을지도 모를 일이다.

 "자네는 유알 라운드를 어떻게 생각허는가?"

 지난해 가을 시제를 모시러 오랜만에 고향 선영을 찾았을
때 나를 향해 밑도 끝도 없이 불쑥 던져진 집안 어른의 질
문이었다. 옛날이나 다름없이 농업을 천직 삼아 아직도 여
일하게 고향을 지키며 살아가는 재당숙은 그 문제에 관한
내 견해를 무척이나 궁금히 여기는 기색이었다.

 "글쎄요, 뭐 꼭 어떻게 생각한다기보다는⋯⋯."

 그러나 나는 유감스럽게도 그 문제를 두고 할말이 별로
없었다. 뭘 좀 알아야 면장을 할 텐데 그것에 관해 아는 것
이 별로 없는 처지였다. 어느 정도냐 하면, 농산물 협상을
위한 원탁회의에 어쩌다 그런 이름이 붙게 됐는지조차 이해
를 못하는 수준이었다. 신문이나 텔레비전을 보면 협상은
주로 스위스에서 벌어진다. 그리고 회의에서 완전 개방을
강경하게 밀어붙이는 쪽은 미국이나 호주 등 넓은 땅덩이를
가진 농업대국들이다. 그런데 무슨 까닭으로 그 원탁회의에

202

스위스도 아니고 다른 강대국도 아닌 남미의 작은 나라 이름이 붙는 것일까.

"자네, 유태 유알 라운드가 뭣인지도 모르고 사는가?"

재당숙하고 엇비슷한 연배의 사촌형이 불쑥 옆에서 끼여들었다. 내가 모른다는 사실을 확인하기 위한 질문이라기보다는, 여태껏 그런 것도 모르는 주제에 무슨 자격으로 삼시 세 끼 밥을 꼬박꼬박 축내고 사느냐는 힐난을 담은 질문이었다.

"뭐 꼭 모른다기보다도……."

그 난감한 처지를 나는 웃음으로 얼버무리려 했다. 실제로 우습기도 했다. 나한테는 아직도 서먹서먹하기만 한 그 외래어가 꼬부랑글씨 근처에도 가본 적이 없는 시골 농투성이들의 혀끝에서 날렵하게 굴러다니는 모양이 왠지 모르게 비현실적으로 느껴지는 것이었다.

"거참, 별일이네그랴. 농촌서는 요새 똥강아지들도 입만 열었다 허면 멍멍 짖는 소리 대신 유알 라운드를 들멕이는 판국인디, 서울 사는 유식쟁이 조카가 그 유명헌 놈도 모르고 있다니!"

마침내 재당숙은 나의 더듬수를 무식의 소치로 치부하면서 탄식을 금치 못했다. 참으로 한심하다는 표정이었다.

"죄송합니다."

"우리 조선팔도 농민 전부가 한목에 몰사 떼죽음을 당허느냐 마느냐 허는 막중헌 문제를 두고 국어선생인 자네가 국어허고 상관없다고 혀서 여태 모르쇠만 잡고 살어서야 장차 무신 면목으로 에리디에린 학생들을 훈도헐 자격이 있겄는가!"

아버지뻘 나이의 사촌형은 오랜만에 고향을 찾은 나를 일
장훈시로 호되게 닦달하고 난 다음 머리통을 콕콕 쥐어박는
기세로 정답을 일러주었다.

"유알 라운드가 뭣인고 허면, 쥐약이란 말여, 쥐약! 미국
놈들이 즈그들 땅뎅이 넓다는 유세로 쌀 속에다 쥐약을 몰
래 감춰놓고는 그걸 우리더러 무한정 사먹으라고 마구잽이
로 을러메는 중이란 말여, 시방! 우선 먹기는 곶감이 달드
라고, 싼 맛으로 미국 쌀 슬금슬금 사먹다가 금세 병 걸려
죽게 되는지도 몰르고 당장 그 쥐약 수입을 개방허자고 뎀
비는 씰개 빠진 놈들이 대처에는 수두룩벅적허다면서? 미치
고 설친 잡탕패들 같으니라고! 무역 보복 무서운지만 알었
지 내남없이 쥐약들 처먹고 죽어나자빠진 연후에 이 나라
이 백성한티 무신 비극이 벌어질지는 꿈에도 짐작 못허는
배냇빙신들 같으니라고! 에잇, 퉤에!"

그만한 상식쯤 이미 알고 있노라고 말대꾸하려다 나는 얼
른 그만두었다. 왜냐하면 사촌형이 방금 입에 올린 그 씰
개 빠진 대처 잡탕패 속에 나도 분명히 포함돼 있기 때문이
었다.

"오늘 형님한테서 한 수 단단히 배웠습니다."

"재식이 자네, 그러면 못쓰는 뱁이여! 자네가 언짓적부터
서울특별시민인가? 농사를 몰르고 사는 선생 직업이라고 자
기 근본 태생마저 벌써 잊어먹고서야 그게 어디 될성이나
부른 일인가?"

나의 저자세 앞에서 사촌형은 갈수록 더욱 기고만장해졌

다. 창졸간에 쥐약 예찬론자의 누명을 뒤집어쓴 꼴이 된 나는 그 무고한 혐의에 대해 뭐라고 나 자신을 변론해야 좋을지 몰라 실로 난감하기 그지없는 기분이었다. 그동안 제 근본을 잊은 채 가문의 대소사나 고향마을과 연관된 모든 일에 무관심으로 일관하다시피 해온 서울 재식이란 놈한테 요번 기회에 단단히 싸개통을 주기로 아마도 문중에서 미리감치 공론이 돌아버린 모양이었다.

"그만치 손에다가 쥐어줬으니깨 저도 인자는 알어들었겠지."

시제에 참예한 일가붙이 가운데 제일 연장자인 당숙어른이 점잖게 한말씀 하고 나섰다.

"너무 되게 잡고 메어치면 우리 재식이 조카 골병드네. 집안 어르신들 무섭다고 요담번 시제 때부터 일절 고향 쪽허고 담을 쌓고 발걸음 뚝 끊을지도 몰르니깨 대강대강들 허고 끝내두소."

당숙 덕분에 나는 난처한 지경에서 가까스로 벗어날 수 있었다. 시제가 진행되는 동안 나는 분하고 억울한 심정을 주체할 수 없어 당장 서울로 돌아가고 싶었다. 손아랫사람이라고 그만한 일로 만좌중에 싸개통을 주는 집안 어른들의 행티에 신물이 날 지경이었다.

그러나 공평하게 따질 때 사촌형의 주장이 아주 엉터리없는 것만은 아니었다. 그동안 내가 근본을 망각한 듯이 고향을 내내 무심히 대해 나온 것도 사실이고, 우루과이 라운드 파동을 강 건너 불 보듯 대수롭잖게 여기는 도회지 사람들의 그 싸가지없는 태도를 그대로 답습하고 있는 것 또한 어

김없는 사실이었다. 나 역시 쌀의 생산자가 아니라 소비자
입장이었다. 시골 농촌 태생이면서도 일찍이 고향마을을 떠
나 지방공무원으로 여러 중소도시를 전전하다 짧은 생을 마
친 아버지 영향으로 농사가 뭔지, 그리고 농사짓는 어려움
이 어떤 건지 전혀 모르고 자란 처지였다. 우루과이 라운드
란 괴물이 필경 우리 농민들 숨통을 끊어놓고 말 거라고 사
방에서 아우성치는 소리를 귀가 따갑게 들으면서도 나는 여
전히 쌀의 소비자 입장만을 고수해 나왔다. 양질의 미국쌀
을 저렴한 가격으로 대량 수입해 먹는다 해서 우리가 손해
날 일은 아무것도 없는 듯싶었다. 물론 쌀시장을 완전 개방
할 경우에 직면할 여러 가지 심각한 부작용들을 전연 모르
는 바는 아니었다. 하지만 쌀시장을 활짝 열거나 꼭꼭 닫음
에 따라 우리한테 떨어질 이문과 손해를 면밀히 비교한다면
반드시 그처럼 목숨 걸고 반대할 일만은 아니라는 생각이
슬그머니 고개를 들곤 하는 것이었다. 그 말썽 많은 쌀 때
문에 다른 모든 무역 부문에서 전면적인 보복을 당함으로써
입게 될 국가적 총손실 쪽이 오히려 훨씬 더 심각한 문제라
면, 그리고 워낙 강약이 부동인 국제관계에서 어차피 농산
물 수입 개방 문제가 피할 수 없는 매라면 일찌감치 미국놈
들 눈치를 봐가며 적당히 맞아주는 편이 차라리 덜 아프지
않을까 하는 미련한 소견이 나를 혼란에 빠뜨리고 있었다.
실인즉슨 재당숙의 질문에 그처럼 얼른 대답을 못하고 한참
이나 어물거린 것도 우루과이 라운드에 관해 판무식한 탓이
라기보다는 약소국 백성으로서 느끼는 그런 혼란과 설움 탓
이 더 큰 셈이었다.

"크으, 역시 우리 한국사람은 신토불이가 최고라니께!"

시제를 마치고 조상님들 산소 앞에 둘러앉아 음복을 하는 자리에서 사촌형이 말했다. 그 말을 받아 이쪽 최씨 저쪽 최씨, 늙은 최씨 젊은 최씨 입들에서 전폭적인 공감을 드러내는 표현들이 푸짐하게 쏟아져 나왔다. 역시 토종이 왕이요 신토불이 이상 좋은 게 세상에 다시없다는 주장들이었다.

"신토불이는 또 무슨 말입니까?"

기왕지사 서울 무식쟁이 취급을 당하는 김에 나는 보복이라도 꾀하는 기분으로 다시 한번 무식하게 굴기로 작정했다. 우루과이 라운드란 것을 자기 방식대로 시원시원히 해석한 바 있는 사촌형이 이번에는 신토불이에 대해 얼마나 또 독특한 해석을 내릴지 자못 궁금했다.

"허어, 이 사람 좀 보소이! 엊그저께 돌상 받은 우리 동네 꼬맹이들도 죄다 아는 그 소문난 신토불이를 자네가 여직 몰르고 있었단 말인가?"

사촌형이 또다시 정색을 하고 나섰다.

"우리 재식이 동상 참말로 큰일났구만, 큰일! 그런 것도 몰르면서 선생질은 장차 무신 수로 감당헐 작정인가?"

사촌형은 이미 한심스런 단계를 지나 내 인생 자체가 심히 불쌍하게 느껴진다는 투로 떠들어댔다. 그는 당장 마시고 죽으라는 식으로 커다란 제기에다 우리 조상님들이 흠향하고 남기신 제주를 철철 흘러넘치도록 꾹꾹 눌러 담아 나에게 강권하다시피 내밀었다. 신토불이의 순수한 우리 쌀로 빚은 청주였다.

"마시면서 자알 듣게. 신토불이로 말헐 것 같으면, 에

에또, 그 뭣이냐, 우리 한국사람 체질에 맞는 것은 우리 농산물뿐이다, 요런 말씸이라네. 그러니깨 그 뭣이냐, 우리 농산물은 우리가 애용혀야 쓴다, 요런 뜻이기도 허지. 내 말 알어듣겄는가?"

우루과이 라운드와 신토불이는 영원히 화해할 수 없는 앙숙 관계를 맺고 있음이 분명했다. 한쪽이 창이라면 다른 한쪽은 방패였다. 창이 주공격 대상으로 삼는 것도 쌀이고 방패가 최후 순간까지 사수하고자 하는 것 또한 쌀이었다. 한국인의 주식인 쌀, 한국 농업의 주산물인 쌀 문제 때문에 우리 농민들 신경이 얼마나 날카롭게 곤두서 있는지를 나는 그때 오랜만의 귀향 체험을 통해 마치 음복한 제삿술에 대취하듯 몸을 못 가눌 지경으로 흠뻑 실감할 수 있었다. 전형적인 한국 농민에 속하는 내 친척들이 하나같이 드러내는 쌀에 대한 그 놀라운 집착과 애정은 가히 동물적일 정도라서 다른 어떤 이론으로도 그들을 설득할 수 없겠다는 생각이 들었다.

우루과이 라운드와 쌀. 쌀과 신토불이. 신토불이와 우루과이 라운드.

그것들끼리 서로 밀고 당기며 맺고 있는 복잡한 관계를 나는 웬만큼 이해하게 된 셈이었다. 그래서 맨 처음 아내가 더러는 한숨의 형태로, 또 더러는 독백의 형태로 문제의 쌀을 주방 싱크대에다 달꽉 쏟아 부었을 때 나는 조건반사처럼 대뜸 우루과이 라운드부터 머리에 떠올릴 수밖에 없었다. 결국 서울에서 태어나 서울에서 자란 아내가 특별히 우루과이 라운드에 대해 적대감을 품을 이유도, 그렇다고 또 우리 쌀의 기구한 운명을 특별히 염려할 이유도 없다는 사실에 생각이 미치긴 했지만, 정작 그보다 더 큰 문제는 다음 일이었다.

쌀과 장모의 중환.

나로서는 도무지 이해가 안 되는 관계였다. 아무리 상상력을 팔모로 뒹굴려 생각해 봐도 어렴풋한 짐작조차 떠오르지 않았다. 대관절 사돈의 팔촌만큼도 인연이 안 닿을 듯싶은 그 쌀과 장모의 중환을 한 줄로 이어주고 있는 끈은 무엇일까.

"좀 어때? 아직도 기분이 안 내켜?"

밤참이나 다름없는 남편의 늦은 저녁식사가 다 끝나기를 기다려 설거지를 하러 나온 아내에게 나는 넌지시 이야기를 채근했다.

"다시는 웃지 않겠다고, 절대로 안 웃는다고 자기 인격을 걸고 약속을 한다면……."

그새 방안에 틀어박혀 웬만큼 마음을 가라앉히고 나온 아내는 다소 수줍어하는 듯한 낯꽃으로 말꼬리를 우물쭈물 얼버무렸다.

"아깟번에도 안 웃었듯이 이번에도 절대로 안 웃는다. 만에 일이라도 웃을 시는 나 최재식이 당장 성을 갈겠다."

하냥다짐이라도 할 기세인 내 태도를 확인하고서야 아내는 비로소 마음이 동하는 기색이었다.

"그건 그냥 단순한 쌀이 아니야."

"단순한 쌀이 아니라면, 그럼 복잡한 쌀?"

"그거 왜 있잖아, 이북쌀."

"뭐라구? 이북쌀?"

나는 순간적으로 내 귀를 의심하지 않을 수 없었다.

"그래, 이북쌀."

결코 내가 잘못 들은 게 아니었다. 아내는 또랑또랑한 눈빛으로 내 얼굴을 똑바로 바라보고 있었다.

"자긴 벌써 잊었어? 그게 언젯적이더라, 지난 팔사년 아니면 팔오년쯤에 우리가 아빠한테 선물한 적이 있는 바로 그 이북쌀 말이야."

"아하, 그때 그 이북쌀!"

나는 뒤늦게 감탄해 마지않았다.

"그 이북쌀에다 우리 엄마 아빠는 무슨 특별한 의미 같은 걸 부여하고 있나 봐."

아내의 음성은 여전히 수줍음을 타는 듯 여리고 잔잔하게 들렸다. 하지만 그니의 말이 내게 안겨준 충격은 비수처럼 예리한 신경질을 동반한 새된 고함소리만큼이나 고약하기 짝이 없는 것이었다.

그때의 그 이북쌀이라…….

과거에 그런 것이 분명히 있기는 있었다. 나한테는 한낱 우스개의 소재에 지나지 않았던 탓에 세월의 달음박질에 떼밀려 기억에서 자연스레 지워져 있었을 뿐이었다. 내가 그 이북쌀 이야기를 듣는 순간 놀라자빠질 수밖에 없었던 것은, 단순히 아내가 해묵은 사진첩에서 찾아낸 빛바랜 스냅사진 한 장을 내 코앞에 들이댐으로써 나한테서 오랫동안 멀찌막이 떠나가 있던 과거지사 한 토막을 순식간에 원상으로 되돌려놓았기 때문만은 아니었다. 다분히 장난기가 섞여 있던 그때의 그 선물 아닌 선물이 사실상 엄청난 의미를 지닌 채 줄곧 처갓집 어느 구석에 잠복해 있다가 오늘날 매우 엉뚱하고도 심각한 용무를 앞세운 채 두 노인의 생애 말년 한복판으로 다시금 불쑥 뛰어들었다는 그 충격적인 사실 앞에서 나는 잠시 무방비 상태로 멍하니 있을 수밖에 없었던 것이다.

"그 가짜 이북쌀이 불쌍한 실향민 노인들을 상대로 드디어 조화를 부리기 시작했단 말이지?"

그제야 비로소 나는 현재 처가에서 벌어지고 있는 기괴한 상황을 대충 짐작할 수 있었다. 상상을 훨씬 뛰어넘는 두 노인의 어처구니없는 사고방식과 행동을 도대체 어떻게 해석해야 좋을지 몰라 나는 몹시 당황했다. 점점 더 또렷이 되살아나는 그때 당시의 기억을 나는 마치 골동품 다루듯 조심스레 어루만지며 잠시 생각에 잠겨 있다가 급기야 나도 모르게 미친놈처럼 킬킬킬 야릇한 웃음소리를 흘리고 말았다.

"최재식 씨!"

아내의 송곳 끝같이 뾰쪽한 부르짖음이 귀청을 후비고 드는 바람에 나는 그만 찔끔했다. 웃음은 이미 그쳐 있었다. 그런데도 아내는 막다른 골까지 다 가버린 그 살벌한 호칭을 내 면전에 똑바로 겨누면서 나를 남편 아닌 무엇, 남편 이하의 그 무엇으로 마구 취급할 태세였다.

"약속 위반이잖아! 재식 씨, 정말 이러기야? 그러는 형네 집안은 그럼 얼마나 잘났어? 우리 친정집을 그런 식으로 비웃을 자격이 형한테 있다구 생각하는 거야?"

"경미 언니 눈에 비웃는 것으로 비쳤다면, 정말 미안해. 사과하겠어. 허지만 하늘에 맹세코 분명히 말해 두겠는데, 내 처갓집을 얕잡아보고 비웃는 뜻으로 웃은 건 절대 아니라구."

아내의 신경이 병적일 정도로 날카로워진 상태라서 나는 결국 실없는 웃음의 대가를 혹독히 치르지 않으면 안 되었다. 나는 손이 발로 변하리만큼 싹싹 파리 발을 드리고 또 드렸다. 진실이야 어찌 됐든 간에 가정 평화를 위한 일이라면 웬만한 수모쯤은 견딜 각오가 이미 되어 있었다.

"형 같은 저질 인간하곤 이제 영원히 끝장이야! 우리 엄마 아빨 모욕하는 건 바루 김경미를 모욕하는 거야! 애시당초 가짜 이북쌀로 순진한 노인들을 감쪽같이 속여먹은 게 누군데? 그따위로 농락해 놓구선 지금 와서 그분들을 비웃구 비난할 자격이 있어?"

바로 그때 지겸이가 새된 고함질에 놀라 손으로 눈두덩을 비비대며 어칠비칠 방에서 걸어나왔다. 오랜만의 외갓집 나들이에 지쳐 고단한 잠에 빠져 있던 그 녀석은 아직도 졸음기에서 온전히 헤어나지 못한 듯 어리뜩한 낯꽃으로 단잠을 망가뜨린 제 엄마를 한참이나 멀거니 올려다보고 있었다. 우선 아들을 안심시키는 일이 급해졌다.

"걱정 마, 지겸아. 별일 아니니까."

아내의 그칠 줄 모르는 신경질은 필경 나 어린 지영이의 잠마저 엉망으로 짓부숴놓고 말았다. 궁둥이에 굵은 주사침이라도 꽂힌 푼수로 지영이는 방에서 나오자마자 들입다 울음부터 터뜨렸다. 제 엄마의 신경질을 단숨에 무찌르며 자지러지게 울어대는 딸애를 어르고 달래는 수고 또한 내 차지가 될 게 뻔했다.

"어허 둥개둥개. 뚝 그쳐야지, 뚝!"

나는 딸애를 품에 안은 채 둥개질을 시작했다.

"그래, 우리 지영 공주님은 참 착하기도 하지. 넌 절대로 느이 엄마 저 성깔을 본받아선 안 된다. 알았지? 뚜욱!"

아이들의 갑작스런 출현 덕분에, 재식아, 하고 날이름으로 마구 불리는 최악의 사태까지 안 간 것이 그나마 다행이었다. 한바탕 거세게 집안에 몰아닥친 풍파가 그럭저럭 다시 잠재워지는 듯싶었다. 나는 한편으로 지영이에게 둥개질을 계속하면서 다른 한편으로는 지겸이를 상대로 간곡한 당부의 말을 건네는 것도 잊지 않았다.

"지겸아, 너는 장차 커서 장가를 가더라도 같은 캠퍼스 안에서 사귄 동갑내기 여자한테는 절대로 가지 말아라. 만약에 너마저 그렇게 된다면 우리 최씨 가문은 부자 두 대에 걸쳐서 그 무슨 망신이고 비극일 것이냐!"

쌀의 내력

아내는 그것을 84년도 아니면 85년도쯤의 일로 제법 정확히 기억하고 있었다. 내 느낌으로는 그보다 한참 더 까마득한 과거지사 같았다. 십 년도 훨씬 넘는 긴 세월인 듯 그때의 일들이 기억 속에 어슴푸레한 모양으로 남아 있었다. 하지만 결혼해서 지겸이를 낳고 건강이 급격히 나빠지는 바람에 별수 없이 교사직을 그만둔 다음 초보 전업주부 생활을 막 시작한 직후의 일이니까 아내 쪽의 기억이 보다 더 정확할 것이다. 부부 사이에 쓰잘데없는 시비로 뭔가 지난 일들을 밑두리콧두리 들그서낼 필요가 생길 적마다 내 기억보다는 아내의 기억이 항상 정확하다는 사실이 금세 판명되곤 했다. 시간과 장소에 관한 한 특히 더 그러했다. 예컨대, 우리가 언제 어떤 장소에서 처음 만났던가, 그때 상대방은 어떤 옷차림을 하고 있었던가, 하는 따위 시시콜콜한 문제로 건망증에다 무심하기까지 한 남편을 무섭게 닦아세울 때마다 아내가 종주먹 삼아 불쑥불쑥 들이대곤 하는 그 세미한 기억력은 사실 소름이 끼칠 지경이었다.

그해 여름, 상상을 초월하는 집중호우로 말미암아 빚어진 엉뚱한 사건이었다. 한강 지류인 성내천이 범람하면서 서울의 저지대를 흙탕물로 벙벙히 채워버린 엄청난 물난리 때문에 우리는 그때 팔자에 없던 수재민 신세가 되고 말았다. 그러나 명색만 그저 수재민일 뿐 실상은 인명이나 재산상의 피해가 거의 없는, 이를테면 나이롱 수재민인 셈이었다. 오히려 잃은 것보다 얻은 것이 훨씬 더 많았다고 봐야 옳을 해괴한 재난이 뜻밖의 불청객 자격으로 우리 집 초인종을 딩동댕동 울린 것이었다.

그날은 일요일이었다. 때마침 방학 중이기도 했다. 방학 끝 무렵의 아침 시간을 나는 늦잠으로 야금야금 까먹고 있었다. 아내 또한 매한가지였다. 정신분석 쪽에서 사용하는 이른바 '유모의 잠'이란 것이 젊은 아기엄마의 넋을 온전히 휘어잡고 있었다. 깊이 모를 수렁과도 같은 수면욕 안에 갇

혀 아내는 해가 떴는지 달이 떴는지 도무지 모른 채 인사불
성이 되어 늦잠에 고부라진 남편 곁에서 잠동무를 계속하는
중이었다. 눈자라기 지겸이에게 한창 젖을 빨리던 시절인지
라 피곤에 겨워 한번 잠에 곯아떨어진 아내는 뇌성벽력이
쳐도 전혀 아랑곳하지 않을 판이었다. 결국 아내의 넋을 가
사상태나 다름없는 그 유모의 잠으로부터 끌어낼 수 있는
수단은 오로지 지겸이 녀석의 울음소리 한 가지밖에 없는
셈이었다.

　흔히들 신혼의 단꿈이 어떻고 밀월의 재미가 어떻다고 제
법 그럴싸한 말들을 하지만, 당시 서울의 변두리 중 변두리
인 강동땅 성내동의 단칸방에서 시작된 우리 부부의 신접살
림은 결코 낭만적인 것일 수가 없었다. 결혼식을 올린 지
불과 석 달여 만에 첫애가 태어난 데다가 내 집 마련 계획
을 실천한답시고 억척을 떨어 둘이서 이를 악문 채 다달이
곗돈이야 적금이야 무리하게 부어넣느라 늘 호주머니 사정
이 여의치 못했던 탓으로 도무지 젊음의 인생을 즐길 형편
이 못 되었다. 전연 비용이 안 드는 늦잠이나 게으름으로
모처럼 맞은 방학과 공휴일을 방안에서 빈둥빈둥 보내는 그
것이야말로 어쩌면 축복받지 못한 혼례를 치른 가난한 신혼
부부가 선택할 수 있는 가장 실속 있는 여가선용 방법이었
을지도 모른다.

　"새댁! 새대액!"

　방문 밖에서 연방 숨넘어가게 불러대는 고함소리가 용케
도 내 잠의 두꺼운 벽을 뚫고 마침내 의식의 가장자리에 와
닿았다.

"아니, 여태 자고 있는 거야, 새댁?"

집주인 아주머니의 오도깝스런 성화에 놀라 나는 가까스로 눈을 떴다. 아주머니는 안으로 잠긴 방문을 거친 손놀림으로 쾅쾅 두들겨대기 시작했다. 셋방살이 가난뱅이 부부한테도 엄연히 사생활이란 게 있고 인권이란 게 존재하는 법이었다. 제아무리 발언권이 센 집주인 자격이라 하더라도 셋방 것들 늦잠까지 훼방을 놓아가며 그처럼 무례하게 군다는 건 분명 상식 밖의 행동이었다.

"식전부터 웬 야단이쇼?"

방문 밖을 겨냥해 나는 완연한 시비조로 대거리했다.

"식전 좋아하시네! 지금이 어느 때라고 아직도 천하태평이야? 큰일났어요, 큰일!"

"큰일이라뇨?"

"최 선생, 지금 이러고 있을 때가 아니라구요! 빨리 나와보라구요! 물난리 땜에 지금 온 동네가 줄초상이 날 판이라구요!"

그 순간, 나는 잠들기 직전까지 억수로 퍼붓던 간밤의 폭우에 대한 기억을 퍼뜩 되살렸다. 나는 몸을 벌떡 일으키면서 다급한 김에 아내의 엉덩이를 발끝으로 힘껏 걷어찼다.

"물난리래, 물난리!"

내 발부리가 얼얼할 지경으로 되알지게 걷어찼음에도 불구하고 아내의 엉덩이는 남의 살인 양 아무렇지도 않은 모양이었다. 그니는 끙 하는 소리와 함께 옆으로 돌아눕더니만 더듬더듬 손을 놀려 마치 어미 닭이 병아리 품듯 지겸이를 품안으로 살뜰히 끌어들였다. 그러고는 그것으로 그만이었다. 주섬주섬 옷가지를 챙겨 벗은 몸뚱이 위에다 아무렇게나 걸치는 틈틈이 나는 손을 나누어 아내의 어깨를 마구 흔들어댔다.

"큰일났어, 큰일! 빨리 일어나라니까!"

그래도 역시 아무런 소용이 없었다. 아내는 아직도 인사불성 상태였다. 죽음과도 같다는 그 유모의 잠을 깨울 수 있는 방법이 퍼뜩 떠올랐다. 나는 지겸이의 엉덩이를 힘껏 꼬집어 녀석을 그예 울려놓고 말았다. 그 울음소리를 듣더니만 아내는 얼른 가슴을 풀어헤쳐 젖꼭지를 꺼내면서 자식의 입에 물려주려 했다.

"불이야, 불!"

"부울?"

귓구멍 속으로 따갑게 우벼넣는 대꼬챙이 같은 소리를 듣고서야 아내는 간신히 눈뚜껑을 열었다. 그러나 불이 뭔지 잘 모르는 여자처럼 아직도 맹한 낯꽃에 흐릿한 눈빛이었다.

"불이 아니고 물난리야! 방금 쥔아줌마가 다녀갔어! 아무래도 사태가 심상찮은 모양이야!"

아내의 시선이 창문 쪽을 향해 느릿느릿 옮아가기 시작했다. 하지만 창문은 의외로 얌전한 상태였다. 닫힌 창문을 덜컹덜컹 흔들어대며 제멋대로 쏟아져 들어오던 간밤의 요란한 빗소리 따위는 전혀 안 들렸다. 물난리에 딱 어울리는 장대 같은 소낙비의 징후는 그 어디에서도 찾아볼 수 없었다. 그럼에도 불구하고 아내는 진종일 들이붓는 집중호우를 지켜보면서 느꼈던 전날의 두려움이 그제야 악몽으로 되살아나는 모양이었다.

"어머나, 아직도 비가……."

"잠꼬대 집어치고 발딱 일어나기부터 해!"

호되게 아내를 윽박지른 다음 나는 지체 없이 밖으로 뛰어나갔다. 예상과는 달리 비는 거의 그쳐 있는 상태였다. 그토록 억수로 쏟아부었으니 하긴 이제 기진할 만도 했다. 잔뜩 찌푸린 하늘은 잠시 뜸을 들이며 호흡을 조절하기 위함인 듯 쉬엄쉬엄 가랑비를 뿌리고 있는 중이었다.

여름 날씨답잖게 서늘한 느낌을 주는 가랑비를 얼굴에 맞으며 내가 마당가에서 최초로 목격한 것은 참으로 놀라운 광경이었다. 영락없이 전쟁이 터진 국경선 근처 마을 같았다. 제각각 큼직큼직한 피난 보퉁이를 한두 개씩 이고 진 채 빗물이 흥건한 골목길을 우왕좌왕 헤매는 동네 주민들의 딱한 행렬이 첫눈에 확 들어왔다. 시시각각 포위망을 좁혀오는 적군의 무자비한 만행을 피해 저마다 살 구멍을 찾아 뿔뿔이 도망치는 듯한 피난민들의 어지러운 발걸음으로 온 동네가 시끌벅적 요란했다.

"빨리 서둘잖고 뭐 하고 있어, 최 선생!"

망연자실한 채 우두커니 서 있는 나를 꾸짖는 집주인 아저씨의 목소리가 등뒤에서 감때사납게 울렸다.

"정말 저 정도로 심각합니까?"

나는 피난 행렬을 손가락질했다. 아무래도 내 질문이 분수 모르는 농담쯤으로 들린 듯했다. 장년의 고참 철도공무원인, 맘씨 좋은 집주인은 어처구니없다는 듯 한 차례 쓰디쓰게 웃어 보였다.

"갑자기 뚝이 터지는 바람에 성내천이 범람을 시작했대.

저 아래 풍납동 쪽은 지금 완전히 물에 잠겨서 생지옥이래."

그는 어린애들 물놀이에나 사용하는 알록달록한 비닐튜브에다 양 볼이 미어지도록 입바람을 뺑뺑이 불어넣는 중이었다. 어느 구석에서 끄집어냈는지 낡은 플라스틱 욕조 하나가 그의 곁에 덩그러니 놓여 있었다. 아마도 그 우스꽝스런 물건으로 구명보트 대용을 삼을 심산인 듯했다. 그 알량한 목간통 하나만으로는 아무래도 안심이 안 됐던지 그는 입바람으로 뺑뺑이 배를 부풀린 여러 개의 비닐튜브를 그 임시변통의 구명보트 둘레에 붙들어매는 작업을 서두르고 있었다. 거지반 알몸이나 다름없이 러닝셔츠가 살에 찰싸닥 늘어붙은 것도 아랑곳하지 않고 그는 가랑비에 고스란히 젖어가며 물난리에서 살아날 방도를 찾는 일에 잔뜩 고부라져 있었다.

"방금 전에 라지오 들어보니까 한강을 옆에 끼고 있는 저지대는 몽땅 다 물바다로 변해 버렸대. 아까부터 군용 헬기들이 낮게 떠다니면서 물속에 고립된 사람들을 건져올리고 있어. 정말이지 이 나이 먹도록 이렇게 끔찍한 물난리는 내 생전 처음 겪는구만."

잠시 숨을 돌리기 위해 튜브의 공기 주입구에서 입술을 떼면서 그는 연방 투덜거렸다. 그의 말이 사실임을 입증하듯 한강 쪽에서 헬리콥터 소리가 요란하게 다가왔다. 곧이어 지상의 구조물들 위를 거의 스칠 듯 낮게 뜬 군용 헬리콥터 한 대가 폭탄의 위력에 견주리만큼 어마어마한 폭음을 마구잡이로 투하하면서 순식간에 내 머리 위를 지나 둔촌동 방면으로 사라졌다.

그제야 비로소 나는 사태의 심각성이 어느 정도인지를 눈에서 불이 번쩍 일도록 실감하기에 이르렀다. 그것은 심각한 정도가 아니라 대단히 위험천만한 상황이었다. 사태가 그 지경에 이르기까지 천하태평으로 마냥 늦잠만 퍼잤던 나 자신의 아둔함이 생각할수록 한심하게 여겨졌다. 하지만 그따위 자아반성은 뒷전이었다. 그보다는 우선 자기네 식구들 살아남을 방도부터 먼저 확보한 연후에야 선심 베푸는 체하면서 뒤늦게 셋방 것들한테 위험을 귀띔해 주는 집주인네의 야박스런 인심이 괘씸하게 느껴졌다.

"정말 너무들 하십니다!"

나는 집주인 아저씨를 향해 빠른 걸음으로 다가들었다.

"세상에 이런 법이 어딨습니까? 더 좀 일찍 깨워줘서 셋방 것들하고 함께 살아날 방도를 연구하면 동티라도 난답디까? 우리 세 식구 하마터면 고스란히 수중고혼 신세가 될 뻔했잖아요!"

"허어 참······."

내 항의를 받고 늙은 철도공무원은 하 기가 막힌 나머지 말도 안 나온다는 표정이었다.

"이것 봐요, 최 선생!"

유구무언인 남편을 대신해서 동네 안에 여장부로 소문난 아주머니가 덥석 시비를 가로채고 나섰다.

"말이면 다 말인 줄 아슈? 무슨 말을 그리도 섭하게 하슈? 공일날 아침에 지겸이네만 늦잠 잔 게 아니라우. 우리도 꿈결에 철썩철썩 파도치는 소리를 듣고 깜짝 놀라서는 이게 웬 야단인가 하고······."

"파도치는 소리라니요?"

참으로 기가 꽉 막히는 이야기였다. 아무리 변두리라곤 하지만 그래도 대한민국하고도 자그마치 수도 서울의 시내인데 주택가 한복판에서 파도 소리라니! 이게 대관절 말인가, 막걸리인가.

"여태 잠이 덜 깼수? 최 선생 귀엔 아직도 저 소리가 피아노 치는 소리로 들리시우?"

아주머니가 손을 들어 대문 쪽을 일직선으로 가리켰다. 그제야 비로소 내 귀에도 이상한 소리가 어렴풋이 잡히기 시작했다.

"상전이 벽해가 된다는 옛말이 바로 이런 경울 두고 하는 말인 줄 누가 예전엔 짐작이나 했겠나."

아저씨는 뱃구레가 뺑뺑해진 튜브를 욕조 바깥쪽에다 나일론 끈으로 잡아매면서 나더러 들으라고 큰 소리로 중얼거렸다. 아주머니는 옥상으로 통하는 계단을 오르면서 이층 자기네 현관 근처에다 일층 셋방 것들을 겨냥한 불평불만을 물찌똥처럼 찍찍 내깔겼다.

"내 코가 석 잔데도 일부러 두 번씩이나 가이당 오르락내리락하면서 깨울 적엔 귓구멍 꽉 틀어막고 들은 기척도 않던 사람이 인제 와서 무슨 염치로 일찍 안 깨워줬네 어쨌네……."

그토록 핀잔을 바가지로 실컷 얻어먹은 다음에야 나는 정신이 번쩍 들었다. 아, 소리가 들린다! 마침내 내 귀에도 문제의 소리가 또렷이 잡히기 시작했다. 아, 정말 파도 소리가 맞구나! 그것은 깔축없는 파도 소리였다. 바다 가까운 곳에서나 들을 수 있는, 머리에 허연 물너울을 얹은 파도가 차례로 밀려와 바닷가 모래톱을 일삼아 핥아댈 때나 날 법한 소리였다. 서울시내 주택가에서 찰싹찰싹 파도치는 소리를 실제로 들을 수 있는 현실이 여간해서 믿어지지 않았다.

"죄송합니다, 아저씨."

"죄송하긴!"

맘씨 고운 철도공무원은 그 경황 중에도 활짝 웃어 보였다.

"피장파장인걸, 뭐. 눈뜨자마자 우리 마누라가 무슨 말부터 했는지 아나? 우리한테는 알리지도 않고 의리 없이 자기네 식구끼리만 쏘옥하니 빠져나갔다고 지겸이네를 단단히 원망하는 소리였다네. 아래층이 너무 조용하길래 우리는 지겸이네가 먼저 피난 떠나버린 줄로 착각했거든. 나중에 옆집 얘길 들어보니까 새벽부터 재해대책 공무원들이 골목골목 꿰고 다니면서 빨리들 대피하라고 마이크로 한바탕 고아댔다는데, 우리 식구는 귀가 없어서 그런 소릴 아무도 못들었지. 그래서 귀 있는 지겸이네만 듣고는 다급한 김에 허둥지둥 먼저 도망친 거라고 생각했다니까는, 글쎄."

다시 한번 활짝 웃으려다 말고 그는 갑자기 정색을 했다.

"아참, 내 정신 좀 보게. 지금 이러고 있을 때가 아니야. 물이 차올라오는 기세가 처음보다 점점 떨어지는 걸로 봐서 당장 위급한 정도는 아니지만, 그래도 만약은 아무도 모르는 일이니까 미리미리 철저히 대비를 해야지. 시간 없으니까 최 선생도 빨리 서둘러야 된다구!"

정말 그러고 있을 때가 아니었다. 쓸데없는 시비로 허비한 몇 분의 시간이 소매치기한테 털린 돈지갑만큼이나 아깝게 느껴지는 순간이었다.

"우린 어떡해?"

어느새 나타났는지 아내가 내 등뒤로 바투 붙어서면서 불쑥 우는소리를 내뱉었다. 큰물에 대한 원색적인 공포감이 아내의 달달 떨리는 목소리에 고스란히 묻어나고 있었다.

"어쩌긴 뭘 어째! 남들처럼 우리도 살 길부터 찾고 봐야지!"

툽상스레 쏘아붙이고 나서 나는 급히 대문간으로 내달렸다. 몇 발짝 뛰다 말고 나는 홱 돌아섰다.

"넋 달아난 여자같이 우두커니 서 있지 말고 빨리 서둘러! 귀중품부터 챙겨서 몸에 지니고 말이야!"

그것은 나 스스로 생각하기에도 참으로 유치하기 짝이 없는 발상이었다. 명색이 귀중품이라고 일컬을 만한 물건이 애당초 우리 살림에 있을 턱이 없었다. 기습을 단행하듯 매우 변칙적인 수법으로 결혼식을 올린 처지에 아내가 친정에서 짊어지고 올 값비싼 패물이랄지 혼수 따위는 처음부터 기대 밖의 것이었다. 굳이 꼽는다면 지겸이 백일잔치 때 선물로 들어온 반 돈쭝 아니면 한 돈쭝짜리 금반지 몇 개가 당장 현금으로 바꿀 수 있는 귀중품의 전부인 셈이었다.

대문을 여는 순간, 나는 방금 전까지 청각을 통해서만 접했던 그 파도의 실체를 마침내 내 눈으로 직접 목격할 수가 있었다. 녹슨 철제 대문 하나가 놀랍게도 바다와 뭍의 경계를 이루고 있었다. 싯누런 흙탕물이 성난 몸짓으로 골목길 양옆 담벼락을 후려갈기며 금세라도 덮칠 듯한 기세로 나를 위협했다. 밋밋한 비탈을 낀 오르막이던 동네 골목길이 난데없는 물바다로 변해 어느새 도도한 수면 풍경을 이루고 있었다.

물속에 파묻혀 중간에서 아예 사라져버린 골목길 저 끝쪽, 그러니까 그곳이 바다가 아니고 땅으로 행세하던 그 전날까지만 해도 동네 어귀에 해당하던 자리에 하얀 뗏목 한 척이 나타났다. 수면 위로 숨이 가빠 보이게 지붕 꼭대기만 간신히 내밀고 있는 건물들하고 감히 키재기를 하는 듯 뗏목은 느릿느릿 물살을 가르며 몹시 힘겹게 다가왔다. 일가족인 듯 장정 하나에 젊은 여자와 어린애 둘이 타고 있었다. 마치 잠시 후에 나와 내 가족이 몸소 겪게 될 일을 그들의 경우를 통해 미리감치 구경하는 기분이었다. 뗏목이 좀더 가까이 왔을 때 보니 그것은 뗏목이 아니라 한 장의 크고 두툼한 스티로폼이었다.

"어디서들 오시는 길입니까?"

그들이 상륙할 때까지 기다리지 못하고 나는 우렁차게 내뻗는 목청으로 멀리 마중을 나갔다. 그러자 스티로폼 한가운데 오보록이 몰려 있는 아녀자들 뒤편에서 널빤지 조각을 노 삼아 위태롭게 물살을 헤치던 젊은 사내가 나를 무시무시한 눈초리로 노려보았다.

"풍납동 방면인가요?"

"그런 건 알아서 뭐 하게요?"

사내는 물에 젖은 땅기스락 쪽으로 스티로폼을 밀어붙이면서 몰풍스런 가락으로 되물었다. 내가 잠시 머뭇거리는 사이에 사내는 널빤지 끝으로 여자의 등을 꾹 찔렀다.

"빨리들 내려!"

위대한 재앙의 신 앞에 영원한 복종을 서약한 신도처럼 젊은 여자는 벌벌 기는 걸음걸이로 두 아이의 손을 잡고 젖은 땅에 첫발을 내디뎠다. 수마의 손아귀에서 일단은 벗어난 셈인데도 그간의 끔찍스런 기억 때문인지 여자는 여전히 두려움에 떠는 표정이었다.

"지대가 약간 높은 편이라고 이 동네는 뭐 안전할 줄 아슈?"

사내는 갈고랑이가 달린 험악한 시선으로 나를 다시 걸고 넘어졌다.

"불과 한 뼘 차이란 말요, 한 뼘 차이! 오늘 오후쯤이면 아마 남산 꼭대기까지 물속에 풍덩 잠기게 될 거요!"

그 와중에 심심파적 삼아 물구경 나온 얼간망둥이쯤으로 나를 몰캉하게 취급하면서 사내는 물독에서 방금 건져낸 생쥐 꼴의 처자식들을 이끌고 그 자리를 핑하니 떠나버렸다. 가장으로서 나 또한 그 사내처럼 내게 딸린 생명들을 보호할 의무가 있었다. 출렁거리는 물결에 떼밀려 땅기스락 가까운 물에서 건듯건듯 놀아나고 있는 하얀 스티로폼 한 장이 갑자기 노아의 방주만큼이나 크고 튼튼한 구조선으로 느껴졌다.

"빌어먹을, 무슨 나라 꼬락서니가 이 모양이야!"

나는 바짓가랑이를 둘둘 걷어붙인 채 첨벙첨벙 물속으로 들어서면서 연방 투덜거렸다. 해마다 장마철만 닥칠라치면 홍수 예방입네, 재해 대책입네, 하고 입버릇처럼 유비무환을 부르짖으면서 이미 중진국 수준을 뛰어넘어 선진국 대열에 들어섰다는 한 국가의 수도를 어떻게 이 지경으로 망쳐 놓을 수가 있단 말인가.

"남산 꼭대기까지 물속에 풍덩 잠기고 나면 그 망망대해 경치 한번 볼 만하겠구나, 빌어먹을!"

나라 꼬락서니 한심한 거야 그래도 괜찮은 편이었다. 보다 더 한심한 것은 바로 나 자신이었다. 물난리의 우려를 항상 안고 있는 한강변 저지대에 속한 땅인 줄 사전에 눈치 챘음에도 불구하고 방값 싼 맛으로 성내동에 거처를 정할 수밖에 없었던 내 옹색한 처지가 참으로 처량하게 느껴졌다.

"어디서 제법 괜찮은 물건을 구했구만."

대문 밖에서 주워온 물건을 홧김에 일층 현관 앞에 동댕이치는 나를 보고 집주인 아저씨가 축하를 보내왔다.

"목간통 유람선하고는 물론 격이 다르겠지만, 그래도 어쩌겠습니까. 우두커니 앉아 있다가 물귀신 되는 것보다야 백 배 낫겠지요."

헌 욕조를 구명보트로 개조하는 작업을 다 끝마친 늙은 철도공무원은 나의 가시 돋친 응수를 너그러운 웃음으로 방어했다.

"아직도 화가 덜 풀린 모양인데, 나대로 다 믿는 구석이 있기 땜에 최 선생을 무리하게 깨우지 않았던 거야. 보여줄 게 있으니까 따라와 봐."

그는 가뜬한 발걸음으로 앞장서서 계단을 오르기 시작했다. 종종걸음으로 집 안팎을 쏘다니며 연방 호들갑을 떨어대는 부인과는 달리 그의 모습은 아주 여유만만했다.

"저걸 좀 보라구."

옥상 끝 난간 앞에 먼저 가서 기다리던 그가 말했다. 나는 그가 손짓으로 가리키는 곳을 바라보았다. 그야말로 망망대해였다. 눈에 보이는 것 모두가 그저 물투성이였다. 주택가였던 곳에도 상가였던 곳에도 벙벙히 물이 들어차서 한강까지 시야가 훤히 트여 있었다.

"처음에는 기세가 정말 굉장했지. 단숨에 우리 집까지 물살이 덮칠 것만 같아서 눈앞이 다 캄캄하더라니깐. 그런데 지금은 사정이 많이 달라졌어. 물이 불어나는 것도 한도가 있는 모양이야. 매사는 불여튼튼이라 했으니까 물론 만약의 사태에 철저히 대비는 해야 되겠지. 허지만 이제 위험한 고비를 그럭저럭 넘기지 않았나 싶어."

멀리서 국방색 모터보트들이 싯누런 흙탕의 바다를 누비고 다니며 산호초처럼 물 위에 위태롭게 떠 있는 건물 지붕들로부터 조난자들을 옮겨 싣는 광경이 눈에 띄었다.

"천만다행으로 집 뒤편이 제법 높직한 언덕이라서 여차직하면 우리는 내뺄 곳도 있어. 더군다나 우리 집은 이층집이란 말씀이야. 웬만해선 물에 잠길 염려가 없는 위치에서 이렇게 수해 현장을 한눈에 내려다볼 수 있는 것만도 실은 얼마나 행복한 일인지 몰라."

그의 위로는 오히려 내게 역효과만 낳았다. 퍼뜩 다른 동네로 이사를 가야지, 이사를 가야지, 가야지, 하고 나는 속다짐을 되풀이했다. 단 하루를 살더라도 물귀신 될 염려가 없는 안전한 곳에서 처자식을 부양하고 싶었다. 요번 사태만 무사히 넘긴다면 무슨 수를 써서든, 정말 딸라빚을 내서라도 곧바로 셋집을 옮겨버릴 작정이었다.

"비도 그치고 했으니까 어쩌면 오늘 오후부터는 물이 서서히 빠지기 시작할 거야. 옆집 사람들한테도, 좀더 두고 기다려보자고 타일렀지. 성미 급한 몇몇 가구만 빼고는 우리 이웃에서 피난 떠난 사람이 거의 없어."

"생명의 은인이 따로 없군요."

"그런 식으로 자꾸만 비꼬지 말아요, 최 선생."

"진짜로 남산 꼭대기까지 물에 잠기는 줄 알았거든요."

"아직도 완전히 맘을 놓을 단계는 아니니까 최 선생네도 짐을 대충 꾸려서 옥상에다 미리 옮겨놓는 게 좋을 거야."

나는 늙은 철도공무원을 홍수설화에 등장하는 어떤 예언자와 동격으로 대접해 주기로 마음먹었다. 미증유의 대홍수가 세상을 온통 휩쓰는 그 와중에서 장차 만수위를 이루게 될 지점으로부터 정확히 한 발짝 바로 위쪽 산중턱에 드러누워 천하태평으로 단잠을 실컷 즐기고 있었다는 그 예언자를 믿듯이 나는 물이 더 이상 불어나지 않을 거라는 늙은 철도공무원의 예언을 철석같이 믿기로 작정했다.

집주인의 충고대로 피난 보퉁이를 챙기려고 방안에 들어가 보니 웬걸, 방바닥이 온통 난장판으로 변해 있었다. 방안에 비치된 모든 가구의 문이며 서랍 따위가 죄다 열린 상태였고, 그 안에 숨어 있던 온갖 구지레한 잡동사니들이 모조리 방바닥으로 끌려나와 있는 것이었다. 그리고 아내는 넋 달아난 표정으로 그 오방난장의 한복판에 오도카니 앉아만 있는 것이었다. 귀중품을 챙기라는 남편의 지시에 맞추어 그때까지 아내가 확실히 수습해 놓은 거라곤 등에 업은 지겸이하고 가슴에 꽉 끌어안고 있는 사진첩과 편지뭉치 따위가 고작이었다.

"이 물난리판에 해묵은 연애편지나 빛바랜 추억 따위가 그렇게도 소중해? 비상식량 대신 그런 것들 삶아먹으면 배가 부르겠어?"

나는 얀정머리없이 아내한테 지청구를 먹였다. 단박에 눈자위를 빨갛게 물들이면서 아내는 나를 표독스럽게 노려보았다. 아니나다를까, 그니의 입술이 실룩실룩 경련을 일으키기 시작했다.

"최재식 씨!"

아내에 대한 지나친 공박이 결국 물난리에 버금가는 또다른 재앙을 불러들였음을 뒤늦게 깨닫고 나는 부랴사랴 안전지대로 피난 떠날 채비를 했다.

"알았어. 알았다구."

"나 좀 봐, 재식이 형!"

"글쎄 무슨 뜻인지 알았다니깐."

하기야 따지고 보면 아내는 내 지시를 가장 충실히 이행한 셈이었다. 우리 부부한테 현재의 지겸이나 과거의 추억보다 더 귀중한 재산이 뭐가 또 있겠는가. 나는 방바닥에 널린 물건들을 눈에 띄는 족족 이불보로 싸고 가방에 쑤셔 담아 옥상으로 옮기기 시작했다. 먼저 자리를 차지한 집주인 소유의 가재도구들로 옥상은 벌써 초만원을 이루고 있었다.

번갯불에 콩 볶아먹듯 살림살이를 얼렁뚱땅 대피시키고 나서 나는 돌다리도 두들겨보는 심정으로 다시 질척거리는 마당 흙을 밟았다. 그새 알게 모르게 시나브로 불어난 흙탕물이 어느덧 대문턱을 넘어 마당 중간쯤까지 침범해 있었다. 물이 불어나는 속도가 눈에 띄게 줄어들었다고는 하지만, 그래도 물높이가 궁극적으로 어디만큼에 다다를지 전혀 예측할 수 없는 상황이었다. 물가에 잔뜩 쭈그려 앉은 채 들어왔다 나가고 나갔는가 하면 어느새 다시 들어오기를 쉼없이 되풀이하는 흙탕물의 심통 사나운 움직임을 일삼아 지켜보면서 나는 인간계를 겨냥한 자연계의 끈덕진 악의 같은 걸 두려운 마음으로 읽고 있었다.

물은 시간을 두고 꾸준히 불어나 끝내 지하실이 침수되는 소동을 겪고 말았다. 온갖 오물을 거느린 싯누런 흙탕물이 콸콸 쏟아져 들어와서 지하실 바닥에 쌓인 연탄더미를 흐너뜨리고 보일러를 덮치는 바람에 집주인과 셋방살이 구분 없이 공평하게 피해를 입었다. 삽시에 연탄 빛깔의 시커먼 물구덩이로 둔갑한 지하실에서 늙은 철도공무원과 젊은 국어선생은 다만 한 푼어치라도 손해를 줄여보려는 안간힘을 포기한 채 지옥의 심연과도 같은 암담한 물속만 그저 멍청하니 들여다보고 있을 따름이었다.

"어쩔 작정인가?"

한참 만에 집주인이 입을 열었다.

"뭘 말입니까?"

나도 한참 만에 입을 열었다.

"떠날 텐가, 남아 있을 텐가?"

"아저씨는요?"

"나는 끝까지 남아 있을 작정이야. 내 생각을 최 선생한테 강요하진 않겠어. 어차피 떠날 작정이라면 지금 떠나는 게 좋겠구만."

나는 지하실을 그득 메운 시커먼 물살이 천장까지 남은 공간을 야금야금 먹어치우는 광경을 잠시 지켜보았다.

"아저씨가 남는다면 저도 남겠습니다."

늙은 철도공무원은 탄가루 반죽으로 엉망이 된 더러운 손바닥을 내 어깨 위에 슬그머니 얹었다.

"뭐라고 할말이 없구만. 지겸이네한테 집주인 노릇도 제대로 못한 주제에 이런 고생까지 시켜서 정말 면목이 없네."

늙은 철도공무원의 예언은 적중했다. 피난길에 오르지 않기를 참 잘했다는 사실이 오래지 않아 밝혀졌다. 일층 우리 방의 바닥을 살짝 적시는 정도에서 마지막 몽니를 부린 다음 물은 오후로 접어들면서 서서히 빠져나가기 시작했다. 우리가 입은 수해는 물에 풀려 물과 함께 지하실에서 사라진 연탄 백여 장과 지하실 구석에 처박아두었던, 못 쓰거나 안 쓰는 가재도구 몇 점을 버린 것이 전부였다. 엄청난 물난리치고는 거의 피해가 없는 거나 다름없는 다행스런 결과였다.

한강변의 저지대를 휩쓴 그 물난리 체험은 그것으로 모두 마감된 게 아니었다. 겨우 한숨 돌리려는 참인데 웬걸, 다음에는 수재민 구호품들이 줄지어 가가호호를 방문하기 시작했다. 극성스런 집주인 아주머니가 통반장과 동사무소를 어떻게 구워삶았는지 구호품은 셋방 사는 우리한테까지 골고루 분배되었다. 라면 열 개, 두루마리 휴지 두 통, 합성세제 한 봉지, 밍크담요 한 장, 그리고 그밖에 돈도 자그마치 십만 원이나 우리 집을 찾아왔다. 아내와 나는 자다가

얻은 차시루떡 같은 그 구호품들을 수령할 적마다 감격에
겨워 '우리나라 좋은 나라'를 목청껏 제창할 지경이었다.

뿐만이 아니었다. 곧이어 더욱 놀라운 소식이 전해졌다.
남조선의 불쌍한 수재민들을 돕겠다고 북한 정권이 팔소매
걷어붙이고 나섰다는 언론 보도가 우리의 눈을 화등잔만하
게 키워놓았다. 아니할 말로 배꼽 떨어지고 나서 처음 들어
보는, 그야말로 기막힌 소식이었다. 나라 전체가 온통 북한
의 제안을 화젯거리로 삼아 술렁이고 있었다. 피해액수야
고하간에 북한이 도와주고 싶어 안달인 그 수재민의 일원이
틀림없는지라 나 역시 비상한 호기심으로 그 기사를 접할
수밖에 없었다.

"최 선생, 괜히 김칫국부터 먼저 마시지 말아요."

학교 안에서는 동료 교사들 대부분이 북한의 진의를 반신
반의하는 분위기였다. 아니, 한낱 우스개쯤으로 치부해 버
리는 냉소적 경향마저 보였다. 이를테면 교감선생 같은 사
람이 가장 대표적인 인물이었다. 분단 이래 오늘날까지 남
북 간에 항용 있어 왔던 심리전 내지 선전전의 일환에 지나
지 않는다는 것이 반공의식으로 무장한 그의 한결같은 주장
이었다.

"교감선생님 말씀이 백 프로 옳습니다. 그쪽 사람들 표현
대로 남조선 인민들 도와줄 만한 여력은 고사하고 우선 진
정으로 도와줄 용의나 있는지 당장 그 점부터 의심스럽습니
다."

"있긴 뭐가 있겠어. 제 목구멍 풀칠하기도 벅차서 노상
쩔쩔맨다던데. 말하자면 넝마쪽 걸친 거지가 양복 입은 신

사한테 한푼 적선하겠다고 폼잡고 나서는 격이지."

"그따위 터무니없는 제안을 이쪽에서 결코 받아들일 리가
없다는 지금까지의 경험칙을 계산에 넣고는 밑천 안 드는
말장난으로 한번 걸어보는 수작이 분명하다니까."

부정적인 반응이 대종을 이루는 분위기에서 나이 지긋한
교무주임이 빙긋이 웃는 낯꽃으로 나를 돌아다보았다.

"위대하신 어버이 수령으로부터 장차 크나큰 은혜를 입게
될지도 모르는 남조선 수재민의 한 사람 자격으로 우리 최
재식 선생께서도 소감 한말씀 피력해 보시지그래?"

교무실 안의 모든 입들이 한목에 너털웃음을 터뜨렸다.
덩달아 나도 웃을 수밖에 없었다.

"제 생각은 이렇습니다. 저쪽에서 어떻게 나오는가 한번
구경이나 해보게 이번 기회에 북한 제의를 우리가 덜컥 받
아들였으면 합니다."

"역시 수령님 유혹은 뿌리치기 힘든 모양이로군."

"자꾸만 그러지 마십쇼. 팔자에 없는 수재민이 된 것만도
가뜩이나 서러운 판인데 거교적으로 위문금을 거둬서 부조
해 주지는 못할망정 저를 그런 식으로 꼭 색안경까지 끼고
바라보셔야만 하겠습니까?"

"최재식 선생 사상 문제는 내가 보증을 서줄 테니까 저쪽
에서 주면 안심 팍 놓고 덥석 받으라구."

"눈물겹도록 고맙습니다. 아무튼 제가 하고 싶은 얘기는
요. 요번 북한 제의를 우리 정부 당국이 흔연스럽게 수용한
다 하더라도 우리가 손해 볼 일은 아무것도 없을 거다. 바
로 이 점입니다."

"우리가 쟤네들 전략에 말려드는 셈인데도?"

"아니지요. 설령 그것이 속임수나 말장난에 불과하더라도 결과는 마찬가지지요. 쌀이든 뭐든 보내만 준다면 고맙게 받겠다고 즉각 답장을 띄우는 겁니다. 그런 다음 저쪽에서 어떻게 나오는지 지켜보는 겁니다."

"만약에 그게 빈말이 아니고 실지로 저쪽 사람들이 약속을 덜컥 이행해 버린다면?"

"그런다고 주저할 이유가 뭐가 있겠습니까? 무조건 그냥 받고 보는 겁니다. 동포애를 앞세운 북쪽 제의를 허심탄회하게 수용할 줄 아는 남쪽의 아량이 돋보이는 결과가 되겠지요. 뿐만 아니라 그런 일을 계기로 남북 간에 화해 무드가 조성될 수만 있다면 그야말로 금상첨화 아닐까요?"

북한의 제의하고 가장 이해상관이 깊은 수재민 입장에서 내가 열을 올려 한바탕 떠드는 동안 동료 교사들은 조용히 귀를 빌려주는 아량을 베풀었다. 전쟁을 모르고 자란 젊은 세대 교사의 말에도 일리가 있는 것 같다는 반응들이었다.

북한의 구호품 공세에 누구보다 후끈 달아 있는 사람은 늙은 철도공무원이었다. 셋방을 잘못 내준 죄로 괜한 고생을 시켰다며 우리 식구만 보면 미안해서 어쩔 줄 모르던 그 맘씨 좋은 아저씨가 엉뚱깽뚱하게도 북한을 등에 업은 채 갑자기 살판난 듯이 기를 펴기 시작했다.

"조오치, 좋아! 어차피 받아먹었다는 소리 들을 바엔 배창자가 터지도록 몽땅 받아먹는 것이 상책이라니깐."

동료 교사들과 마찬가지로 아저씨 또한 반백년 내내 않던 짓을 다따가 새로 시작하려는 북한의 태도를 왈칵 신용하려

하지 않았다. 하지만 먼저 저쪽에서 자청해서 주겠다는 판에 반대할 이유가 뭐가 있겠냐는 식이었다. 기왕 받을 바에는 가급적이면 많이많이 받아냄으로써 자기 집에 세든 사람까지 쌀 한 줌이라도 더 차례가게 된다면 집주인으로서 한결 미안감이 덜어질 듯싶다는 이야기였다.

물난리를 치른 직후 아저씨는 정색을 하면서, 나가겠다는 의사 표시만 해오면 하시라도 전셋돈을 뽑아주겠노라고 내게 뜻을 밝힌 바 있었다. 그런데도 나는 선뜻 단안을 내리지 못한 채 이사 계획을 차일피일 미루고 있는 중이었다. 어느 동네로 이사를 간들 지금 아저씨네만큼 양질의 집주인을 만나는 것도 그리 쉬운 일은 아닐 거라는 어림짐작 때문이었다.

"최 서방도 들었지?"

북한의 원조 제의를 수락한다는 정부 당국의 공식 발표가 있던 날이었다.

"방금 그 뉴스 못 봤나?"

발표가 나자마자 나한테 맨 먼저 전화를 걸어온 사람은 뜻밖에도 장인이었다. 강북에서 발산하는 노인양반의 흥분이 전화선을 타고 단숨에 한강을 건너 강동에 있는 내 귀까지 생생히 다가왔다. 한바탕 어지럽게 돌아가는 시국인지라, 이건 또 웬 날벼락 같은 말씀인가 싶어 나는 순간적으로 긴장하지 않을 수 없었다.

"무슨 뉴스를 말씀하시는지……."

"저런, 테레비를 안 보고 있었구먼. 방금 이북쌀을 받기로 했다는 뉴스가 나왔다네. 축하하네, 최 서방!"

아, 하고 나는 부지불식간에 신음과도 같은 탄성을 토했다. 내심 은근히 바라던 결과임에도 불구하고 막상 장인의 입을 통해서 최초로 그 소식을 접하는 순간 내가 대뜸 느낀 감정은 정녕 기쁨과는 거리가 먼, 기쁨보다 한 발짝 앞서 달려와서 은결든 듯 가슴 한복판에 아리게 자리를 잡아버리는 통증 비슷한 것이었다. 단지 이북쌀이란 한 가지 이유 때문에 그동안 데면데면한 관계로 일관해 왔던 못난 사위한테 그처럼 득달같이 전화를 걸어 때아닌 축하까지 남발하면서 터무니없이 흥분에 겨워 있는 장인의 모습이 눈에 밟혔다. 장인 장모의 고향이 이북이란 사실을 그때만큼 뼈아프게 실감한 적은 과거에 한번도 없었다.

"잠깐만 기다리게, 최 서방!"

장인의 샛노란 흥분이 귀에서 멀어지는 대신 이번에는 장모의 발그스름한 흥분이 갑자기 전화기 속에 등장해서 한층 더 얼얼하게 내 귓속을 후벼 파기 시작했다.

"나도 지겸이 아범한테 축하의 말을 전하고 싶네! 이 얼마나 놀랍고도 감사하신 축복이고 은총인가!"

축하 위에 축복과 은총까지 겹겹이 포개지는 바람에 나는 더욱더 통증의 무게를 견디기 힘들어졌다.

"뭘요. 두 분 어르신께서 그동안 기도 많이 하신 덕택이지요."

황해도 재령이 두 노인의 고향이었다. 실향민 노인들이 들먹이는 감사의 대상이 어버이 수령 김일성이 아님은 두말할 나위조차 없는 일이었다. 기독교 집안 출신으로 신앙을 지키기 위해 어쩔 수 없이 고향마저 등진 채 북한을 탈출해야만 했던 노부부 입장에서는 반세기 동안 꿈에도 생각지 못했던 이북쌀이 남한 땅으로 넘어오게 된 역사적인 사건을 전능하신 여호와 하나님의 역사하심과 섭리하심의 결과로 철석같이 믿고 있을 것임이 틀림없었다.

"우리가 이번에 사위 덕 한번 톡톡히 보게 생겼구먼! 수십 년 만에 처음으로 이북쌀 한번 만져보고 죽게 됐으니 이보다 더 큰 감격이, 이보다 더 큰 감사가 어디 또 있겠는가, 최 서방!"

"휴전선을 사이에 두고 양측에서 이제 겨우 말만 몇 마디 오갔을 뿐인데요, 뭐. 지금까지 남북 간에 흔히 그래 나왔던 것같이 앞으로 또 어떤 변수가 작용할지 모르니까 아직은 너무 그렇게 좋아 마십시오."

"모르는 소리! 이제 두고 보게나, 요번만큼은 정말 틀림없을 테니까!"

간밤 꿈에 신의 계시라도 받은 듯한 말투였다. 장모는 시퍼렇게 장담해 마지않았다.

"최 서방한테 미리 신신당부해 둬야겠네. 이북쌀이 배급되거들랑 양이야 다소간에 우리한테도 꼭 좀 나눠주게나. 제발 부탁이네!"

말은 그렇게 하면서도 장모의 목소리는 아쉬워서 부탁하는 처지답지 않게 나이보다 훨씬 젊고 생기가 넘쳤다. 마치 물난리를 만나 장차 이북쌀과 깊은 관련을 갖게 될 전도유망한 청년인 줄 일찍이 내다보고 군말 없이 고명딸의 장래를 내맡긴 선견지명의 부모이거나 한 양 수재민 사위 때문에 스스로 대단한 긍지를 느끼는 목소리였다.

"잠깐만요, 어머님."

철부지 소녀처럼 마냥 달떠 있는 장모를 더 이상 천연덕스레 상대할 수가 없어 나는 잽싸게 달아날 궁리를 했다.

"경미 바꿔드릴게요."

"나야, 엄마."

그새 전화기 곁에 바싹 붙어 앉아 들었기 때문에 쌍방 간에 오가는 통화 내용을 대충 파악하고 있었을 텐데도, 아내의 표정은 시종일관 그저 시큰둥하기만 했다.

"엄마는 그게 뭐가 그리 대단한 선물이라구 그 난리를 치구 그래?"

황해도 재령은 김경미의 고향이 아니었다. 그곳은 어디까지나 김경미 부모의 고향일 뿐이었다.

"사위한테 그 이북쌀 못 얻으면 당장 굶을 형편인 것처럼 들리니까 화가 나서 그러잖아."

변변히 씨암탉 한번 잡아 먹인 적 없는 지천꾸러기 사위를 상대로 이북쌀 소식에 턱없이 과민반응을 보이는 친정부모의 태도가 영 마땅찮다는 기색이었다. 아니, 병적이리만큼 쌀 문제에 집착하는 심리 그 자체를 도무지 이해할 수 없다는 태도였다.

"알았어. 그만 끊어."

아내는 꽤나 길게 이어지는 친정어머니의 말에 심드렁하게 대꾸했다.

"글쎄 알았다니까 자꾸만 그러네. 그까짓 쌀 나부랭이 뭐 몽땅 다래도 퍼줄 테니까 염려 꽉 붙들어 매셔."

바로 그 이튿날부터 쌍을 지어 사위네 집을 찾는 장인 장모의 발걸음이 부쩍 잦아지기 시작했다. 외손주 보고 싶어 또 왔노라면서 노인들은 매번 지겸이의 옷이나 장난감 따위를 선물로 내놓곤 했다. 하지만 미운털이 촘촘히 박힌 사위네 집을 다따가 뻔질나게 출입하는 노인들의 진정한 속셈이 무엇인지는 눈자라기 지겸이마저도 빤히 꿰뚫어볼 것이었다.

"꼭 우리가 수재 당하길 기다렸던 것 같은 말투잖아."

아내는 친정부모의 갑작스런 태도 변화와 잦은 출입 모두를 별로 탐탁히 여기지 않았다.

"말두 안 돼. 주님 은혜는 무슨 주님 은혜!"

노인들이 돌아간 다음이면 아내는 으레 빈정거리기를 잊지 않았다. 남편 들으라고 하는 소리였다. 노인들이 우리의 결혼을 끝까지 반대할 수밖에 없었던 표면상의 이유는 종교 문제였다. 믿지 않는 자와 멍에를 함께 메지 말라는 성경의 가르침에 충실히 따르기 위해 그처럼 맹렬히 반대한 것일 뿐, 그밖에 다른 의도는 전혀 없었노라는 장인 장모의 때늦은 해명이 이북쌀 꽁무니에 따라붙기도 했다.

"우리 엄마 아빠는 딸네 식구 세 목숨 모두 합친 것보다도 그 알량난 이북쌀 쪽에다 훨씬 더 비중을 크게 두는 눈치야."

하지만 아내의 생각은 처음부터 달랐다. 단지 상대가 두메산골 한미한 집안 출신인 데다가 편모슬하에 가난뱅이 선생이란 이유만으로 그처럼 결혼을 결사반대한 거라고 아내는 확신하고 있었다. 그에 대한 반발심으로 그니는 최재식이란 인간을 남편으로 취하는 대신 누대에 걸쳐 조상으로부터 물려받은 배냇믿음을 과감히 버림으로써 결국 친정부모의 가슴에 모지락스럽게 대못을 지르고 말았던 것이다.

"설마 그럴 리가 있겠어? 노인양반들 고향땅 그리는 심정은 우리 세대 이해를 뛰어넘는 수준일 거야. 향수병이 너무 앞서다 보니까 약간 도를 넘는 대목도 더러 눈에 띄는 거겠지."

어느새 입장이 완전히 뒤바뀌어 있었다. 과거에는 주로 내가 장인 장모를 헐뜯고 아내가 친정부모를 적극적으로 두남두는 형국이었다. 그런데 그 입장이 어느새 완전히 뒤바뀌어 있었다. 나는 그 어떤 의무감 같은 것에 붙들려 아내가 헐뜯는 장인 장모를 일삼아 역성들기 시작했다. 아내가 넌지시 자기 부모를 험담하는 형식을 취할 때 얼씨구나 하고 섣불리 동조하는 것은 일종의 자살행위가 될 가능성도 있다는 사실을 나는 그간에 치른 값비싼 대가를 통해 속속들이 간파하고 있었다.

"하기야 나도 좀 이해가 안 가는 대목이 있긴 해. 하필이면 왜 쌀이지? 이북에서 원조하겠다는 게 쌀말고도 옷감이랑 시멘트랑 여러 종류가 있는데 어째서 다른 물건엔 눈곱만치도 관심을 안 보이면서 시종일관 그렇게 두 분 모두 목이 쉬도록 쌀 노래만 합창하시는지 나는 도무지 그 이유를 알다가도 모르겠더라."

노인들이 우리 집에 와서 한나절씩 풀어놓는 이야기보따리는 고향 자랑 일색이었다. 귓구멍이 헐도록 듣고 또 들은 덕분에 나는 꿈에서도 가본 적이 없는 황해도 재령땅에 관해 마치 현지에서 다년간 굴러먹다 돌아온 한량처럼 웬만한 풍물기쯤은 뜨르르 꿰고 있을 정도였다.

남쪽 저 멀리 수양산에서 최초로 물길을 잡기 시작한 재령강이 북으로 북으로 거슬러 오르다가 그 이름도 아름다운 은파천과 서흥강을 차례로 만나는 곳이 삼강면인데, 거기가 바로 장인 장모의 고향이고, 세 개의 강이 한데 어우러지면서 눈이 모자라 다는 담지 못하리만큼 넓디넓은 재령평야를 끝간데 모르게 펼쳐놓는데, 거미줄처럼 관개가 잘 돼 있는 탓에 도통 가뭄이 뭔지 모르는 그 기름진 평야에서 해마다 넉넉하게 거둬들이는 소출이 바로 예부터 임금님 수라상에 오르는 진상미로 유명한 재령쌀이고, 워낙 수량이 풍부해서 사시장철 맑은 물이 도도히 흐르는 재령강을 타고 커다란 배들이 내륙 깊숙한 구석까지 연락부절로 들며나면서 그림같이 꿈결같이 아름다운 강상 풍경을 연출하는데……

　"나중에 우리도 늙으면 그렇게 될까?"

　아무데나 살며시 건드리기만 해도 어린 시절의 꿈이 그 때깔도 영롱하게 톡톡 볼가져 나오는 고향, 두 청춘남녀를 질긴 끈으로 묶어 부부의 인연을 맺게끔 중매쟁이 노릇을 해준 바로 그 고향 재령을 이야기하는 동안 노인들은 곧잘 자신의 나이를 까먹곤 했다.

　"무슨 뜻으로 하는 소리야?"

　시공을 훌쩍 뛰어넘어 달빛이 비단보료처럼 푹신하게 깔린 재령강변에서 사람들 이목을 피해 가며 애꿎은 보름달만 화젯거리로 삼곤 하던 그때 당시의 그 기분으로 고스란히 되돌아가기라도 한 듯이 두 노인은 어느새 화색이 감도는 수상쩍은 낯꽃에다 수줍음과 두근거림이 반반으로 엇갈리는 묘한 표정들을 싣고 있었다.

"수십 년간 여일하게 주고받아 온 사랑인데 아직도 양에 덜 찼는지 두 분은 지금까지 서로 끔찍하게 사랑하고 계시 잖아. 벌써 손자손녀를 여럿이나 본 노인네들이 자식들 보는 데서 부끄러운 줄도 좀 아셔야지."

뭔가 또 꼬투리를 잡을 셈으로 일순 긴장하는 기색이던 아내의 낯꽃이 금세 부드럽게 풀어졌다. 내 말이 듣기에 과히 싫지는 않은 모양이었다.

"그거야 뭐 순전히 남자 하기에 달린 일이지."

초장에 너무 기운을 뺀 탓일까. 이북쌀을 기다리다 지친 나머지 노인들은 한동안 안팎 모두 호되게 몸살을 앓았다. 그래서 정작 이북쌀이 배급될 임시에는 집안에 틀어박혀 꼼짝도 못한 채 보신하며 지내느라 외손주 보고 싶다는 구실로 문지방이 닳도록 드나들던 사위네 집을 쉽사리 방문할 형편이 못 되었다.

"나왔어. 방금 전에 받았어."

드디어 기다리고 기다리던 북한 구호품이 우리 집까지 무사히 도착했음을 알리는 전화가 학교로 걸려왔다. 눈이 짓무를 지경으로 오래 기다린 것에 비기면 아내의 보고는 오히려 비정하게 느껴지리만큼 간단명료했다. 다분히 실망의 빛을 띤 그니의 말투는 며칠 전부터 풍선처럼 부풀어 있던 나의 흥분에 일찌감치 찬물을 끼얹는 구실을 했다. 이미 휴전선을 넘어온 구호품이 판문점에 하역되는 감격적인 장면을 텔레비전 뉴스에서 본 데다가 금명간에 수재민 가정에 고루 분배될 거라는 보도마저 잇따르던 터라 나는 잔뜩 기대에 싸인 채 그 순간이 오기를 하마하마 고대하던 참이었다.

"일찍 퇴근할 테니까 잘 보관하고 있어. 그리고 아버님한 테는 우리가 저녁에 찾아뵐 테니까 그냥 댁에 가만히 계시 라고 미리 말씀드려."

나는 일부러 아내와의 통화를 사무적으로 덤덤하게 끝냈 다. 그랬는데도 어느새 낌새를 챈 동료들이 내 주위로 우르 르 몰려들었다.

"어떻게 된 거야?"

"오늘 나왔대."

"무슨무슨 물건이 얼마얼마씩이나 나왔대?"

"몰라. 거기까진 안 물어봤어."

"이런 싱거운 인간 봤나! 최 선생, 혹시 우리한테도 좀 나눠달라고 찌그렁이 붙을까 봐 겁나서 그런 식으로 일찌감 치 엄살 작전을 펴는 거 아냐?"

그 물음에 나는 아무런 대꾸 없이 그저 웃기만 했다. 그 러자 동료들은 서로서로 묘한 눈짓을 주고받으며 각자의 자 리로 되돌아갔다. 맞은편 좌석의 박 선생이 테이블 너머로 매우 수상쩍은 미소를 날려 보냈다.

"최 선생 혼자서 마르고 닳도록 잘먹고 잘살라구."

이북쌀 건으로 말미암은 장인 장모의 병환을 구실 삼아 조퇴를 희망하는 내 처지를 교감선생은 십분 이해해 주었 다. 나는 수업을 끝내자마자 곧바로 퇴근길에 올랐다.

서둘러 귀가한 남편을 아내는 그다지 곱지 않은 눈초리로 맞이했다.

"밥도 못 해먹을 저 형편없는 물건을 운반하느라고 나 혼 자서 죽을 고생을 다 했단 말이야."

아내는 턱짓으로 방 쪽을 가리켰다. 큼직한 쌀자루 하나
가 옹색스런 단칸셋방 입구를 제법 그들먹이 가로막고 있었
다. 얼핏 눈대중으로 부피를 가늠해 보니 반 가마 푼수는
너끈할 것 같았다. 집주인 아주머니와 함께 동사무소까지
나가서 낑낑거리며 그걸 가져왔다는 불평이었다.

"밥도 못 해먹다니, 그게 무슨 소리야?"

"자기 눈으로 직접 한번 확인해 보시지."

나는 내 눈으로 직접 한번 확인해 보았다. 질이 매우 떨
어지는 쌀이었다. 어느 해 소출인지 몰라도 약간 변색한 데
다가 묵은내까지 풍기고 있었다. 아닌게아니라 요즘 세상에
그런 쌀 사먹는 사람 별로 없을 듯싶었다.

"선물이 좀 맘에 안 든다고 그런 식으로 말해선 안 되지.
이북 동포들 정성을 봐서라도 무조건 고맙게 받아야지."

이북 선물은 쌀말고도 한 가지가 더 있었다. 옛날 옛적에
한때 유행한 적이 있는 포플린 계통의 면포였다. 올이 굵고
결이 거친 편이며 원색에 가까운 색상이나 단조로운 무늬가
현대적 감각하고는 상당히 동떨어진 것이라서 서너 마 길이
의 그 면포를 대관절 어떤 용처에 써먹어야 좋을지 얼른 묘
책이 떠오르지 않았다.

"이래봬도 자그마치 북한산 물건 아닌가. 물난리 당한 기
념으로 소중하게 보관해야지."

그걸 운반하는 데 들인 수고 때문이라기보다 선물의 품질
에 실망해서 볼이 잔뜩 부어 있을 철없는 아내를 적당히 구
슬리고 나서 나는 몫을 가르기 시작했다. 쌀과 면포를 각각
삼등분했다. 우리 집과 처갓집 몫으로 각각 삼분의 일을,

그리고 기타 친척과 교장, 교감에 대한 맛보기 선물용으로
나머지 삼분의 일을 몫지어놓았다.

"어얼씨구 씨구 들어간다아! 작년에 왔던 각설이이, 죽지
도 않고 또 왔네에!"

처갓집에 일찍 다녀올 요량으로 저녁식사를 서두르는 중
이었다. 느닷없이 대문간께가 왁자지껄 소란해지는가 싶더
니만 박 선생 인솔하에 한 무리 교사들이 예고도 없이 들이
닥쳤다. 축하주랍시고 소주병을 하나씩 꿰찬 채 들어와 방
안을 빼곡히 점령해 버린 그들은 들입다 자기네한테 생면부
지의 이북 구호품들과 수인사할 기회를 달라고 강력히 요구
했다.

"애개개, 이게 전부 다란 말야? 북한산 시멘트도 쌀이랑
동반 월남한 것은 이미 천하공지의 사실인데, 우리 이러지
말자구, 최 선생!"

쌀이랑 면포하고 통성명 절차를 끝내기 무섭게 박 선생이
완연한 협박조로 나왔다.

"시멘트 경우는 관급공사 같은 데다 공공사업용으로만 사
용할 계획이라는 발표가 있었어."

"그래? 그렇다면 하는 수 없지, 뭐."

그들은 쌀과 면포를 보다 더 찬찬히 살펴보면서 요란한
품평을 주고받기 시작했다. 쌀은 최소한 삼 년 이상 묵힌
비축미가 틀림없고, 면포는 이불보나 만들어 쓰면 딱 십상
이겠다는 중론이 돌았다. 품평회를 마친 다음 그들은 각자
하나씩 지참해 온 비닐봉지를 일제히 꺼내들었다. 순식간에
뜨더귀판이 벌어졌다. 붙잡아 말리고 어쩌고 할 겨를도 없

었다. 저마다 욕심껏 쌀을 담아 비닐봉지의 배를 불리기 무섭게 그들은 축배를 드는 절차마저 까맣게 잊은 채 썰물이 되어 방안을 빠져나갔다.

"어머나, 이를 어째!"

동료들을 배웅하고 나서 대문간으로 들어서는 순간 아내의 다급한 부르짖음이 뻗쳐왔다. 아내는 혼이 나간 듯 방안 한가운데 우두망찰한 모습으로 서 있었다.

"못된 놈들 같으니!"

내 입에서도 비명이나 진배없는 부르짖음이 튀어나왔다. 쌀이 안 보였다. 내가 빤히 지켜보는 자리에서 말짱 다 바닥을 내버렸으니까 우리 몫이나 기타 선물용 쌀은 일찌감치 체념한 상태였다. 문제는 처갓집 몫이었다. 따로 보자기에 싸서 방구석에 얌전히 모셔두었던 그 쌀까지 방안에서 깨끗이 사라져버린 것이었다.

"어떤 말째 인간 소행인지는 몰라도 그 쌀 처먹다가 주둥이나 획 삐뚤어지거라, 빌어먹을!"

부앗살이 꼭뒤까지 뻗치는 바람에 나는 건공중에 떠워 마구 저주를 퍼부으면서 주방에 있는 쌀통을 향해 덤벼들었다.

"뭐 하는 거야?"

돌발적인 내 행동을 아내는 뜨악해하는 눈초리로 지켜보고 있었다.

"보면 몰라? 우리 처갓집에 선물할 이북쌀 제조하는 중이다, 왜!"

나는 이북산 면포를 부욱 찢어 가짜 이북쌀을 마구 퍼 담기 시작했다. 주인집 아주머니한테 사정을 설명하고 그쪽

246

이북쌀을 동냥할 생각도 없잖아 있었다. 하지만 진상미로 유명했다는 그 재령쌀 수준의 품질을 내심 기대하고 있을 실향민 노인들을 위해서는 어쩌면 차라리 잘 된 일인지도 모르겠다는 생각이 얼핏 들기도 했다.

처갓집에서는 편찮은 몸을 떨치고 자리에서 일어난 두 노인이 마치 귀빈이라도 맞이하려는 듯 나들잇벌로 의관을 말쑥이 갖춘 채 우리를 기다리고 있는 중이었다. 아니, 이북쌀을 기다리고 있었다. 노인들이 예를 갖추어 정중하게 맞이하려는 귀빈은 다름 아닌 이북쌀이었다. 딸과 외손자의 존재도 안중에 없었다. 백년지객이라는 사위도 다만 귀빈을 모시고 온 하인에 지나지 않았다. 장인 장모는 입과 눈들을 한데 모아 대뜸 이북쌀부터 찾았다. 마음 한구석에 찔리는 바가 있어 나는 슬며시 면포부터 먼저 선보였다. 그러나 노인들은 그따위 물건은 거들떠도 안 보았다. 애오라지 이북쌀만 빨리 내놓으라고 보채는 것이었다.

급조한 가짜 이북쌀과 두 실향민 노인 사이에 이루어지는 역사적인 해후 장면은 극적이다 못해 괴이쩍기마저 했다. 노인들은 양손으로 욕심껏 퍼 올린 쌀을 마치 모래놀이 하는 어린애들처럼 손가락 새로 줄줄이 흘러내리게 하는 장난질을 몇 차례고 되풀이했다. 그런 다음 쌀 속에다 코끝을 박은 채 킁킁 냄새를 맡아보기도 하고, 쌀을 움켜 뺨에 대고 살살 비비대기도 했다. 혀끝에 대고 쌀의 겉맛을 살피는가 하면 실제로 입 안에 넣고는 조심조심 씹어 그 속맛을 두고두고 천천히 음미하기도 했다. 마치 보석을 감정하듯이 낱알 몇 개를 집어 올려 일일이 형광등 불빛에 비춰보는가

하면 그것도 모자라 아예 확대경까지 동원해서 쌀알의 표면을 세밀히 관찰하기도 했다. 아무리 너그럽게 잘 봐주고 싶어도 그것은 온전한 사람들이 말짱한 정신으로 벌이는 정상적인 행동이 아닌 것 같았다.

"어떻게 보셨어요?"

마침내 감정 절차를 일찍 끝낸 장모 쪽에서 질퍽하게 젖은 눈을 들면서 먼저 말문을 열었다.

"어떻다고 생각하오?"

장인 역시 벌겋게 충혈된 눈으로 장모를 마주보면서 얼른 되물었다.

"틀림없지요?"

"그렇소. 틀림없소."

"우리 재령쌀이 맞지요?"

"맞다니까요. 빛깔로 보나 윤기로 보나 이만한 쌀을 생산해 낼 만큼 기름진 땅은 이북 전체를 통틀어서 우리 재령뿐이오."

두 노인은 가짜 이북쌀을 가운데 놓고 두 손을 힘껏 맞잡았다. 장모의 눈에서 쏟아지는 굵은 눈물방울이 가짜 이북쌀 위로 뚝뚝 떨어지기 시작했다. 점잖은 은퇴 교육자 체면에 차마 눈물을 비치기가 거식했던지 장인은 얼른 천장 쪽으로 눈길을 돌리면서 공연히 헛기침만 두어 방 놓았다.

"정말 고맙네, 최 서방."

장인이 치사했다.

"고맙긴요. 두 분이서 똑같이 재령쌀이 틀림없는 것으로 판정을 내리시니까 저 역시도 정말 기분이 좋아지는군요."

"인제는 정말 곧 죽어도 아무 여한이 없을 것 같네. 최 서방 은공은 내 평생 안 잊을라네."

장모가 무릎걸음으로 문치적문치적 다가와 내 손을 와락 부여잡았다.

"은공은 당치도 않은 말씀입니다."

나는 펄쩍 뛰는 시늉을 하면서 넌지시 아내 쪽으로 고개를 돌렸다. 만약 가무스름하게 변색한 데다가 묵은내까지 폴폴 풍기는 그 품질 낮은 진짜배기 이북쌀을 선물했더라면 어쩔 뻔했느냐, 하는 무언의 시위인 셈이었다. 잠든 지겸이를 품에 안은 채 마냥 심란해하는 낯꽃으로 처음부터 줄곧 친정부모가 하는 양을 지켜보고 있던 아내는 댓바람에 칠색 팔색을 하면서 내 시선을 황급히 뿌리친 다음 벽면을 향해 고개를 홱 꺾어버렸다. 부모나 남편이나 가릴 것 없이 짝자꿍이로 벌이는 짓거리들이 도통 마음에 안 든다는 뜻일 것이었다.

쌀의 용도

그야말로 지척이 천 리였다. 처갓집에 이르는 길은 예나 이제나 그저 한없이 멀기만 했다. 와병 중인 장모에게 병문안을 드리기 위해 오랜만에 찾아가는 길이라서 그런지 전보다 더욱더 처갓집이 아득하게 느껴지는 것이었다. 쌀을 도구로 사용해서 수상쩍은 병증을 매우 기이한 방식으로 치료하고 있다는 고집불통 두 실향민 노인을 만나 무슨 말로 어떻게 위로해야 좋을지 도무지 대책이 안 서는 상태였다. 벽을 사이에 두고 대화를 나누듯 노인들을 상대로 피차 소통 불가능한 이야기를 일방적으로 건네며 한두 시간 템이나 처갓집에 머물러 있다 올 일을 생각하니 출발도 하기 전에 미리감치 떡심부터 쫙 풀리는 기분이었다.

그때의 그 쌀이 지금껏 온전한 상태로 보존돼 있을까.

두고두고 그 점이 궁금했다. 아내가 미리 챙겨놓은 위문품 가방과 함께 택시에 실려 처갓집을 향하는 동안에도 내 머릿속에서는 쌀의 보관 방법에 대한 의문이 줄곧 떠나지 않았다.

"알 게 뭐야. 방부제를 쓰든지 방충, 방습제를 쓰든지, 하여간에 두 분이 어련히 다 알아서 조치를 취하셨겠지, 뭐."

궁금증이 시키는 대로 집을 나서기 직전에 아내를 붙들고 넌지시 물었을 때 나한테 돌아온 대꾸는 무척이나 쌀쌀맞은 것이었다.

"자그마치 십 년 세월이 흘렀어. 설마 십 년씩이나 케케묵은 상한 쌀을 가지고 치료에 임하시진 않겠지. 햅쌀이나 다름없는 신선한 쌀이래야 치료 효과도 높을 텐데, 어지간한 지극정성 아니고는 십 년간이나 원상에 가깝도록 보존한다는 건 거의 불가능한 일이잖아. 뭔가 틀림없이 그분들 나름대로 비방이 있을 거야."

"나한테 자꾸만 그러기야, 자기? 자기가 엉뚱한 방향으로 호사가 취미를 즐기려는 심리 이면에는 아직두 자기한테 우리 엄마 아빠를 모욕하려는 저의가 다분히 숨어 있다는 증거라구!"

"어이구, 이거 실례 많았습니다, 프로이트 부인."

친정에 다녀온 이후로는 매사에 늘 그런 식이었다. 아내는 다시 한번 면돗날 같은 과민반응을 드러낸 다음 뱃구레가 제법 빵빵한 위문품 가방을 들어 내 가슴을 툭 밀침으로써 내 악취미에 대한 앙갚음을 대신했다. 가방 안에는 두유한 상자와 북한산 뱀술, 그리고 역시 북한산인 맥주서껀이들어 있었다. 벌써 며칠째나 제대로 갖추어진 식사를 중단한 채 겨우겨우 두유로 끼니를 삼으며 연명하는 상태인지라아내는 병석의 친정어머니에게 보낼 위문품을 고르는 데 따로 고심할 필요가 없었다. 소름이 끼치리만큼 이북쌀에 집착하는 두 노인의 향수병 치료를 보조해 줄 또 다른 약제로북한산 수입품들을 처방한 사람은 그 집안 딸이 아니라 바로 사위였다. 나는 백화점 북한 코너에 진열된 제품이면 값이야 고하간에 무조건 종류별로 한 가지씩 구입하라고 일렀었는데, 다른 물건은 구할 수 없었노라면서 아내는 결국 술이라곤 일 모금도 입에 못 대는 독실한 기독교 신자들을 위한 선물로 술 종류만 두 가지나 사왔던 것이다.

성북동 언덕빼기에 자리잡은 처갓집에 당도하자마자 나는 대뜸 당혹감부터 느껴야 했다. 내가 예상했던 것과는 집안 분위기가 영 딴판이었다. 심각한 우환이 드리우는 음울한 그림자 따위는 집안 어느 구석에서도 전혀 찾아볼 수 없었다. 장인은 실로 오랜만에 처갓집을 방문한 사위를 활짝웃는 낯꽃으로 따뜻이 맞아주었다. 여느 때나 조금도 다를바 없는 태평스런 표정이요 어조였다. 때마침 따로나서 살고 있는 큰처남 부부가 본가에 와 있었다. 그들 역시 때마침 볼일이 있어 근처까지 발걸음을 했던 김에 잠깐 들렀을 뿐이라는 투로 매우 심상한 태도를 취하고 있었다. 오히려 백년지객인 사위 혼자만 긴장하고 당황해서 괜스레 이 눈치 보고 저 눈치 살피기에 급급해 있는 판국이었다.

"그동안 자주 찾아뵙지 못해서 정말 죄만스럽습니다."

나는 우선 사죄의 말부터 앞장세우면서 장모가 자리보전하고 누워 있는 안방으로 발을 들여놓았다. 장모는 앉은 자세로 사위를 맞기 위해 이부자리에서 몸을 일으키려는 무리한 동작을 시도했다.

"아닙니다. 그냥 누워 계십쇼."

장모가 움직이지 못하게끔 나는 재빨리 손을 썼다. 그런 다음 머리를 써서 두어 걸음 사이를 두고 장모로부터 적당히 떨어져 앉음으로써 전해들은 이야기의 진상을 파악하기에 유리한 염탐꾼의 위치를 확보했다.

"모처럼 찾아온 최 서방을 누운 채로 맞아서 어쩌지?"

"괜찮습니다. 좀 어떠십니까?"

아내한테서 얻어들은 이야기와는 전혀 딴판으로 장모의 모습 어디에서도 별다른 이상 징후를 발견할 수 없었다. 지난날에 비해 눈에 띄게 수척해진 점만 뺀다면 목숨이 경각에 달린 중환의 조짐 따위는 거의 느낄 수 없으리만큼 장모의 용태는 겉보기에 비교적 양호한 편이었다.

"몰라보게 좋아졌지. 최 서방 덕택에 이젠 거의 다 완쾌된 셈이네."

"덕택은 무슨…… 당치도 않으신 말씀입니다."

"아니네. 전능하신 하나님 아버지께서 최 서방을 일찌감치 도구로 사용하셔서 우리 집안에 귀한 선물을 보내주심으로 말미암아 오늘날 내가 이만치라도 건강을 유지할 수가 있게 됐다네."

사위에 대한 치사가 아니라 그것은 자신이 신봉하는 신을 상대로 한 일종의 신앙고백이었다. 장모는 매우 진지한 어조로 말하면서 목 부위까지 덮여 있던 이불자락을 아래로 밀쳤다. 바로 그 순간, 십 년 전에 불신자 사위를 통해 믿음이 독실한 기독교 집안에 전달된 하나님의 선물이 얼핏 모습을 드러냈다. 헝겊주머니에 담긴 채 장모의 배꼽노리 위에 되똑 얹혀 있는 이북쌀의 존재를 확인하는 순간, 어린 시절의 기억 한 토막이 퍼뜩 내 뇌리를 스쳤다. 오래전에 돌아가신 할머니 살아생전의 일이었다. 아하, 역시 그랬었구나, 바로 그것이었구나, 하고 나는 속으로 연방 감탄해 마지않았다. 쌀로 병을 치료한다는 말을 맨 처음 아내한테서 전해들은 이후 내가 줄곧 품어 나온 막연한 추측이 마침내 사실로 밝혀지는 참이었다.

"이런 치료법이 정말 효험이 있습니까?"

나는 장모의 얼굴과 배꼽노리의 쌀주머니를 번갈아 내려다보며 진지한 어조로 질문했다.

"있다마다!"

병자답지 않게 생기를 담은 또랑또랑한 눈초리로 장모가 나를 빤히 올려다보았다. 괘꽝스럽게도 별의별 엉뚱한 질문을 다 한다는 투였다.

"내 병은 의학박사보다도 내가 더 잘 알지. 현대 의학으로도 고칠 수 없는 병이라네. 최 서방 눈에는 다소 이상하게 뵐지 모르지만, 이보다 더 좋은 치료법은 없다네. 전에도 똑같은 병을 똑같은 방법으로 치료해서 신기할 정도로 효험을 본 적이 두 차례나 있었거든."

그처럼 탁효가 있다고 부득부득 우기는 데야 나로서는 달리 더 할말이 없었다. 나는 슬금슬금 물러날 채비를 하면서 기회를 엿보았다.

"똑같은 방법으로 두 차례나 효험을 보셨다니 정말 다행이군요. 이번에도 역시 꼭 효험을 보시기 바랍니다."

"고맙네. 최 서방 정성을 봐서라도 반다시 효험이 있을 것이네."

물론 두 경우 사이에 약간의 차이점은 있었다. 예를 들자면, 과거 속의 우리 할머니는 주문을 외운 반면 현재 속의 장모는 기도를 드리는 그런 차이였다. 그리고 또 한 가지, 쌀을 싸는 방식 또한 달랐다. 할머니는 쌀이 소복이 담긴 사기대접을 하얀 광목천으로 덮고는 대접 밑바닥을 끈으로 질끈 동여 사용했던 데 반해 장모는 대접의 도움 없이 쌀을 그냥 보자기로 싸서 주머니처럼 만들어 사용했다. 하지만 그 정도 사소한 차이점만 빼고는 양쪽 방법이 거지반 똑같다고 생각했다.

의원도 없고 약방도 없는 두메산골에서는 무당이 의사 행세를 했다. 무당을 불러들여 푸닥거리를 할 만한 형편도 못 되는 우리 집안에서는 할머니가 의사와 무당 노릇을 한목에 겸했다. 어려서부터 유난히 잔병치레가 잦았던 내가 할머니의 단골 환자였다.

쌀로써 갖가지 병을 다스리는 그 행위를 가리켜 할머니는 으레 '잠밥을 먹인다'고 표현하곤 했다. 잠밥이 정확히 무엇을 뜻하는 말인지는 국어선생인 나에게도 오랜 세월이 지나도록 여전히 수수께끼로 남아 있었다. 풀어먹여서 병마를 잠재우는 밥이라는 뜻 같기도 하고, 또 민간의 처방을 뜻하는 잡방(雜方)이 변해서 된 말인 듯싶기도 하지만, 그에 관해 도움을 줄 수 있는 할머니나 어머니가 이미 오래전에 세상을 떠났기 때문에 더 이상 확인할 길이 막막한 처지였다.

아무튼지 간에 귀애하는 손자가 병에 걸렸다 하면 할머니는 부랴사랴 쌀대접과 광목천부터 챙겨 잠밥 먹일 준비를 시작하곤 했다. 할머니는 아무 병에나 잠밥을 먹여댔다. 신열이 들끓어 온몸이 불덩이처럼 달아오르고 골치가 지끈지끈 펠 때도 잠밥을 먹였다. 배탈이 심해서 속이 온통 뒤틀리고 물찌똥을 찍찍 내깔길 때도 잠밥을 먹였다. 심지어 학교 가기 싫어 꾀병을 앓을 때도 할머니는 어김없이 잠밥을 먹여대곤 했다.

할머니는 손자의 병이 속히 낫기를 바라는 간절한 마음을 목소리에 담아 끊임없이 조상대감님들을 불러대면서, 새텃말 사는 최씨 문중 우리 재식이란 놈 괴롭히는 몹쓸 병이 씻은 듯이 나아서 부디 무병장수하게끔 도와주십사고 지성으로 빌고 또 빌었다. 그러면서 쌀대접이 담긴 광목주머니를 거꾸로 잡고는 아픈 부위를 톡톡톡 가볍게 두드려대거나 살살살 문질러대는 것이었다. 잠밥 먹이기 절차가 오랫동안 계속되는 사이에 내 마음속에는 어느덧 나른한 평안이 깃들이곤 했다. 들끓던 신열도 가뭇없이 물러가고 기승을 부리던 배탈도 슬그머니 잠들었다. 심지어 꾀병마저도 어느새 자취를 감춰버리는 바람에 할머니가 내 엉덩짝을 찰싹 때리면서 완쾌를 선언할 때면 나는 어쩔 도리 없이 학교에 가기 위해 뒤늦게나마 책보를 메고 집을 나설 수밖에 없었다.

행사를 끝마칠 적마다 할머니는 반드시 광목천을 풀어 내 병이 완쾌했음을 알려주는 움직일 수 없는 증거를 내 눈앞에 제시하곤 했다. 행사를 시작하기 전에는 분명히 대접 운두 위로 소복이 솟아 있던 쌀의 높이가 행사 후에는 어느 틈에 운두 아래로 주춤 내려앉아 있는 것이었다. 쌀의 양이 눈에 띄게 줄어든 그 조화를 두고 할머니는 어느 대감님이 오셔서 잠밥을 맛나게 잡숫고 가신 탓이라고 매번 단정적으로 말하곤 했다.

하지만 할머니의 잠밥 먹이기는 어디까지나 옛날하고도 아주 먼 옛날 의술의 도움을 전혀 기대할 수 없었던 두메산골 암흑천지에서 헐수할수없기 때문에 에멜무지로 벌여야만 했던 미신 행위 아니던가. 그것을 장모의 경우하고 똑같은 차원에서 비교한다는 건 당최 어불성설이었다. 오늘날 대명천지 과학문명 사회에서 식자깨나 들었다는 분들이, 더군다나 독실한 기독교 신자로 소문난 분들이 전근대적인 미신 행위로 치병을 꾀하리라곤 상상조차 하지 못할 일이었다.

"뭘 이런 걸 다⋯⋯."

실향민 노인을 위해 큰맘 먹고 준비해 온 위문품을 꺼내 보이자 장인은 약간 난처한 기색으로 어물어물 말했다. 겸양 삼아 괜히 한번 해보는 말치레가 결코 아니었다. 그럴 필요 전혀 없는 일에다 공연한 지출을 했다는 핀잔 비슷한 가락이 장인의 말 가운데 언중유골로 드러나고 있었다.

결국 북한산 뱀술이나 맥주 가지고는 장인의 환심을 사는
데 실패하고 말았다. 주초(酒草)를 절대 금기시하는 기독교
신앙 때문만도 아닌 듯했다. 오래전 북한이 남한 수재민들
에게 위문품을 보내왔을 당시, 같은 이북 물건인데 면포 쪽
은 거들떠도 안 보면서 허둥지둥 쌀만 챙기던 그때의 그것
하고 일맥상통하는 태도였다. 사위한테 선물로 받은 가짜
이북쌀을 자그마치 십 년 세월이 흐르도록 신주단지 모시듯
알뜰살뜰히 보관해 온 장인이었다. 그만한 정성이라면 비록
마시지는 못할망정 북한산 술들도 기념품 삼아 고이 간직할
법했다. 북한산 가방이나 라디오 같은 공산품이라면 혹시
또 모르겠다. 쌀과 마찬가지로 면포나 술 또한 북한땅의 흙
과 물을 먹고 마시며 자란 생명체로 만들어진 것들 아니던
가. 이치가 엄연히 그러함에도 불구하고 장인은 끝내 그것
들을 본체만체 외면함으로써 사위의 마음을 섭섭하게 만드
는 것이었다.

하기야 근래 들어 간접교역이든 직접교역이든 간에 합법
적인 경로를 통해 이 땅에 반입된 북한 물건이 어디 뱀술과
맥주뿐이던가. 그새 세상은 참으로 놀랍도록 많이도 변해
있었다. 맨 처음으로 말린 모시조갯살이 들어온 데 이어 석
탄, 서적, 화폐, 감자, 가방 등등 각종 북한 물건이 잇따라
들어왔고, 그때마다 그런 소식들이 언론에 크게 소개되기도
했다. 그렇지만 장인 장모가 그런 것들에 남다른 관심을 표
명한 흔적은 처갓집 어느 구석에서도 일절 찾아볼 수 없는
형편이었다.

"쌀을 이용해서 병을 치료하신 경험이 전에도 있으셨다면 서요?"

어떤 방식으로든 한번은 꼭 짚고 넘어가야 될 문제다 싶어 나는 살얼음판 위를 걷는 심정으로 조심조심 운을 떼었다.

"믿는 자들에겐 능치 못할 일이 아무것도 없는 법이지."

장인은 성경 구절을 빌려 얼른 긍정을 표시했다.

"장모님 말씀 듣고 저는 솔직히 말해서 약간 당황했습니다. 어떻게 그런 일이 가능할까 하고 말입니다."

"그게 어떤 쌀인지 몰라서 그러나? 그게 어디 보통 쌀인가?"

"예, 물론 이북쌀이지요."

나는 하마터면 이북쌀 앞에다 가짜라는 말을 무심코 덧붙일 뻔했다.

"이북쌀이자 바로 우리 고향 재령쌀이라네."

"장인어른께서 말씀하시는 그 고향쌀하고 남한땅에서 흔히 구할 수 있는 타향쌀 사이엔 어떤 차이점이 있을까요?"

병석의 장모한테는 차마 들이댈 수 없었던 고약한 질문이 장인 면전에서는 수월하게 잘도 나왔다. 매제의 그런 태도가 아무래도 정도를 지나쳐 완연한 시비조로 비치는 모양이었다. 거실 소파에 함께 자리해 있던 큰처남이 자중할 것을 경고하는 옐로카드를 눈에 담아 내 코앞에 불쑥 디밀었다. 그것은 결코 반칙이 아니기에 억울한 판정에 불복하겠다는 뜻을 나 또한 눈짓으로 처남에게 전달했다.

"최 서방 같은 젊은 세대가 쌀이 갖고 있는 중차대한 의미를 과소평가하는 건 어쩌면 당연한 노릇인지도 모르지.

그 심정 충분히 이해하네. 허지만 말이네, 우리네 실향민들이 분단 이후 최초로 수중에 들어온 이북쌀을 두고 느끼는 그 복잡다단한 심회를 최 서방 쪽에서는 아마 도무지 이해할 수 없을 것이네. 암, 이해할 수 없고말고."

내가 또 말대꾸하려는 순간 처남이 재차 옐로카드를 꺼내 들었다.

"그건 그냥 단순한 쌀이 아니야. 고향의 흙과 고향의 물과 고향의 햇볕이 합작해서 빚어낸 최고의 걸작품이고 위대한 창조물이지. 고향땅의 모든 정기가 한데 어우러져서 결정체를 이룬 것이 바로 고향쌀이란 것이지."

"북한산 목화나 호프맥이나 까치살모사도 쌀이랑 마찬가지 아닐까요?"

똑같은 북한의 자연이 만들어낸 걸작품인데 여타의 것들은 치지도외한 채 유독 쌀만 편애하는 그 이유가 무엇인지 나는 꼭 알고 싶었다.

"그따위 너절한 것들을 감히 쌀하고 동격으로 비교하다니!"

마치 내 말이 당신의 인격에 가해진 심각한 모독이라도 되는 양 장인은 몹시 분개한 기색으로 갑자기 언성을 높였다.

"고향쌀은 고향에서 생산된 단순한 의미의 곡물이 아니야. 고향쌀은 바로 고향 그 자체야. 우리네 한국인들 심성 속에 깊이 뿌리내리고 있는 쌀에 대한 관념은 거의 종교에 가까울 정도로 신성시의 대상이 되지. 왜냐하면 땅과 쌀과 사람은 제각각 별개의 것이 아니라 서로서로 순환관계를 이루고 있는 동일체이기 때문이지. 어제의 땅은 오늘의 쌀이 되고, 오늘의 쌀은 오늘의 사람과 한몸을 이루고, 오늘의 사람은 다시 내일의 땅이 되는 법이야. 땅이 곧 쌀이고, 쌀은 곧 사람이고, 사람은 곧 땅인 그 오묘한 이치를 최 서방 같은 젊은 세대가 알 턱이 없지. 암, 알 턱이 없고말고."

마치 지진아 제자를 위해 독선생 노릇을 자임하듯 장인은 원로 교육자로서의 실력을 유감없이 발휘해서 사위의 어리석음을 깨우칠 요량으로 한바탕 열변을 토했다. 장인은 다름 아닌 신토불이에 관해서 설명하고 있었다.

"장인어른 말씀을 저도 대충은 알아들은 것 같습니다."

나는 결국 장인 앞에서 두 손을 번쩍 들고 말았다. 결단코 장인의 논리에 승복해서가 아니었다. 논리 이전의, 논리를 뛰어넘는, 쌀에 대한 장인의 그 동물적인 집착심을 나로서는 도저히 거스를 수가 없기 때문이었다. 어른에 대한 대접 삼아 꼼짝없이 승복하는 시늉이라도 하는 수밖에 달리 도리가 없는 기묘한 분위기였다.

"자네 장모 병세에 대해서는 어느 누구보다도 내가 속속들이 잘 아네. 현대 의학으로는 당최 고칠 수 없는 난치병이지."

방금 전에 장모가 불렀던 노래를 장인이 곱다시 되읊고 있었다.

"고향 사모하는 마음이 고황에 들어서 생긴 병이니까 고향땅을 직접 밟아보기 전에는 달리 고칠 방도가 없어. 휴전선 너머 고향을 직접 찾아가는 건 현실적으로 불가능한 일이니까 별수 없이 비상수단이라도 동원할 수밖에. 고향쌀의 위력을 빌려서 북쪽 저 멀리 떨어져 있는 고향을 이쪽으로 가까이 끌어당기는 그 방법밖에 없어. 자네 처가에서 지금 벌어지고 있는 이 일이 다소 마음에 안 들더라도 너그럽게 이해하려고 노력하는 것이 사위 된 사람으로서 마땅한 도리라고 생각하네."

"이해는 저도 충분히 하고 있습니다. 잠밥을 먹여서 병을 치료하는 걸 어렸을 적에 저도 직접 체험했거든요."

내 말이 장인과 나 사이에 깊이 팬 감정의 골을 웬만큼 메워주기를 기대하면서 나는 다분히 아첨기가 섞인 발언을 했다.

"잠밥을 먹이다니?"

장인의 눈이 휘둥그레졌다.

"예. 옛날에 저희 고향 동네에선 쌀을 이용해서 병을 다스리는 행위를 잠밥을 먹인다고 표현했습니다."

"허어, 그래? 최 서방 고향에서도 쌀로 치병을 했다, 이런 말인가?"

장인이 갑자기 내 이야기에 지대한 관심을 보이기 시작했다. 동석한 큰처남 역시 눈빛을 싹 달리하면서 좀더 자세히 이야기해 줄 것을 나에게 당부했다. 그 사품에 공연히 신바람이 나서 나는 제격 어린 시절로 되돌아가 할머니 이야기에 고부라지기 시작했다. 나는 손자를 유난히도 귀애하는 한 시골 노파가 한목에 의사와 무당 두 역할을 겸하면서 입으로는 지성으로 주문을 외우고 손으로는 일삼아 조상대감님들한테 잠밥을 먹임으로써 손자의 병을 말끔히 고쳐놓곤 하던 치료 과정을 소상히 소개했다.

"어머님께서 이 말씀을 꼭 전하라고 하셔서요……."

할 이야기가 아직도 무진장 남아 있는 참인데 갑자기 처
남댁이 안방에서 나오면서 내 흥을 바싹 깨뜨려놓았다.

"지겸이 아빠가 방금 얘기한 그것은 미신이래요. 그리고
어머님이 지금 하고 계시는 건 미신이 아니라 정통 기독교
신앙 행위래요. 결국 두 가지는 똑같은 게 아니라는 어머님
말씀이세요."

시어머니의 뜻을 처남댁이 조심스레 대변했다. 장모의 전
갈을 듣는 순간 나는 어안이 벙벙해졌다. 옛날의 그 미신
행위와 지금의 이 정통 신앙 행위가 도대체 뭣이 다르단 말
인가.

"자네 장모 말이 맞아. 내 말이 바로 그 말이네."

장인이 얼른 맞장구를 쳤다.

"그거하고 이거하고 수단이나 방법은 서로 엇비슷할지 몰
라도 목적은 전혀 딴판이지. 쌀을 제물로 바치면서 조상신
한테 도움을 청하는 행위는 미신이 분명하네."

장인은 오히려 거꾸로 말하고 있는 느낌이었다. 내가 생
각하기로는, 수단은 약간 다를지 몰라도 치병의 목적은 그
거나 이거나 매일반인 것 같았다.

"우리는 쌀을 제물로 생각하지 않아. 최 서방을 통해서
사십여 년 만에 다시 만져보는 고향쌀은 말하자면 우리 집
안에 은총으로 내려주신 하나님 아버지 선물인 셈이지. 성
령 하나님께서 고향쌀을 눈에 보이는 확실한 통로로 삼아서
어제나 오늘이나 한결같이 우리 집안에 임재하심을 우리는
굳게 믿고 있지. 그래서 그 통로를 적극적으로 활용하면서
우리는 지금 전능하신 하나님하고 열심을 다해서 교통하고

있는 중이라네."

장인 장모의 관계는 그야말로 천생연분에 보리개떡인 셈
이었다. 더 이상 할말이 없어 나는 그만 입을 다물고 말았
다. 앞으로도 영원히 벙어리 상태로 지낼 것처럼 나는 입을
굳게 함봉한 채 언제까지고 잠자코 앉아만 있을 작정이었다.
내가 듣기에는, 이 말이 결국 그 말이었다. 장인의 친절
한 설명에도 불구하고 나는 미신과 정통 신앙 사이에 유감
스럽게도 아무런 차등을 발견할 수 없었다. 이미 오래전에
저세상 사람이 된 할머니와 아직도 살아 숨쉬면서 안방에
누워 있는 장모 사이의 우열관계도 도통 느낄 수 없었다.
다만, 독실한 기독교 집안 출신으로서 갖는 자부심이 그런
식으로 미신과의 차별성을 강조하게끔 부추긴 결과라고 생
각했다. 내 눈에는 장인 장모의 태도야말로 재래식 미신과
기독교 신앙 사이에 적당히 양다리를 걸친 채 두길마보기를
꾀하는 모습으로 비치는 것이었다. 기독교 전래 이후 이 땅
에서 내내 반목하고 적대하던 두 세력이 우리 처갓집에서
만나 서로 의좋게 화해의 악수를 나누고 있는 꼴이었다. 쌀
을 쌀 아닌 다른 무엇으로, 이를테면 마땅히 인간의 입으로
들어가야 할 곡물의 의미를 임의로 수정해서 식용 이외의
다른 목적에다 사용한다는 점에서 할머니와 장인 장모는 결
국 한통속이었다. 인간이 생명을 유지하는 데 필요한 영양
분을 공급하는 그 단순 기능 이상의 어떤 놀라운 신통력이
쌀을 통해 나타난다고 믿는 점에서 평생 기독교가 뭔지 모
르고 살았던 할머니와 기독교의 공기가 아니면 숨조차 제대
로 못 쉬는 줄 아는 장인 장모는 사실상 한 치도 다를 게

없었다.

"내일도 아침 일찍 출근해야지?"

어른의 말에 속으로 앙앙불락하는 내 기분을 알아차린 큰
처남이 눈치껏 부조해서 나에게 퇴로를 열어주었다. 연방
엉덩이를 뭉그적거리며 하직인사를 고할 기회만 노리는 참
인데, 바로 그때 장인의 입에서 한숨 소리가 기다랗게 흘러
나왔다.

"그나저나 하루속히 통일의 날이 와야 할 텐데……."

아, 하고 나는 속으로 탄성을 발했다. 통일의 날이 빨리
와야 한단다. 우와, 방금 우리 장인어른께서 다른 것도 아
닌 통일에 관해 언급하셨다. 해가 서쪽에서 뜰 일까지는 아
니지만, 그래도 장인의 입에서 흘러나온 통일이란 말이 왠
지 예사롭지 않게 들렸다.

"이만 물러가겠습니다."

장인의 통일관에 대해서라면 나도 엔간히 할말이 많은 사
람이었다. 하지만 말해 봤자 무슨 소용인가. 내 주장이 계
란이라면 장인의 주장은 바위였다. 나는 통일 문제로 장인
하고 두번 다시 다투고 싶지 않았다.

"안녕히 계십시오, 아버님."

내 인사에 장인은 아무런 반응도 드러내지 않았다. 장인
은 그저 소파에 깊숙이 들어앉아 벽면만 뚫어져라 응시하고
있었다. 아침저녁 두 차례 세숫물만으로는 다 씻어내지 못
할 땟국 같은 외로움이 노안 위에 켜켜이 들러붙어 더께를
이루고 있었다. 천공기를 닮은 장인의 시선에 의해 바야흐
로 구멍이 뚫리고 있을 벽면 그 너머는 서울의 북방이었다.

북한산을 지나 한참을 더 올라가면 휴전선에 닿을 것이었다. 빛의 속도와 길동무해서 달리는 시선의 발걸음에 얼마나 더 가혹하게 채찍질을 가해야 장인은 고향인 재령땅에 다다를 수 있게 될 것인가.

"어디 가서 술이나 한잔 합시다."

매제를 배웅하러 대문 밖까지 따라 나온 큰처남에게 말했다. 처가 권속들 가운데 내가 제일 만만히 상대하는 인물이었다.

"큰일날 소리! 장로 아버님 그 성격 잘 알면서 그래?"

큰처남은 펄쩍 뛰었다. 드넓은 정원이 나무들로 무성하게 잘 꾸며진 어느 부잣집 담을 넘어온 라일락 향기가 비좁은 고샅길을 빽빽이 메우고 있었다. 사방에 봄기운이 완연한 계절이지만 성북동 언덕빼기의 밤공기는 아직도 차갑게만 느껴졌다.

"처남매부지간에 술 한잔도 맘놓고 못 마실 형편인 줄 미리 알았더라면 애시당초 김경미를 마누라로 점찍지도 않았을 겁니다."

"천하가 다 아는 공처가 주제에 계속 처갓집을 물고늘어진다면 당장 김경미 여사한테 고자질할 테야."

꽃향기가 코를 찌르는 어둠길을 나란히 걸으면서 큰처남이 내 어깨를 가볍게 밀쳤다. 꽁생원 큰처남을 타락시켜 사탄의 세력으로 끌어들이려는 음모를 일찌거니 단념하면서 나는 서둘러 화제를 바꾸었다.

"우리끼리니까 솔직하게 털어놓읍시다. 위암입니까?"

"무슨 뚱딴지 같은 소리야?"

"경미한테 들은 얘기로는 아무래도 장모님 증세가 심상치 않은 것 같던데요. 문제는 노인들이 아니고 바로 형님입니다. 노인들이 중세기적 사고방식을 고집하는데도 형님은 맹종만을 능사로 알면서 언제까지고 그저 수수방관만 하고 계실 작정입니까?"

"최 서방은 쉬운 말을 늘 그런 식으로 어렵게 하는 고질버릇이 있더라. 그건 그렇고, 원래 내 누이동생 전공은 의학이 아니고 국어교육학이잖아? 언제부터 경미가 의학 쪽에 관심을 갖기 시작했는지 몰라도 그 돌팔이 의사가 내린 진단은 싹 무시해 버리라구."

큰처남은 마치 좋은 세월이라도 만난 듯이 밝은 목소리로 크게 웃었다.

"지난번 편찮으셨을 때 내과 전문의로 있는 친구한테 왕진을 부탁한 적이 있었지. 그때 그 친구가 집에까지 찾아와서 어머님을 샅샅이 진찰해 보고 내린 최종 결론은, 암종이 아닌 것 같다는 거야."

"전문의 소견으로 아니면 아닌 것이고 기면 긴 것이지, 아닌 것 같다는 애매모호한 진단은 또 뭡니까?"

"첨단 의료장비로 몸속을 샅샅이 뒤지고 사진 찍는 각종 검사 없이 순전히 가방 하나 들고 왕진 나온 의사 머리로만 내린 진단이니까 그 친구 입장에선 그렇게 말할 수밖에 없었겠지. 아무튼 암종은 아니라니까 크게 걱정할 필요는 없어. 노환에다 과도한 흠씩까지 겹쳐서 약간 심각하게 보일 뿐이지 실상은 위급한 상태가 아니라는 거야."

"노인들이 밥 짓고 술 빚는 쌀을 갖고서 애들처럼 엉뚱한 장난을 벌이고 있는 줄 그 의사 친구도 알고 있습니까?"

"물론 알고 있지. 제 눈으로 직접 구경까지 했는걸. 그 친구 말로는, 좀 우스꽝스러워 뵈긴 하지만 그것도 그리 나쁜 방법은 아니라는 거야. 일종의 심리요법인데, 과도한 노스탤지어에서 비롯된 홈씩에는 사실 그 이상 효과적인 치료법도 없다는 거야."

"그 친구분, 돌팔이가 틀림없군요. 만일 저한테 그럴 권한이 주어진다면 그 내과 전문의한테서 당장 의사 자격을 박탈해 버리겠습니다."

"말리지 않을 테니까 기회가 온다면 소신껏 그렇게 해보라구."

큰처남은 미소를 머금은 채 천천히 도리머리를 해보였다.

"그렇지만 아마 쉬운 일은 아닐걸. 명문 의대 출신에다 고명하신 의학박사에다 아주 신망이 높은 원장님이라서 권위가 있으셔."

"그런데 우리 장모님께서 이번에는 또 무슨 일로 충격을 받아서 그렇게 지독한 홈씩에 걸리셨답디까?"

장모의 수명을 야금야금 갉아먹는 그 몹쓸 회향병(懷鄕病)의 내력을 돌이켜보면 언제나 한반도의 정치 정세와 맥을 같이해 나왔다.

"언제는 뭐 어머님이, 얘들아, 나 이번에 무슨 일로 한바탕 또 홈씩 좀 해야 되겠다, 하고 성명서를 발표한 후에 아프셨나?"

군사분계선으로 남북이 철통같이 막혀 있는 동안은 회향병이고 나발이고 앓을 여가조차 없었다. 그러다 남북회담 대표나 공동선언문 따위가 번차례로 서울과 평양을 오가면서 꽁꽁 얼어붙었던 남북 간에 죽은 사람 콧김만큼의 온기라도 느껴지기 시작하고 군사분계선에 바늘귀만한 숨통이라도 트일라치면 으레 장모의 그 몹쓸 회향병이 도지곤 했다.

"과거의 예로 볼 때 어머님이 그냥 밑도 끝도 없이 괜히 아프실 리는 없을 테고, 그래도 뭔가 짐작이 갈 만한 계기 같은 건 있지 않을까요? 가령 최근에 나돌았던 전쟁 임박설이라든지……."

지난번에 장모가 한바탕 호되게 회향병을 앓게 된 직접적인 계기는 이산가족찾기 운동이었다.

"그것 때문에 그러시는 건 아닐 거야."

이북에 공산정권이 들어선 이후 종교탄압이 갈수록 극심해지던 무렵, 신앙의 자유를 찾아 가문 전체가 일찌감치 월남했기 때문에 처가 쪽은 친인척 가운데 눈물로 찾지 않으면 안 될 가까운 겨레붙이가 전혀 없었다. 참으로 다행스런 처지였다. 그럼에도 불구하고 장인 장모는 텔레비전에서 이산가족찾기 방송이 진행되는 동안 직접 여의도로 달려가 번호판을 든 무수한 실향민들 틈서리에 끼여 연일연야 밤샘까지 해가며 마치 당신들의 일이기나 한 듯이 같이 울고 같이 웃으며 감격에 겨운 며칠을 보냈다. 그때 장인 장모가 인파 속을 헤집고 다니며 극성스레 찾으려 했던 사람은 다름 아닌 재령 출신의 동향인이었다.

"아마 이인모 노인 때문일 거야."

아, 그 노인! 남쪽에서는 이인모, 북쪽에서는 리인모로 불리는, 그리고 또 남쪽에서는 미전향 장기복역수, 북쪽에서는 불굴의 혁명영웅으로 각각 달리 불리고 달리 평가받는 바로 그 인물!

"이렇다 저렇다 통 말씀이 없으시니까 혹시 내가 잘못 짚었는지도 몰라. 그렇지만 어머님이 시름시름 앓기 시작하신 것하고 이인모 노인이 평양으로 송환된 것하고 시기적으로 거의 일치하거든."

고샅길을 밝히는 보안등이 큰처남 얼굴에 짙은 음영을 드리웠다. 나는 불빛의 조화로 말미암아 실제보다 훨씬 더 과장되게 수심에 잠긴 표정으로 비치는 그를 한 발짝 앞지르면서 골목을 먼저 빠져나갔다.

"듣고 보니 제 생각에도 요번 회향병 원인은 그 사건이 틀림없을 것 같군요, 젠장맞을!"

장모로 하여금 회향병의 극치에 이르게 만든 사건은 뭐니 뭐니 해도 분단 이후 최초로 성사된 남북고향방문단 상호교환일 것이다. 그 당시 처갓집 분위기는 정말 굉장했다. 남과 북으로 나뉘어 생사 여부조차 모른 채 떨어져 살던 피붙이 살붙이들이 거의 반세기 만에 서울과 평양에서 만나 서로 얼싸안고 뒹굴며 통곡을 터뜨리는 장면을 텔레비전 화면으로 지켜보면서 장인 장모는 이산가족들의 그 극적인 감정을 자기 자신의 감정으로 곱다시 수용해 버렸다. 노년에 이르도록 실향의 아픔 외에는 분단체제에 따른 특별한 고통이나 불편에서 멀찌막이 비켜나 유족한 인생을 살아온 분들인지라 나는 장인 장모의 그처럼 요란한 반응을 좀처럼 이해할 수 없었다.

"그런데 말입니다, 이인모 노인이 평양으로 되돌아갔다

해서 왜 우리 장모님 마음도 덩달아 그 뒤를 쫓아서 북으로 달려가야 되는지, 형님은 그 이유를 알고 계십니까?"

이인모 노인에게는 엄연히 북에 남겨두고 온 처자가 있었다. 그리고 그에게는 사상 문제가 있었다. 우리 장모하고는 경우가 전혀 달랐다. 황해도 재령땅에 남겨두고 온 혈육이 아무도 없는 처지에서, 더구나 반공의식에 짙게 물든 장모가 그 노인의 일로 침식을 전폐하다시피 격한 반응을 보이는 건 아무래도 감정의 사치 아니면 낭비쯤으로 비칠 수밖에 없었다.

"글쎄, 안다고 대답하기도 좀 뭐하고, 그렇다고 또 모른다고 대답하자니 그것도 역시 좀 뭐하고……."

큰처남은 곤혹스런 표정을 지었다. 부모 세대하고 행복하게 공유할 만한 재령 시절의 추억거리를 다만 한 가지도 수중에 지니지 못한 사람이었다. 내 아내와 매한가지로 큰처남 역시 자신의 고향은 서울이거니, 하고 생각하면서 여태껏 분단시대를 살아온 어정쩡한 세대였다.

이런저런 이야기를 주고받으며 걷다 보니 어느 결에 처갓집에서 멀찌막이 벗어나 있었다. 인적이 거의 끊긴 큰길가에는 꽃향기 대신 온종일 차량들 행렬이 토해 놓은 매연의 찌꺼기만이 밤늦은 시각까지 매캐하게 잔류하고 있었다. 나는 택시를 잡기 위해 인도의 가장자리로 다가서면서 큰처남에게 짐짓 짓궂은 눈초리를 던졌다.

"설마 통일에 대한 열망 때문이라고 대답하실 생각은 아니겠죠?"

"어머님 홈씩이?"

"왜 놀라십니까? 제가 정곡을 찔렀나요?"

"그건 말도 안 돼. 어머님 마음은 이인모 노인을 따라서 평양으로 간 게 아니야. 최 서방도 잘 알잖아."

"말이 안 되기 땜에 제가 이렇게 궁금해하는 거 아닙니까."

"드디어 또 시작이구만. 그러잖아도 조금 전에 집안에서 그 시비가 왜 안 불거지는가 내심 의아하게 생각했었지."

"장인어른께서 아까 얼핏 한번 비치시던데, 형님은 통일에 관해서 당연히 언급하실 자격이 아버님한테 있다고 믿으십니까?"

큰처남이 냉큼 다가들면서 손바닥으로 내 입술을 덮쳤다. 그런 다음 내 귓전에 대고 소곤거렸다.

"나는 아니야. 나 자신이 최 서방 타겟이 되는 건 억울해. 아버님 대신 날 괴롭히는 건 온당치가 못하단 말이야. 통일 문제로 또다시 최 서방하고 다투고 싶은 생각은 추호도 없으니까 나한테 제발 시비 걸지 말라구. 그리고 아버님한테도 마찬가지야. 그만치 해댔으면 됐지 아직도 뭐가 부족해서 그래? 인제는 그만 아버님을 용서해 버리라구."

때마침 운 좋게 빈 택시가 달려왔다.

"형님한테 밝히고 싶은 비밀 하나가 있습니다."

우선 택시부터 세우고 나서 나는 큰처남에게 천천히 말했다.

"사실은 말입니다, 그 이북쌀, 가짭니다."

"뭐라구?"

"동료 교사들이 떼거지로 몰려와서 배급받은 진짜배기 이

쌀 271

북쌀을 몽땅 다 털어갔거든요. 그래서 별수 없이 우리 쌀독에서 퍼 담은 이남쌀을 가짜배기 이북쌀로 둔갑시켜서 아버님께 갖다 바친 겁니다."

"경미도 그 사실을 알고 있나?"

"물론이지요. 경미 허락도 없이 그런 엄청난 일을 독단으로 저지를 만큼 제가 그렇게 강심장인 줄 아셨습니까? 가짜 이북쌀 사건에서 경미는 저랑 공범 관계를 맺고 있습니다."

나는 택시 뒷좌석으로 몸뚱이를 우겨넣었다. 큰처남은 잠시 인도 위에 멍청하니 서 있었다. 택시가 막 출발하려는 순간 큰처남이 잽싸게 다가와 차문을 벌컥 열면서 머리통을 안으로 쑥 들이밀었다.

"부탁이야. 방금 그 가짜 이북쌀 말인데, 끝까지 우리 셋이서만 아는 비밀로 해줘. 내 말 알아들었지, 최 서방?"

"좀더 생각해 보고요."

큰처남과 나 사이에 오가는 이야기의 마지막 부분을 엿들은 늙수그레한 개인택시 운전사가 백미러 속에서 의심에 찬 눈초리로 뒷좌석의 나를 연방 흘끔거리고 있었다. 얼떨결에 붙잡은 그 호랑이 꼬리 같은 이야기를 어떻게 처리해야 좋을지 잠시 난감해하는 기색이었다.

집을 향해 달리는 택시 안에서 나는 장탄식과 함께 통일이란 말을 입에 올리던 장인을 생각했다. 쇠딱지처럼 덕지덕지 외로움을 덮어쓴 채 북쪽 벽면만 하염없이 바라보던 장인의 노안을 눈앞에 떠올렸다. 장인한테 과연 통일을 말할 자격이 있는지 없는지 내 나름대로 잠시 심사를 했다. 실향민이란 이유 하나만으로도 장인에게는 통일을 말할 충분한 자격이 있다고 생각했다. 마찬가지로, 실향민이란 바로 그 이유 때문에 장인은 통일에 관해서 함부로 언급해선 안 된다는 생각이 들기도 했다. 실향민의 한 사람으로 조국의 반쪽인 이남땅에 넘어와 수십 년간 영위해 나온 장인의 생애가 과연 분단조국의 통일에 이바지하는 것이었던가, 아니면 통일의 기운을 꺾으며 오히려 분단현상의 고착화에 이바지하는 것이었던가, 하는 문제를 한 번쯤 반드시 짚고 넘어갈 필요가 있었다.

"방금 그 말씀이 저한테는 절대로 통일을 해선 안 된다는 주장으로 들리는 것 같은데요, 아버님?"

어느 해던가, 장인의 생신잔치 때 나는 처가 권속들이 모두 모인 자리에서 장인하고 한바탕 심하게 논쟁을 벌인 적이 있었다. 갈수록 뜨겁게 달아오르던 그 무렵의 대통령 선거전과 관련한 장인의 견해가 다름 아닌 내 표적이 되었다.

"무슨 소린가?"

장인의 낯빛이 대번에 해뜩하게 바래졌다.

"여당 후보가 낙선되고 야당 후보가 당선되면 괜히 혼란만 온다, 이남이 혼란에 빠지면 좋아서 춤출 사람은 이북 김일성뿐이다, 그러니까 야당 후보를 당선시켜선 절대 안 되고 반드시 여당 후보를 당선시켜야 된다, 이런 말씀 아닙니까?"

"그게 뭐가 어쨌단 말인가?"

"논리적 모순이 들여다뵌다는 얘기지요."

"뭐라구?"

"죄송스런 말이지만, 민주정치 즉 혼란, 독재정치 즉 안정이란 그 상투적인 도식부터가 저는 도무지 맘에 안 듭니다. 그 도식을 홀렁 뒤집으면 결과적으로 이북 공산독재에 효과적으로 대항하기 위해서는 우리 이남에서도 똑같은 독재체제를 유지해야 된다, 이런 주장이 되겠는데, 그거야말로 전형적인 냉전논리에 속하지요. 어린 소견일지는 몰라도 냉전논리를 통해서 통일 문제에 접근한다는 건 말하자면 시베리아 동토같이 꽁꽁 얼어붙은 가슴으로 애인을 불같이 뜨겁게 사랑하겠다는 발상이나 다름없다고 생각합니다. 그런 사랑은 애시당초 불가능한 일이니까 결국 통일을 하지 말자는 이야기나 매일반이 되는 셈이지요."

"감히 이북 독재하고 이남 독재를 똑같은 차원에 놓고 비교하다니!"

마침내 장인의 입에서 노호가 터져 나왔다. 이제 막 강신의 순간을 맞은 노련한 무당의 손에 잡힌 신장대만큼이나 장인의 온몸이 무섭게 떨리기 시작했다. 고명딸의 결혼을 극구 반대할 당시에도 그 정도로 분개하지는 않았었다. 그토록 무시무시하게 화를 내는 장인의 모습을 과거에는 한번도 본 적이 없었다.

"김일성 일인독재에 대해서 자네가 뭘 안다고 따따부따하는가? 나는 이북에서 김일성 치하를 몸으로 직접 겪어본 경험자야!"

"그렇게 구상유취로 몰아붙이실 일은 아니라고 생각합니다!"

"자네, 그 말 한번 잘 했네. 구상유취지. 암, 구상유취고말고! 공산정권이 얼마나 백성들을 못살게 구는 지독한 독재정권인지는 인민공화국에서 단 하루라도 살아본 적이 있는 사람이라면 골수에 사무칠 지경으로 확실히 깨닫게끔 정해져 있어! 과거에 인공 치하를 직접 경험한 세대는 감히 현재의 대한민국 정부하고 북한 정부를 같은 차원에다 놓고 비교하는 따위 망발은 절대로 범하지 않아!"

"물론 아버님 세대 경험은 저도 충분히 이해하고 존중합니다. 허지만 이북 공산당을 직접 경험한 사람만이 한반도 정세를 논하고 통일을 부르짖을 자격이 있는 건 아니잖습니까?"

"저 좀 봐요, 지겸이 아빠!"

주방용 가스가 누출되는 실내에서 함부로 라이터를 다루듯 내 아내의 목소리가 위태위태한 집안 분위기를 꿰뚫으며 뾰쪽하게 솟아올랐다. 아내가 남들 이목을 의식하면서 그런 식으로 나한테 격식을 갖추어 말할 때는 뭔가 속으로 단단히 벼르는 게 있다는 뜻이었다. 그러나 다른 문제라면 혹시 또 모르겠다. 자그마치 이것은 통일 문제가 아닌가. 최소한 그 문제만큼은 상대가 제아무리 장인어른이라 할지라도 대접 삼아 무조건 양보만 할 수는 없는 노릇이었다. 나는 남편으로서 체통을 다분히 계산에 넣으면서 제법 위엄을 갖추어 말했다.

"당신이 끼여들 일이 아니니까 잠자코 있어!"

"재식아, 나 너한테 할말 있어!"

집안 어른들 이목이고 뭐고 아랑곳없이 아내는 호칭의 중간 단계들을 모조리 생략한 채 최후의 막말을 돌팔매처럼 던지고 나서 밖으로 핑하니 나가버렸다. 그 사품에 장인의 생신잔치는 엉망진창으로 망가지고 말았다. 대경실색해서 부랴부랴 아내를 뒤쫓아 나가려는 나를 큰처남이 뒤에서 난 짝 보듬었다. 큰처남은 나를 제쳐놓고 밖으로 나가더니만 우선 자기 누이동생부터 달래서 안으로 들여보낸 다음 매제를 불러냈다.

"뭡니까, 이게!"

나는 애먼 큰처남을 화풀이의 대상으로 삼아 언성을 높였다.

"정말 이래도 괜찮은 겁니까? 명색이 그래도 가장인데, 사내대장부가 모처럼 한번 처갓집에 왔다가 마누라쟁이 홈그라운드에서 이런 봉변을 당했는데도 그냥 계속 참고 그 여자를 데리고 살아야 됩니까?"

"물론 경미가 저지른 잘못에 대해선 당연히 경미 몫으로 야단을 쳐줘야겠지. 그렇지만 최 서방한테도 문제가 있어. 최 서방 자신이 책임져야 될 몫 역시 만만치가 않단 말씀이야."

"제가 뭘 어쨌게요? 차마 못할 짓거리라도 저질렀습니까?"

"자네도 한번 생각해 보라구. 따지자면 실향민 노인들만큼 서럽고 억울한 인생을 사는 분들도 드물 거야. 북에다 고향을 두고 그 고향 그리워하는 심정으로 평생을 보내다시피 하는 장인 장모가 자네는 측은하지도 않나?"

"저는 뭐 피도 눈물도 없는 놈인 줄 아십니까? 효도 문제하고 대통령 선거나 통일 문제는 엄연히 종류가 다릅니다!"

"물론 다르지. 그렇지만 실향민 출신 장인이 통일 문제를 다소 주관적이고 감정적인 방식으로 다룬다 해서 이성을 가진 자네마저 꼭 그런 식으로 만좌중에 어른한테 면박을 줘야만 옳은가?"

"다소라니요? 다소가 다 뭡니까? 바로 말해서 주관의 결정체고 감정의 화신이지요. 장인어른이야말로 다소 정도가 아니라 순전히 편견이나 선입견으로 똘똘 뭉친 분입니다. 그런 분이야말로 분단조국에서 통일을 원천적으로 가로막는 최악의 장애 세력이 분명합니다."

"나는 아니야. 나는 절대로 반통일 세력이 아니니까 나한테까지 그렇게 열낼 필요 없다구."

언제나 그렇듯이 워낙 성미가 유한 큰처남은 손사래까지 홰홰 곁들여가며 적당히 꽁무니를 빼려 했다.

"애들 문자로, 짱구 아버지 짱구, 짱구 아들 짱구 아닙니까?"

"실향민 아들이라 해서 통일관이나 정치적 견해마저 다들 실향민 아버지 것을 그대로 답습하란 법은 없어."

너무도 어처구니없는 꺼병이 취급이라고 항변하는 투였다. 큰처남은 쓴웃음을 짓고 있었다. 그러나 나는 기왕 내친걸음에 장인 면전에서 못다 쏟은 가슴속의 말들을 만만한 큰처남을 상대로 만판 퍼부어대고 싶어 거의 안달이 날 지경이었다.

"그렇다면 형님 통일관은 대관절 어떤 겁니까?"

"말하고 싶지 않아. 말하지 않겠어."

"아닙니다. 저는 듣고 싶습니다. 이 자리에서 꼭 들어야만 하겠습니다. 도대체 통일관이란 게 형님한테 있기나 한 겁니까?"

"좀 지나치다 생각되지 않나? 자네 혹시 내가 손윗사람이 란 사실을 망각하고 이러는 건 아닌가?"

통일을 향한 장인의 열망 자체를 부정하고 싶지는 않았 다. 어느 누구 못지않이 장인은 통일의 그날을 학수고대하 고 있었다. 그러나 막상 어떻게 해야 통일을 앞당길 수 있 는가, 하는 구체적인 방법론에 부닥뜨리면 갑자기 거대한 모순덩어리로 돌변하는 것이었다. 이도 반대, 저도 반대, 그저 무작정 반대만을 일삼는 것이었다. 남북 간에 화해와 신뢰 분위기 조성을 위한 그 어떤 노력도 말짱 다 무의미하 다는 이야기였다. 도무지 믿을 수 없는 집단이며 적화야욕 에 사로잡혀 수단방법을 가리지 않는 무장 세력인 저들을 상대로 신뢰는 뭐고 화해는 또 뭐냐는 이야기였다. 지금도 오로지 재침 기회만을 노리는 북괴를 상대로 협상을 통해서 뭔가를 이루려는 시도는 어리석기 짝이 없는 생각이라는 주 장이었다. 뿐만 아니라 괴뢰도당이 명명백백하기 때문에 북 쪽 정권의 실체를 인정하려는 그 어떤 움직임도 일단 불순 한 의도를 의심의 눈초리로 바라봐야 한다는 주장이었다. 장인의 주장에 귀를 기울이고 있노라면 마치 초등학교 반공 교과서 전편을 통독 중인 듯 별안간 숨통이 꽉 죄는 느낌이 들곤 했다.

그렇다면 우리는 통일을 위해서 무엇을 어떻게 해야 되는 가. 힘으로 꽉 눌러 벌레처럼 직신직신 밟아버리는 방법말 고 달리 마땅한 방법이 애당초 있을 턱이 없다는 식이었다. 이승만 정권 시대의 북진통일, 멸공통일 논리에서 아직 반 발짝도 벗어나지 못한 셈이었다.

북한정권에 대한 장인의 철두철미한 불신은 으레 남한정권에 대한 무조건적인 지지로 나타나곤 했다. 민간독재든 군사독재든 간에 장인은 전혀 개의치 않았다. 아무런들 이북 공산당보다야 훨씬 양반이고 신사에 가깝다는 이유로 장인은 항상 친정부적이고 친체제적인 입장만을 고수했다. 정권의 불안정이나 약화는 곧 북괴만 이롭게 만들 뿐이라는 이유로 한가하게 정통성을 따지며 현 정부를 뒤흔들려는 모든 세력을 한목에 싸잡아 불순분자들이라는 비난을 서슴지 않았다. 민주항쟁도 학원사태도 마찬가지였다. 재야운동도 노동쟁의도 깡그리 다 마찬가지였다. 심지어 합법적인 야당 활동마저도 장인의 입에만 걸렸다 하면 좌익 내지 빨갱이 동조 세력이 벌이는 파괴공작쯤으로 매도당하기가 일쑤였다.

여태껏 그런 사고방식으로만 일관해 온 양반이 고향쌀을 구실 삼아 느닷없이 통일을 들먹이고 나오다니…….

"모든 일이 다 잘 풀렸어."

나는 집안에 발을 들여놓으면서 아내에게 간략하게 경과 보고를 했다. 처갓집 나들이에서 밤늦게 돌아온 남편을 아내는 뚱한 표정으로 맞이했다. 그니는 진실과는 약간 거리가 있는 내 보고 내용에 도통 관심을 보이지 않았다. 그새 친정으로 전화를 걸거나 아니면 큰오빠로부터 전화를 받아 저간의 사정을 대강 파악하고 있는 눈치였다. 방금 남편이 언급한 그 '모든 일'이 정확히 뭣뭣을 가리키는 건지, 그리고 잘 풀렸다는 말은 또 정확히 어떤 상태를 뜻하는 건지 그니는 더 이상 자세히 알려 하지 않았다.

"대한민국 헌법에는 신앙의 자유가 명시돼 있어."

아무렇게나 훌훌 벗어던지는 내 옷가지를 주섬주섬 챙기
면서 느닷없이 아내가 새퉁스런 소리를 지껄였다. 기가 막
혔다.

"누가 뭐래?"

"나, 요번 주일부터 다시 교회 나가기로 결심했어."

너무도 뜻밖의 통첩이라서 나는 아내의 갑작스런 변심을
어떻게 받아들여야 좋을지 얼른 대책을 세우지 못했다.

"물론 그럴 리야 없을 테지만, 만에 일이라도 내가 교회
나가는 걸 자기가 가로막는다면 난 바로 그 순간부터 최재
식이란 인간을 김경미 남편으로 인정하지 않을 거야."

내가 안방 한가운데 잠시 멍청하니 서 있는 사이에 아내
는 야무지게 엄포를 놓고 나서 조용히 거실로 나가버렸다.
꼭 도깨비에 홀린 듯한 기분이었다. 부주의하게도 가짜 이
북쌀의 비밀을 큰처남에게 불쑥 털어놓은 것이 아무래도 마
음에 걸려 나는 저기압 상태인 아내를 상대로 말조차 섣불
리 붙일 수 없었다. 죽은 최씨 하나가 산 김씨 몇을 어쩐다
더라, 하는 전래의 속설이 얼마나 허무맹랑한 소리인가를
나는 그 순간 따귀라도 얻어맞은 푼수로 얼얼하게 확인할
수 있었다.

쌀의 신통력

아무런 예고도 시골 사촌형이 우리 집으로 불쑥 찾아들었
다. 모판을 만들기에 한창 정신없이 바쁠 농번기로 접어들

었는데도 가뜩이나 일손 부족으로 허덕이는 농촌을 버려두고 이골난 농사꾼이 한유하게 한양 나들이에 나선 그 점이 너무나 뜻밖이라서 사촌형을 보는 순간 괜스레 가슴이 철렁 내려앉는 기분이었다.

"형님께서 갑자기 서울엔 웬일로……."

"서울이 거 뭣이냐. 내가 와서는 안 되는 땅인가? 사춘동상 만날라고 온 게 아니라 새텃말 부락 대표 자격으로 고향 사람 조깨 만나볼라고 요러코롬 허우단심 찾어오는 질이네."

시작 단계부터 사촌형은 자못 거창하게 나왔다. 개인 용무가 아니라 어디까지나 공적인 임무를 띠고 출장 나온 귀하신 몸임을 사촌형은 연거푸 강조했다. 고향 떠나 서울에서 터잡고 살아가는 출향 인사들을 차례로 방문하고 다니는 중이라 했다.

"최재식 선생은 내가 시 번째로 만나보는 우리 고향 사람이여."

고향 마을이 배출한 유력 인사들 틈에 내가 끼여 있다는 사실도 나로서는 의외였지만, 그 가운데서도 내 서열이 자그마치 세 번째에 해당한다는 사실은 더더욱 의외였다. 우리 고향 마을의 수준이 어느 정도 한심한 것인지를 잘 말해 주는 단적인 예였다.

"마을에 무슨 중대한 문제라도 생겼습니까?"

"생겼다마다. 문제도 이만저만 중대헌 문제가 아니지."

거실 소파에 좌정하자마자 사촌형은 딥다 신토불이부터 들먹이고 나왔다. 그는 바로 코앞의 문제에 접근하기 위해 한 마장 거리는 족히 에둘러가는 장황한 화법을 구사하고 있었다. 사촌형이 들려주는 이야기를 대강 간추리자면, 다른 선진 새마을과 마찬가지로 우리 고향 새텃말에서도 금년도부터 무공해 청결미를 생산하기로 결정을 보았다는 요지였다. 우루과이 라운드의 거센 파고를 지혜롭게 헤쳐 나가기 위해서는 농약 안 치고 금비(金肥) 안 쓰는 유기농법으로 대항하는 길밖에 없다는 쪽으로 마을 주민들의 의견이 모아졌다는 것이었다.

"우리네 한국 농투산이들이 저 코쟁이놈들을 땅뎅이 넓은 것으로 이겨먹겠는가, 땅심 걸찐 것으로 이겨먹겠는가? 만약에 저놈들허고 똑같은 무기로 대항헐라 허다가는 우리는 말짱 다 백전백패여, 백전백패!"

"지당하신 말씀이십니다."

"그런디 우리한티도 방도가 아주 없는 건 아니네. 불행중 다행으로 저놈들한티는 없는 구식 무기를 우리는 아직도 갖고 있단 말이시."

"물론 그러시겠지요."

"최신식 기계농사만 지어먹을 줄 아는 저놈들을 상대로 쌈질을 혀서 우리가 이길 수 있고 살어남을 수 있는 방도는 두엄이나 풋거름 듬뿍 쓰고 손으로 메띠기 잡어가며 무공해 청결미를 생산허는 바로 그 옛날식 농법뿐이란 말이시!"

"그러려면 여러모로 어려운 문제점들이 많이 따를 텐데요. 글쎄요, 그게 계획대로 잘 진행될 수 있을지 모르겠군요."

"유기농법으로 농사를 통일허기로 부락민들 전체가 합의를 본다는 게 애시당초 떡 먹딧기 쉬운 노릇은 아니었지. 허지만 우리 최씨 문중에서 한목에 왁짝 들고일어나서는,

무공해 청결미를 생산허자, 유기농법으로 코쟁이놈들을 납작코로 맨들자, 요러코롬 주장허는 판에 쌍지팽이 짚고 나서서 반대헐 타성바지가 새텃말에 누가 있겠는가!"

오늘날까지도 거의 집성촌이나 다름없을 정도로 최씨 문중이 인구분포에서 압도적 다수를 차지하는 마을이니까 전 주민의 합의를 도출하는 데 큰 어려움은 없었으리라.

"제 말은 그게 아니라요, 판로 문제가 걱정된다는 뜻이지요. 농약이나 화학비료를 안 쓸 경우 온갖 병충해하고 사이좋게 뭇갈림을 하는 꼴이 되기 십상일 텐데, 그러자면 자연히 생산비는 많이 들고 소출은 떨어져서 일반미에 비해 가격경쟁에서 불리해지지 않을까요?"

나는 농사에 관해 제법 알은체를 했다. 그러자 아버지 비슷한 연배의 사촌형은 자신만만한 표정으로 큰소리쳤다.

"바로 그 문제를 해결허겄다고 내가 시방 요러코롬 부락민들을 대표혀서 불원천리허고 한양으로 올라와설랑은 고향 인물들을 차례차례로 한 명씩 만나보고 있잖은가."

일종의 계약재배 형식이었다. 쌍방 간에 직접 구매계약을 맺어 미리감치 판로만 확보해 놓으면 농민들은 겨우 생산비에 미칠까말까 하는 그 알량한 수매가나 수매량 때문에 해마다 정부를 상대로 이마에 머리띠 질끈 동여매고 줄다리기 싸움을 벌일 필요가 없게 돼서 좋고, 소비자들은 또 약간 값이 세긴 하지만 안심하고 무공해 청결미를 먹을 수 있게 돼서 좋고, 말하자면 누이 좋고 매부 좋고 덕택에 처남까지 모두 좋은 방향으로 신토불이가 실현될 거라는 주장이었다. 그리고 이제는 우리나라에도 양보다 질을 따지는 중산층이

많아졌기 때문에 무공해라는 확실한 보증만 있으면 가격이 약간 비싼 정도는 그리 큰 문제가 아닐 거라는 이야기였다.

"바로 그 문제 땜시 우리 최재식 선생 협조를 받을라고 내가 요러코롬 찾아왔단 말이네. 말보담도 행동이 중요허니께 우선 자네허고 계수씨가 앞장서서 요 아파트 주민들부텀……."

"우리 동네는 워낙 서민층만 모여 사는 소형 아파트촌이라서요, 글쎄요, 그게 약간 좀……."

"아파트는 곤란허다 치고, 그러면 핵교 쪽 사정은 으떤가? 그 핵교 선상님들도 말짱 다 서민층은 아니겄지? 즘심 시간 같은 때 자네가 선상님들을 한자리에다 불러 모아서 멍석을 깔어만 준다면 그 뒷일은 내가 다 알어서 한번 재주껏 설득을……."

"아, 아닙니다. 굳이 그러실 필요까지는 없습니다."

나도 모르는 사이에 펄쩍 뛰는 시늉이 나오고 말았다. 사촌형은 사뭇 의욕에 불타고 있었다. 다름 아닌 그 지나친 의욕이 나로 하여금 몸을 사리게 만들 정도로 부담스럽게 느껴졌다. 사촌형은 만일 유기농법으로 생산한 무공해 청결미의 계약구매를 내 동료들에게 설득할 기회만 주어진다면 교무실 아니라 운동장 조회대 위에 올라서서 일장연설이라도 뽑으리만큼 각오가 단단히 갖춰져 있는 눈치였다.

"내일이라도 당장 학교에 가서 형님 대신 제가 선생들을 설득해 보겠습니다. 설득은 해보는데, 다만……."

"다만 뭣인가? 설득을 허긴 허는디 당최 장담헐 처지는 못 된다, 요런 말인가?"

284

"뭐 꼭 그렇다기보다는…… 학교는 중산층 동네 근처에 자리잡고 있어도 선생들은 대부분이 다른 동네 사는 서민층이다 보니까……."

"재식이 동상!"

별안간 사촌형이 두 눈을 한껏 지릅뜬 채 나를 짯짯이 노려보았다. 점잖게 나올 때는 새텃말 대표 자격이더니 험악하게 나오니까 최씨 집안 손윗사람 자격이었다.

"자네 그러면 못쓰는 뱁이네. 자네보담 앞선에 만나본 두 사람은 말 끄집어내기 무섭게 대박에 협조를 약조허데. 고향 일이 내 일이고 내 일이 바로 고향 일이라고, 팔소매 걷어붙이고 나서서 백 가마건 이백 가마건 심닿는 대로 성의껏 신청을 받아주겠다고, 애향심을 발휘헐 수 있는 좋은 기회를 주셔서 외려 더 고맙고 기운이 난다고 입입마다 찬성험시나 내남없이 다들 좋아라 허데. 그런디 자네는 어째 사람이 그 모냥인가?"

그런 종류 심부름을 마뜩이 여기지 않는 내 속내평을 이미 간파해 버린 사촌형은 심사가 뒤틀릴 대로 뒤틀려 있었다. 내가 아무리 변명을 늘어놓아도 사촌형은 나를 끝내 용서하려 하지 않았다. 감히 하늘같은 신토불이에 역행하려는 못된 자손이라고, 제 근본도 잊은 채 코쟁이놈들하고 한통속으로 얼싸절싸 어울려서 우루과이 라운드 밑구멍이나 닦아주려는 역적 같은 인간이 따로 있는 게 아니라고, 바로 재식이 동생이 그런 인간이라고, 온갖 흉측한 소리들로만 골라서 마구 비난을 퍼부은 다음 앵돌아앉아버린 사촌형의 노여움을 달래기 위해 나는 그날 밤 잠들기 전까지 진땀을 자그마치 말가웃 가량이나 쏟아야만 했다.

이튿날 아침, 굳이 학교까지 동행하겠다고 부득부득 고집을 피우는 사촌형을 간신히 떼어놓고 나는 혼자서 출근하는 데 성공했다. 그러나 남들에게 아쉬운 부탁을 하는 데는 워낙 소질을 못 타고난지라 사촌형과의 약속을 이행할 일을 생각하니 미리감치 심란해졌다.

성내동에서 수해를 당한 후 학교를 벌써 세 차례나 옮겨 다녔기 때문에 그때 나한테서 이북쌀을 강탈해 간 동료는 현재의 교무실에 한 사람도 없었다. 주인 몫도 안 남기고 그렇게 깡그리 쓸어갈 수 있느냐는 내 항의에 되레 똥낀 놈이 바람독에 가서 서는 식으로, 묵은내 펄펄 나는 공짜 쌀 때문에 괜히 입맛만 잡쳤노라면서, 마포 쪽 수재민들한테는 배천산, 연백산, 재령산 등등 양질의 이북쌀이 분배됐다던데 최 선생네 쌀은 어째 그 모양이냐고 뻔뻔스레 맞서던 동료도, 장난이 좀 지나쳐서 미안하다고 정중히 사과하던 동료도 전혀 찾아볼 수 없는 학교였다.

"잠깐만, 하 선생."

일교시 수업이 시작되어 갑자기 한산해진 교무실 안에서 알맞추 한문 담당 하 선생을 발견하고 나는 깜짝 반가워했다. 내 모자라는 재간으로 어떡하면 생산자와 소비자 간에 튼튼한 직거래의 다리를 놓아줌으로써 다 함께 신토불이 세상을 이루는 데 일조할 수 있을까, 하고 혼자서 고심하던 참에 때마침 걸어다니는 백과사전이란 별명이 붙은 젊은 후배의 모습이 얼핏 눈에 띄었던 것이다.

"날 좀 도와줘야겠어, 하 선생. 쌀에 관해서 뭘 좀 알고 있나?"

"쌀에 관해서 알아서 뭣에 쓰시려구요?"

"으음, 한국인의 식생활 변화에 따른 한국산 미곡의 비극
적 운명에 관한 고찰, 뭐 이런 정도 제목으로 논문 한 편
써서 박사학위나 따볼까 하고 생각 중이거든."

"거참, 듣고 보니 국어교육학에 아주 딱 어울리는 논문
주제군요."

전공과는 상관없이, 대학을 갓 졸업한 어린 나이에 어울
리지 않게끔 모든 분야에 걸쳐 박람강기로 소문이 자자한
하 선생이 한바탕 낄낄거렸다.

"실은 고민거리 하나가 생겼어."

나는 우루과이 라운드와 신토불이 사이에 벌어진 팽팽한
긴장상태와 적대관계에 대해 설명하기 시작했다. 그리고 고
향 마을 대표 자격으로 중차대한 임무를 띠고 급거 상경한
사촌형과 나 사이에 난처한 약속이 맺어졌던 간밤의 비극에
대해서도 솔직히 털어놓았다.

"선배님, 그런 일이라면 아무 염려 마시고 저한테 맡겨주
십시오. 제가 최소한 백 가마 정도는 책임지고 계약을 체결
해드릴 자신 있습니다. 생사기로에 서 있는 우리 농촌을 살
리자는 마당에 제대로 된 대한민국 국민치고 마다할 자가
누가 있겠습니까."

나보다 오히려 하 선생 쪽에서 더 적극적인 자세로 덤벼
들었다. 힘 하나 안 들이고 너무 쉽사리 호언장담을 늘어놓
는 품이 어쩐지 좀 불안하게 느껴질 정도였다. 하지만 도움
의 손길이 절실히 필요한 나로서는 만일 과년한 딸이 있다

면 당장 사위를 삼고 싶을 지경으로 지닐총 좋고 패기 있는
하 선생이 마음에 쏙 들었다.

"말은 고맙지만, 과연 말처럼 그렇게 잘 될까?"

"염려 마시라니깐요. 이번 기회에 우루과이 라운드한테
한번 본때를 보여줄 필요가 있습니다. 그 문제에 대해서 거
교적으로 공분을 확산시킬 수 있는 좋은 기횁니다. 우루과
이 라운드, 그거 아주 고약한 물건입니다. 곡물제국주의가
어떤 건지 선배님도 아시죠?"

"모르겠는데. 그런 이상한 제국주의도 다 있나?"

"저런! 무공해 청결미 판촉 활동을 돕기 위해서라도 그
정도 상식쯤은 당연히 알고 계셔야 되는데요."

아니나다를까, 과연 잡학(雜學)의 대가답게 하 선생은 선
배의 무식함을 마치 십 년 만에 처음 만나는 죽마고우 대하
듯 반가이 맞이했다.

"세계의 곡물재벌들, 이런 타이틀로 아주 재미있는 번역
서가 나와 있지요. 그 책을 읽어보면 곡물제국주의란 게 얼
마나 비열하고 악랄하고 무자비한 물건인지를 몸서리가 나
도록 실감할 수 있습니다."

바로 그 순간부터 하 선생은 마빡에 '세계의 곡물재벌들'
이란 타이틀을 붙인 번역서 그 자체로 슬금슬금 변모하기
시작했다.

"인류 역사를 풀어나가는 방법에는 여러 가지가 있을 수
있지요. 전염병의 역사를 연구해서 쥐벼룩이나 이 같은 곤
충들이 세계 역사를 어떻게 바꿔놓았는가를 설명하는 것도
그런 방법 중 하나지요. 예를 들자면, 칭기즈 칸 군대에 껴

묻어 들어간 가공할 페스트균에 의해서 전 유럽의 역사가 어떻게 달라졌는가, 러시아 원정에 나선 나폴레옹 군대를 덮친 발진티푸스의 위력이 유럽의 세력 판도에 어떤 영향을 미쳤는가, 하는 식입니다. 어때요, 재미있지요?"

"사정없이 재미있는걸. 무지막지하게 재미있어. 계속해 봐."

청결미 판촉 문제 때문에 앞으로 젊은 후배 교사한테 단단히 지게 될 신세를 염두에 두고 나는 너무너무 재미있어 미칠 지경이라는 투로 호기심 범벅을 가장한 표정을 하 선생 면전에 선사했다.

"처음부터 그러실 줄 알았습니다. 저하고 워낙 말이 잘 통하는 최 선배님이시니까요."

"우리는 한솥밥을 먹는 동료이자 뜻이 잘 맞는 동지잖아."

"세계의 곡물재벌들이란 책도 말하자면 지구상의 곡물의 역사를 집요하게 추적해 나가는 지적 탐험을 통해서 인류 역사를 해석하려는 독창적인 시도 가운데 하나라고 볼 수 있지요. 다만, 그 책에서 주로 거론하는 곡물의 종류가 유감스럽게도 쌀이 아니고 밀이나 옥수수긴 하지만요."

사람 형상을 한 번역서가 스스로 첫 장부터 펼쳐 그 안에 적힌 내용을 나에게 차례차례 읽어주기 시작했다. 번역서는 곡물 재배 기술의 발달이 인간 생활을 어떻게 변화시켰는가를 알려주었고, 곡물의 활발한 국제교역이 세계경제에 어떤 결과를 가져왔는가를 알려주었고, 곡창지대를 차지하기 위한 피비린내 나는 전쟁들 틈바구니에서 얼마나 많은 인마가 살상되었는가를 알려주었고, 기하급수적인 인구 증가에 따라 곡물의 중요성이 한껏 커지면서 세계적인 곡물 카르텔이 얼마나 막강한 조직력과 영향력을 갖게 되었는가를 알려주었다.

"곡물 카르텔을 결성하고 있는 몇 개의 메이저 그룹이 전 세계인의 밥그릇을 쥐고 좌지우지한다 해도 과언이 아닐 정도지요. 선진 농업국에 속해 있는 요 못돼먹은 것들이 후진 농업국들을 공략할 때 사용하는 이 곡물이란 무기는 사실 핵폭탄 이상으로 가공할 위력을 갖고 있습니다. 요것들은 후진국 백성들 뱃구레를 제 상품으로 채우기 위해서 온갖 수단방법을 다 동원합니다. 후진국 정부 실력자를 돈으로 매수하거나 미모의 여성을 상납해서 성추문거리를 만들어 약점으로 악용하기도 하고, 공공칠 영화 뺨치는 첩보전을 벌이기도 하고, 여차하면 자국 정부 위세를 등에 업고 후진국 정부에다 압력을 넣거나 심지어 협박도 불사합니다."

"정말 제임스 본드가 따로 없구만."

"요것들은 후진국에 아직도 농업경쟁력이 살아 있을 때는 무차별 저가 공세를 펼칩니다. 후진국 농업기반이 붕괴돼서 완전히 나가떨어질 때까지 살인적인 저가 공세는 줄기차게 계속됩니다. 결국 싼 맛에 길들여진 후진국이 자국민 식량을 전적으로 곡물 카르텔에 의존하는 단계까지 가버리면 그 순간부터는 안면을 싹 몰수해 버립니다. 그때는 그야말로 부르는 게 값이 되지요. 이미 농업기반이 붕괴되고 경쟁력을 상실한 후진국 백성들은 식량값이 금값인 줄 뻔히 알면서도 카르텔 상품을 사먹을 수밖에 없고, 싫어도 어쩔 도리 없이 카르텔하고 출혈 거래를 계속할 수밖에 없게 됩니다.

이쯤 되면 후진국들은 전 국민의 목숨을 카르텔에다 저당잡힌 채 영원한 곡물 식민지로 전락하게 되고, 카르텔에 속해 있는 메이저 그룹은 사실상 세계를 지배하는 제왕이나 다름없는 무소불위의 존재로 군림하게 되지요."

"막연히나마 어느 정도 짐작은 하고 있었지만 사태가 그 정도로 심각한 상황인 줄은 정말 몰랐네."

"자아, 이만하면 곡물 한 가지만으로도 얼마든지 막강한 세계제국을 형성할 수 있다는 사실을 선배님도 인정하시겠지요?"

"오늘 하 선생을 지도교수로 모시고 아주 좋은 강의 들었네."

"선배님도 꼭 한 번 읽어보십쇼. 오래전에 출판된 책이라서 아마 시내 대형 서점에나 가야 구하실 수 있을 겁니다."

"그러지."

나는 선선히 대답했다. 그러나 걸어다니는 백과사전 덕분에 이미 독파를 끝낸 거나 진배없었으므로 그 책을 구하기 위해 일부러 대형 서점까지 원정을 갈 필요성은 전혀 느끼지 못했다.

"이왕지사 공부를 시작한 김에 하 선생한테 한 가지 더 배우고 싶은데, 혹시 쌀을 갖고서 질병을 치료한다는 얘긴 들어본 적 있나?"

그 순간 하 선생 얼굴이 이제 막 피어나는 꽃봉오리처럼 기쁨으로 화사하게 벌어졌다. 역시 박람강기를 자랑하는 잡학사전답게 젊은 한문선생은 망설일 것도 없이 제격 반응을 보였다.

"우와, 우리 선배님 정말 대단하시다! 국어교육을 전공하신 선배님이 어떻게 그런 것까지 다 아셨습니까?"

"한문 전공 하 선생은 어쩌다가 그렇게 박물군자가 되셨지?"

"그런 걸 가리켜서 도령신앙이라고 부른답니다."

"도령신앙? 이 도령, 김 도령, 할 때 그 도령 말인가?"

"그런 뜻이 아니구요, 벼 도 자에 신령 영 자를 쓰는 바로 그 도령신앙을 말하는 겁니다."

"그렇다면 쌀에도 영혼이 있다고 믿는단 말인가?"

"정확히 말하자면, 도령신앙은 사람들이 쌀에 깃들여 있다고 믿는 바로 그 정령의 존재를 숭배의 대상으로 삼는 신앙 행위지요."

"그런 신앙도 다 있었나?"

"쌀 재배 민족 사이에서 오래전부터 행해지던 관념 형태지요. 쌀 아닌 다른 곡물을 재배하는 민족한테도 곡령관념이란 게 있었는데, 그 분포 지역은 동남아뿐만 아니라 유럽이나 미주도 해당됩니다. 도령관념은 동남아를 중심으로 한 미작문화권에서 주로 성행했습니다."

"도령신앙하고 도령관념은 어떤 차이가 있는가?"

"쌀을 재배하는 민족은 예로부터 쌀을 단순한 곡물이 아니라 인격적 개체로 파악하면서 그 안에 영혼이 깃들여 있다고 믿어왔습니다. 그래서 쌀을 재배하는 행위는 생존을 목적으로 한 단순한 경제활동 차원이 아니라 어떤 초자연적인 존재하고 깊은 교감을 나누는 일종의 종교적 행위로 신성시하게 된 것이지요. 쉽게 얘기해서, 쌀을 어떤 신통력을 지닌 영물로 바라보는 관념입니다. 이런 관념이 변화해서 결국 신앙의 형태로까지 발전하게 된 겁니다. 그러니까 쌀을 치병 행위에 이용하는 관습은 도령신앙이 일찍부터 존재했던 미작문화권 사회에서는 아주 자연스런 현상에 속했기 때문에 어색하거나 이상하게 생각할 이유가 하나도 없습니다."

아무 때라도 내가 불쑥 물어올 경우에 대비해서 미리감치 만단으로 준비해 두었던 것처럼 하 선생은 조금도 막힘이 없이 청산유수로 대답했다.

"동남아 경우는 그렇다 치고, 그럼 우리나라 경우는 어떤가?"

"우리나라 쌀 재배 역사도 자그만치 이천 년이 훨씬 넘습니다. 통일신라 때부터 쌀 생산량이 대폭 증가하면서 그전까지 잡곡들이 주류를 이루던 우리 민족의 식생활 패턴에도 큰 변화가 이루어지기 시작했고, 조선시대에 들어서면서부터는 쌀이 드디어 잡곡들을 제치고 우리나라 곡물의 왕자 자리를 차지하게 되었지요. 그러니까 우리나라 도령신앙의 역사도 호남평야 같은 대표적 곡창지대를 중심으로 해서 쌀 재배 역사하고 거의 어깨를 나란히해 왔다고 보는 게 옳겠지요. 그 이상 지식은 저도 아직 쌓질 못해서 선배님께 좀 더 상세하게 설명해 드릴 수 없는 것이 매우 유감이군요."

"하 선생한테도 아직 모르는 게 있었던가?"

상대방이 내 말을 비아냥거림으로 받아들이지 않게끔 표정을 세심하게 관리하면서 나는 농담 삼아 물어보았다.

"선배님도 원 별말씀을! 아직도 배워야 될 게 너무너무

많습니다. 평생을 공부해도 만족을 모르고 노상 허기를 느끼는 것이 바로 지식에 대한 욕구 아닐까요? 아는 것 빼고는 모두 다 모르는 셈입니다. 예를 들어서, 선배님이 갑자기 왜 도령신앙 같은 것에 관심을 갖게 되셨는지, 그 이유를 저는 아직도 모르고 있습니다."

하 선생의 유도신문에 걸려 나는 하마터면 내 처갓집에서 현재 벌어지고 있는 그 해괴망측한 상황을 토설할 뻔했다. 나는 이미 목구멍을 빠져나와 혀끝에 날름 올라앉은 '잠밥'이란 단어를 도로 꿀꺽 삼켜버리고 나서 다른 엉뚱한 소리로 얼른 시치미를 떼었다.

"도령신앙에 대해서 긴 얘기를 들려준 사람은 내가 아니고 하 선생이지. 나는 다만 쌀을 갖고서 질병을 치료하는 경우가 있는지 없는지만 물어봤을 뿐이야. 아무튼지 오늘 정말 고마웠어, 하 선생."

그 정도 상식이라면 쌀에 관해 그동안 궁금히 여겨왔던 여러 문제들이 엔간히 다 해결된 셈이었다. 그런데도 만물박사 하 선생은 쌀에 관한 모든 지식을 마저 다 나에게 전수하고 싶은 열의에 불타는 듯 아직도 뭔가 미진한 기색으로 내 곁을 쉬이 떠나려 하지 않았다. 인제는 그로부터 멀찌감치 벗어나는 일이 무엇보다 급해졌다.

"이교시 수업 준비해야지?"

"저는 괜찮습니다만……."

"그래? 나는 이제부터 슬슬 준비를 시작해야겠는걸."

결국 쌀과 관련한 두 갈래의 흐름이 동시에 덤벼들어 나에게 끊임없이 시비를 걸어오고 내 생활을 시시콜콜 간섭하

는 바람에 나는 봄철 내내 홍역을 치르다시피 고단한 삶을
영위해야만 했다. 고향 마을의 친척 어른들이 우루과이 라
운드에 대항하기 위한 방편으로 갑자기 신토불이의 기치를
높이 내걸고 유기농법을 택하는 바람에 서울의 나까지 덩달
아 한동안 부산스럽게 나부대느라 계절의 여왕인지 여왕의
계절인지 하는 그 오월 한 달이 어떻게 지나갔는지도 기억
에 없을 정도였다.

내가 떠안게 된 무공해 청결미 판촉이란 짐스런 과제는
하 선생의 극성스런 도움 덕분에 그럭저럭 잘 해결이 되었
다. 다른 음식물들이 모조리 다 공해물질투성이인 판국에
달랑 쌀 한 가지만 무공해로 장복해 봤자 무슨 소용 있겠냐
고 불평하는 목소리가 교무실 안에 없지 않아 있었다. 그러
나 곡물제국주의와 우루과이 라운드를 같은 꿰미에 꿰어 그
것들의 무자비한 침략성과 수탈성을 조목조목 밝혀가며, 죽
어가는 우리 농촌 우리 손으로 살리자고 애국심에 맹렬히
호소하는 하 선생의 노력에 크게 힘입은 나머지 고향 어른들
앞에서 면피할 만큼의 판촉 성과는 충분히 거둘 수 있었다.

해결되지 않은 과제로 나에게는 아직도 장모의 병환이 남
아 있었다. 그것은 해결 불가능한 과제이기도 했다. 장모의
중증 회향병을 다스리는 유일한 처방으로 처갓집에서는 여
전히 잠밥을 먹이고 있었다. 그것은 사위인 내가 함부로 관
여하고 간섭할 수 없는 불가해한 세계였다. 하 선생이 얘기
했던 그 도령신앙과 처갓집에서 주장하는 정통 기독교 신앙
사이를 멀찌막이 떼어놓기 위해서 나는 현재 치료용으로 사
용 중인 문제의 이북쌀이 실인즉슨 가짜였다는 사실을 고백

하고 싶은 충동에 자주 시달려야 했다. 하지만 인간의 도리로 차마 그럴 수는 없는 노릇이었다. 그렇게 할 경우 그것은 명백히 존속살인에 해당하기 때문이었다. 나의 천인공노할 범죄 행위를 미연에 예방하는 데는 아내의 경고가 결정적인 작용을 했다.

"괜히 허튼수작 부리면 가만 안 놔둘 거야. 그러니까 알아서 해! 가짜 이북쌀이면 어때? 캘리포니아 쌀이면 또 어떻고 안남미면 또 어때? 다아 생각하기 나름이라구. 실상이야 어떻든지 간에 본인이 무조건 그저 진짜 이북쌀이거니, 하고 믿으면 그만인 거라구. 치료 효과는 바로 그 믿음에서 나오는 거란 말이야."

아내는 그새 많이 변해 있었다. 결혼 이래 나하고 줄곧 같은 길을 함께 걸어온 동반자로서 동지로서의 그 김경미가 이미 아니었다. 친정어머니의 세 번째 회향병 투병생활을 계기로 해서 아내는 결혼과 동시에 잃었던 믿음을 어느 틈에 고스란히 되찾게 되었던 것이다.

교회 다녀올게. 식탁에 아침 차려놨으니까 맛있게 먹어.

신앙의 자유를 들먹이는 아내의 통첩이 있은 후 첫 번째 맞은 일요일 아침, 늦잠에서 깨어난 나를 기다리는 것은 화장대 거울에 달라붙어 있는 메모 한 장이었다. 마침내 아내는 자신과의 약속을 지키기 위해 남편을 헌신짝처럼 팽개쳤다. 집안이 온통 괴괴한 정적 속에 묻혀 있었다. 아이들 기척이 집안 어느 구석에서도 안 잡혔다. 아내는 혼자가 아니라 신앙이 뭐고 자유가 뭔지 알 턱이 없는 어린 남매까지 데리고 교회로 떠나버렸던 것이다.

"우리 엄마 건강이 며칠 새 몰라보게 좋아지셨어."

오후 느지막이 희색이 만면해서 집에 돌아온 아내가 대뜸 말했다. 아내는 예배가 끝난 후 교회에서 만난 친정 식구들과 함께 성북동 집까지 갔다가 돌아오는 길이었다.

"지난 주일에 봤을 때보다 엄마 건강이 훨씬 더 좋아지셨어."

교회와 친정집을 차례로 다녀온 일요일 오후마다 아내는 똑같은 소리를 매번 되풀이했다. 아내의 입에서는 일요일 대신 주일이란 말을 사용하는 기독교인들의 독특한 습관이 천연덕스레 잘도 흘러나왔다. 뿐만이 아니었다.

"모든 것이 우리 주님 주시는 은총이고 축복이지. 얼마나 고맙고 감사한 일인지 몰라. 전능하신 하나님께서 치유의 은사를 위해서 우리를 통해 귀한 선물로 보내주신 그 이북 쌀 덕분에 엄마는 이제 곧 교회에 출석할 수 있을 만큼 건강이 빨리 회복될 거라고 믿어."

지난날 그 누군가로부터 많이 들었던 듯한 소리를 아내는 어느새 고스란히 흉내내고 있었다. 그동안 오랜 냉담의 세월을 거치면서 입은 신앙상의 손실을 단숨에 벌충할 작정인 듯 아내는 내 앞에서 신앙의 자유를 선언한 그 직후부터 무섭게 달라지기 시작했다. 그리고 아내의 그 신앙심은 삽시에 뜨겁게 달아올라 시뻘겋게 달궈진 부젓가락 모양으로 돌변해서 언제나 차가운 피가 웅덩이처럼 괴어 있는 내 심장을 누린내가 펑펑 풍기도록 꾹꾹 지져대는 것이었다.

아, 나는 모르겠다. 참으로 알 수가 없는 일이다. 쌀에 대한 장인 장모의 그 병적인 집착이 조상 전래의 도령신앙에서 유래한 것인지, 아니면 기독교신앙에 바탕을 둔 것인지 나로서는 헤아릴 재간이 없다. 옛날 우리 할머니가 그랬던 것처럼 두 노인의 고향 재령산인 양 행세하는, 자그마치 십 년씩이나 케케묵은 그 가짜배기 이북쌀로 믿음을 다해 잠밥을 먹임으로써 아내 말마따나 장모의 회향병이 진짜로 완쾌할 수 있을지 어떨지도 나로서는 당최 알 수가 없다. 만일 통일의 그날이 형편없이 늦어진다면, 만일 그날이 영원히 오지 않는다면, 만일 장모의 여생이 늦어지는 통일의 날만큼이나 오래 지속된다면, 만일 이인모 또는 리인모 노인의 송환 같은 충격적인 사건이 앞으로도 심심찮게 일어난다면 우리 장모님은 두고두고 얼마나 더 많이 회향병을 앓아야 되고, 그럴 적마다 얼마나 더 자주 전능하신 여호와 하나님의 은총 아니면 이북쌀 속에 깃들인 도령의 그 신통력에 의지해야 될 것인가.

다만, 내가 확실히 알고 있는 한 가지 사실은, 어떤 사람에게는 그냥 뱃구레를 채우기 위해 입안으로 꾸역꾸역 들여보내는 단순한 음식물에 지나지 않는 쌀이 다른 어떤 사람에게는 쌀 아닌 그 어떤 것, 쌀 이상의 그 무엇, 다시 말해서 사람의 영혼 구석구석까지 스며들어 때로는 병을 고치기도 하고 또 때로는 슬픔을 어루만지기도 하다가 종당에는 구원마저 가능케 만들어주는, 놀라운 신통력을 지닌, 영험한 존재로, 초자연적인 존재로 매우 황감하게 받아들여질 가능성도 있다는 바로 그 점이다.

작가의 말

작년에 회갑을 지냈다. 아내 입에서 맨 처음 회갑연 얘기가 나왔을 때, 한마디로 반대했다. 아직은 몸도 마음도 젊다고 생각했기 때문이다. 남의 이야기인 양 회갑이라는 내 나이가 도무지 실감되지 않았다. 손자도 못 본 처지에 쑥스럽게 회갑연이라니…….

하지만 달리 생각해 보니 회갑은 나 개인의 신상에 만만치 않은 의미를 지니고 있기도 했다. 선친께서는 할아버지 얼굴을 못 보셨다. 나도 할아버지 얼굴을 못 보았다. 내 자식들도 태어나서 할아버지 얼굴을 볼 수 없었다. 이처럼 단명을 물려받은 우리 집안에서 몇 세대 만에 처음으로 내가 회갑을 맞게 된 것이다. 어찌 회갑이 의미 없다 말할 수 있겠는가.

그래서 유난스런 회갑연 대신 계획한 것이 작품집 출간이었다. 단명했던 집안에서 내가 맞은 회갑은 하나님께서 내게 베푸시는 일종의 특별상여라고 믿는다. 특별상여에 해당하는 만큼 이후의 내 삶은 특별한 용도에 바쳐야 한다고 생각한다. 여생을 특별히 의미 있게 보내기 위해서는 우선 지난 삶부터 정리하고 볼 일이다. 말하자면 묵은 작품들을 손봐서 책으로 묶는 일은 지난 삶의 정리 작업인 셈이다.

때로는 약간 바쁘고 때로는 많이 게을렀던 탓에 회갑의 자축 삼아 의도했던 그 정리 작업이 상당히 늦어졌다. 간절히 소망하건대, 이번 작품집 출간을 계기로 해서 회갑 이후의 내 삶의 내용이 과거에 비해 실팍하게 달라졌으면 한다. 더욱더 간절히 소망하건대, 회갑 이후에 쓰여질 내 작품들이 이전의 작품들에 비해 한결 원숙하면서도 생명력이 넘치는 모습으로 바뀌었으면 한다.

오가리가 들 정도로 문학의 기운이 쇠해진 오늘날 정신의 불모 풍토에서 그래도 꾸준한 관심과 애정으로 문학 출판에 전념하는 민음사와 박맹호 사장님과 여러 분 편집 지체에게 심심한 감사의 뜻을 전하고 싶다.

2003년 7월 20일

윤흥길

낙원?
천사?

1판 1쇄 펴냄 2003년 7월 28일
1판 2쇄 펴냄 2005년 10월 1일

지은이 • 윤흥길
편집인 • 박상순
발행인 • 박맹호, 박근섭
펴낸곳 • (주) 민음사

출판등록 • 1966. 5. 19. (제16-490호)
서울시 강남구 신사동 506 강남출판문화센터 5층 (135-887)
대표전화 515-2000 • 팩시밀리 515-2007
www.minumsa.com

값 8,500원

ISBN 89-374-8022-0 03810